夜是怎样黑下来的

张楚 著

广西师范大学出版社

·桂林·

图书在版编目（CIP）数据

夜是怎样黑下来的 / 张楚著. —桂林：广西师范大学
出版社，2019.5
ISBN 978-7-5598-1686-3

Ⅰ. ①夜… Ⅱ. ①张… Ⅲ. ①短篇小说－小说集－
中国－当代 Ⅳ. ①I247.7

中国版本图书馆 CIP 数据核字（2019）第 055468 号

广西师范大学出版社出版发行

（广西桂林市五里店路 9 号　邮政编码：541004）

网址：http://www.bbtpress.com

出版人：张艺兵

全国新华书店经销

广西民族印刷包装集团有限公司印刷

（南宁市高新区高新三路 1 号　邮政编码：530007）

开本：787 mm × 1 092 mm　1/32

印张：9.875　　　字数：180 千字

2019 年 5 月第 1 版　　2019 年 5 月第 1 次印刷

册数：0 001~6 000 册　　定价：52.00 元

如发现印装质量问题，影响阅读，请与出版社发行部门联系调换。

目录

你喜欢夏威夷吗

接到王叔电话之前，艾娅早答应了许老板一起吃午餐。也许不叫许老板，而是徐老板？或者吕老板？韦老板？裴老板？每隔十天半月，这个自称家具制造商的胖男人，都会给她发短信，告诉她，他有点想她了，他已订好客房，某某酒店，通常都是三星级以上的。有时他会很委婉地征求她的意见，说，来我家吧，我给你炖糖醋排骨吃。艾娅从没拒绝过他的邀请。

那天是星期六，艾娅刚好在书店看到本海明威的短篇小说集。之所以注意到这本书，是因为封面上的大胡子男人。无疑这就是海明威了。额头上沟壑纵横的皱纹、水晶玻璃一样亮的眼睛、看上去密集硬朗的白须，配上天鹅绒般湛蓝的封皮，不禁让艾娅心里一荡。于是随手翻了翻，便看到这样一段话："我同情那种不想睡觉的人，同情那种夜里要有亮光的人。"

她已很多年没买过小说，她已经不是上大学时那个喜欢泡图书馆的女孩。可是因为这句话，艾娅把书紧紧揽在怀里。

是付款时接到王叔电话的。号码很陌生，她以为又是哪个客商打来的。私人时间她从不办公家的事。挂电话后她倚着椅子翻书。那个酒吧侍者刚给聋子倒了杯白兰地，递给他，并且安慰聋子说，你应该在上星期就自杀了……手机响了，艾娅还没接。等弯腰捡掉在地上的书签时，她发现丝袜被什么东西钩破了，一缕线头抽搐着。她突然沮丧起来，不为别的，只为她的袜子。无论袜子质量如何，只要穿上一个礼拜，肯定会被脚指甲顶破。这或许和她的懒惰有关。小时都是母亲帮忙剪趾甲，谈恋爱时是王小峰，后来呢，是她自己。一个人，总是很难想起这些琐碎而必需的事。

在她愣神的空当手机又焦躁地响了。

"我今天休息，"她轻声细语地问，"哪位？"

"是我啊！小娅。"

一般的客户不会知晓她的小名。这男人的声音让她有点耳熟。

"我是你王叔啊，小娅。"

"王叔？哪个王叔？"

"我是你北京的王叔啊！怎么把叔叔忘了啊！"电话那头悦耳的男中音笑了起来。

艾娅眼前便浮现出一位穿白的确良衬衣的男人，春天的樱桃树般影影绰绰。"你最近还好吧？"艾娅有点惊喜，"你怎么找到我的？"

"我跟你三叔要的号码！你三叔说,你一直在这边做生意。你们全家都好吧?"

"都挺好的! 你现在在哪儿?"

"就在大连啊,呵呵,我们来开会。"

接着王叔说,他来此地开一个全国性的学术研讨会。全国的心血管专家全聚集到这座以风景优美闻名的海滨城市了。他将在这里待上三天,两天开会,一天自由活动。今天是他在这里的第三天,他已经预订了今晚的飞机票。他说,好多年没见过艾娅,也不知道当年的漂亮女孩长成什么样了。

艾娅的嘴角一直翘着微笑。这一年来,她很少笑。或者说,她根本就没笑过。

艾娅认识王叔那年,应该是十六岁。那年她跑到三叔家,住了整整一夏。在艾娅印象中,北京夏天潮,三叔家住在一个叫平安胡同的地方。每天睡前,她都会在墙壁上捉到许些肉红色潮虫。它们通常一群群蠕动着浅绯色爪子漫过墙角。每逮一只,艾娅就用手指肚夹起,再用另一只手上的指甲将它们的小腿一条条割下。通常睡着前,艾娅的指甲里满是虫子腥气的肢体。她喜欢把指甲伸进嘴巴,厚厚的舌头舔动着指甲缝,潮虫味道就顺着喉咙扩到胃里。很多时候,她会被自己的举止打动,灯熄后,一个人在凉席上趴着哭。

其实也没什么大不了的事，只是中考没上重点段，只好去了家普通高中。艾娅就受不了，她受不了主要表现在饮食上，一连两天只喝点自来水。母亲给她炖了只乳鸽，她只用筷子扒拉两下，蘸蘸汤，闻了闻，垂着眼帘说："盐放多了。"后来母亲给她买了张火车票，跟她商量着说，去北京玩两天吧，你三叔打电话说，想你了呢。艾娅三叔和三婶在北京一家部队医院当医生，每年夏天，他们都会利用休假时间，来石家庄待上段日子。按照他们的说法，是来这个火炉般的大农村避暑。他们的说法每每让艾娅父母感动。那次母亲让艾娅去趟北京，一是散散心，二是代他们探望弟弟一家。艾娅没料到叔叔一家住在那样简朴的四合院，只有两间昆虫大的房间。艾娅主动挑了间套厨房的。白天时他们去上班，艾娅便坐到那株鸟绒树下读点闲书。读闲书的时候，便认识了王叔。

　　如今王叔来大连，她不清楚有没有必要见他一面。上高中和大学时他们还通过信，当然信里也不会谈什么，王叔不外乎叮嘱她好好学习，或者散假时去北京旅游……每年元旦，艾娅都会挑张精美的贺年卡邮寄过去，一直到毕业还是有联系的。只是等结了婚生了孩子，那份闲情就少了。掰手指算算，他与她，已经有十四年未曾谋面。十四年！当年的女孩已是个独身的离婚女人，而当年那个喜欢穿白衬衣、笑起来有点迷人的男人呢？老是肯定会老的，小腹隆起，语速缓慢，过度的饮用白酒会让他患了脂肪肝……艾娅手里握着那本六百多页码的小说集,难免踌躇起来。

她刚才在电话里对王叔说,她中午请他吃饭。其实,说完后就悔了。如果没记错,她已经答应了许先生的邀请。

对许先生,怎么说呢,艾娅倒没什么想法,如果说有想法,也只是对他的身体有微微了了的热望。许先生是个有意思的人,做完后会给钱,钱不多,五六百,或者厚些,被他毛茸茸的手指温柔地、命令似的塞到她手里。那些钱对她来讲算不得什么,可既然他愿意给,那么坦然地接了,也没什么不好。她手头倒是不紧,积蓄是有的,何况离婚时她虽净身出户,手里却攥着张欠条。欠条是王小峰打的。他不给她房子,不给她女儿,那么,从金钱上让他补偿,便是对他最大的伤害了。除了这样的伤害,她还能选择哪种复仇方式?往他脸上泼硫酸?阉了他?这些极端的事艾娅做不来。既然不能从肉体上让他痛不欲生,为什么不能让他在精神上痛苦?欠条便接得心安理得,心里冷笑着安慰自己,女人十年的光阴,怕也就值这张欠条了。

而离婚后她最大的愿望,便是到外面旅游。艾娅不喜人文景观。庙宇楼台、前朝庭院,对她来说尚构不成诱惑,只是一座座坟茔罢了。她喜欢自然的东西,比如山,比如水,比如满山遍野开疯了的蒲公英,比如沙漠里的一片葡萄园,比如,点缀着椰子树的黄色海岸线。

"夏威夷",这个名字不知道怎么就冒了出来。这名字在她想象中,简直就是"阳光"的同义词。她没刻意从网络上搜索关于夏威夷的任何信息,她只知道,那里有海,有沙滩,有穿着草裙跳舞的土著人,有廉价旅馆和彪悍的美国水兵。大连也有海,大连的海也美,但大连的海是柔的,是阴的,即便夏天,海水的潮气也能将房间墙壁逼出层水珠。而现在她最想去的,是那种阳光暴射、一个下午就能将人的皮肤晒成橄榄色的夏威夷。小时候写作文——《我的理想》,艾娅通常会在文章结尾处写道:"我长大后,要当名光荣的女解放军,手持钢枪,头戴钢盔,在祖国的南沙群岛巡逻。"如今她的理想倒单纯多了,用刚才偶尔看到的那篇小说篇名来说,就是,她想找"一个干净明亮的地方",待上那么段时间。

这有什么不对?没任何不对。她跟旅行社咨询过,跑趟夏威夷,光团费就要两万块,别的就不消说了。她现在需要钱,哪怕是三五百,哪怕是三五十。那么,中午,是去跟许先生约会呢,还是跟王叔吃顿甜美的、回忆少女时代的午餐?她答应了王叔,但还没有给许先生打电话辞约。在书店里,她摸着自己粗糙油腻的皮肤左右为难。后来她想,她必须去趟洗手间。她必须将浓妆洗掉。接待一名远方来的故人,最好素面朝天,清爽宜人。

在洗手间她又接到条短信,是许先生发过来的黄段子。他们不常见面,他们甚至谈不上熟悉,除了彼此的身体接触,他们的关系,也只是避孕套里的体液和避孕套外的体液:永远隔着层薄膜。或者许先生天生是个"自来熟",以为有了第一腿、第二腿,有了彼此的进入和被进入,两个人的感情就有了共通的甬道。结识许先生纯属偶然,离婚后有段时间,艾娅迷上了网络聊天。许先生就是她在网络交友中心认识的,从第一次见面到第一次上床,他们没有花费太长的时间。许先生面色红润,大耳垂肩,貌似憨厚。他的衣服也说明了这点:西服袖口的商标永远不会剪掉,黑裤子永远跟白袜子配一起,白衬衣的领子油腻腻的。那次做爱,当他褪掉内裤时,艾娅惊奇地发现,他穿着条色彩鲜艳的花内裤,而这种内裤,除非家里人缝制,商场里是永远买不到的。

王小峰就不同。王小峰有洁癖。作为一名解剖尸体的法医,他最大的爱好就是脱下那身警服,用香皂不停地搓手。有时候艾娅想,在王小峰心目中,他那双沾染了死者气味的手,远比她还要重要。可是,这样一个有洁癖的人,怎么会爱上一个酒店的坐台小姐?

有些事艾娅搞不懂,比如她就不明白,许先生为何老给她发黄段子?也许,许先生本来就以为她是个小姐?这多么可笑,他永远不会知道,艾娅会在家不错的私企任职,而且是个业绩和口碑都不错的部门经理。

艾娅快速删除了那条短信,她再次坚定了信心:中午陪王叔一起吃顿便餐。下了决心后她给许先生电话,她说,她母亲有病了,她现在必须立即赶到医院陪床,老太太病得很重。许先生倒没说什么,沉吟了会儿,说,要是钱不够,你就给我电话!艾娅说,钱的方面你就不用费心了,我手头很宽裕,况且还有我哥我姐他们,谢谢你的好意!

许先生没挂电话,停了会儿说,我其实很想你的!真的,我一听到你的声音,下面就硬了。

许先生的话很质朴,也很直接,却说得艾娅眼睛有些潮。许先生能折腾,但知道疼惜人。有次,他开车把她拉到他们家具厂的仓库。他把一条毛毯仔细地铺在那些散发着树木清香的木屑上,再用魁梧的有些发福的身体将她一次又一次覆盖。她盯着身体旁边的一台裁木机,听着男人粗重的近乎野蛮的呼吸声,想,她其实一点不爱他,她只是需要这么一个温暖的肉体抱着她,贴着她,潜入她,让她多少感觉暖和点。

于是她只得安慰许先生说,医院的事情料理完之后,她立马叫他。她也很想他。许先生嘿嘿地笑了两声说,那我等你。办完事你可一定要通知我啊!我先跟哥们去吃饭了。刚才赌钱,我赢了他们两万块钱。他们非宰我一顿不可。

挂掉电话,艾娅走出书店。在书店门口买了串糖葫芦。她多少年没吃过糖葫芦了？或许也不是想吃糖葫芦,只是王叔的到来让她对这种童年的食品有了种莫名的食欲。糖葫芦很甜,她的牙齿却突然疼起来。在她捂着牙齿轻声呻吟时,她感到有人拽她,起初没在意,牙齿的疼让她的耳朵在刹那间变得迟钝。后来艾娅扭过头,然后,她看到了王甜甜。

"妈……"王甜甜在叫她。眼神有些羞怯。

艾娅鼻子酸了,可没哭,她知道离甜甜不远的地方,肯定站着王小峰和那个婊子。甜甜穿得很漂亮,脸洗得很洁净,辫子梳得也颇为光滑,只是瘦了,一张小尖脸让她的嘴巴显得格外硕大,看上去像条目光呆滞的鲇鱼。艾娅抱起甜甜,乳房紧紧地贴着女儿的胸脯,鼻子蹭着她的头发,舌头舔着她的头皮。她闻到股馊味。他们把孩子打扮得很干净,可他们却不知道要经常给孩子洗澡。

艾娅已经半年没见过甜甜了。从去年春天到今年春天,她只见过女儿三次。不是她不想见,而是王小峰不让她见。艾娅也知道不是王小峰的缘故,肯定是婆婆。对这个说话生硬、满口脏话、骨骼粗大的女人,艾娅从进门第一天便没有好感,或者说,她对这个三十岁就守寡的女人,一直抱着种敬畏心态。然而光有敬畏是不行的,毕业后王小峰有能力把艾娅留在大连,却没有能力改善两个女人的关系。艾娅对婆婆乖戾的行为总是难以忍受,比如,每个星期,王小峰必须陪婆婆睡三天。初时觉得可笑,后来觉得无奈,再后来就觉得无法忍受。吵架是经常的,她不能忍受婆婆抽烟、拉一帮子人整宿打麻将,婆婆似乎也不能容忍她闲时读读诗歌听听音乐,搂着王小峰在客厅里跳华尔兹……作为出名的孝子,王小峰一直站在他妈身边,当然,后来,又一直站在孟芙蓉身边。

王小峰现在就在离她五六米远的地儿,貌似坦然地望着她。当他发现她也在回望他时,把头扭向了旁边的孟芙蓉。孟芙蓉伸着细长脖子,冷漠地盯着她。艾娅狠狠地咬着牙齿,恨不得拿刀片割断她的喉咙。孟芙蓉以前在酒店出过台。在一起凶杀案中,穿着白大褂的王小峰认识了被当作犯罪嫌疑人的孟芙蓉……艾娅一直不明白,婆婆那个老女人何以能接受孟芙蓉? 如此看来,这女人颇有几分手段,既然能在床上征服王小峰这样的洁癖患者,对付那个爱财如命的老女人也自会绰绰有余。

"妈!"甜甜说,"我昨天晚上梦到你了! 我的梦真准啊!"

"你爸对你好吗?"

"……我以后做梦的时候,要天天梦到你! 这样我就能总看到你。"

"你奶奶还喜欢打麻将吗?"

"是啊,以前在咱们家打,现在跑别人家去打。我阿姨不让她在家打麻将。"甜甜竟然管孟芙蓉叫阿姨,"妈,你为什么不来看我呢?"

艾娅说不出话,哽咽着问:"告诉妈妈,你期中考试考了多少分?"

甜甜搂着她脖子:"数学 82,语文 79。"她摸摸艾娅的耳垂,她以前最喜欢摸艾娅的耳垂,"孟阿姨昨天掐我了,"她撸起袖口给艾娅看手腕,"她嫌我考得少。她让我下次每科都考 90 分。"

艾娅放下甜甜,径直朝王小峰走去。那个男人跟那个女人,一直盯着艾娅。王小峰似乎多少有些紧张,在艾娅朝他行进过程中,他一直挪动着碎步后移。他怕什么? 艾娅想,他只怕他妈,他妈就是他的上帝。现在不管是王小峰还是他妈,都怕孟芙蓉了。孟芙蓉比上帝厉害。可是她不怕。

艾娅的手臂很有劲,当手指生硬地扇在孟芙蓉脸上时,孟芙蓉动也没动,她只冷冷地拿眼剜着艾娅。艾娅觉得如果不扇第二巴掌,真就是对不起孟芙蓉那张高傲的脸。当王小峰愤怒地抓住艾娅的胳膊咆哮"放开放开"时,艾娅的嘴唇拼命哆嗦着。

"你打我有什么用?"孟芙蓉捂着脸庞说,"有本事你抢回你丈夫。"

"……"

"以后你休想再见到你女儿。"王小峰将跑过来的甜甜扯到自己身边,"那笔钱,等我攒足了会付给你的!"

"你个畜生!"艾娅朝他吐了口痰。

孟芙蓉掏出卫生纸将王小峰脸上的痰擦掉,对艾娅说:"你这样自以为是的女人,找个人渣最合适了。"

艾娅转身就走。已经有人围观,有人在指指点点。甜甜在她身后大声哭着喊:"妈!妈!你带我去吃麦当劳吧!"艾娅头也没回。她一路小跑起来,不怎么合身的长裙让她的步伐琐碎而缓慢。她呼哧呼哧喘息着坐到一个街心花园的长椅上。手机响了。

"你妈怎么样了?"是许先生,"住院手续办好没?"

"没呢。"

"我真的想你了,"许先生的声音很温柔,"你吃饭了吗?"

"没……"

"老太太严重吗?你哭了?"

"没。我好好的。"

"别难受了。喇喇蛄活三春,蚊子飞一夏,蛐蛐跑半秋。猫虽然有九条命,也架不住吃包耗子药,各人有各人的命……"

艾娅不想再听别人噪舌。她只想安静地坐一会儿。挂了电话,她眯着眼晃着春天的阳光。她想,如果现在她就躺在夏威夷的海滩上晒太阳,该多么美啊……有个乞丐走过来,拿筷子敲打着盆钵,"大姐可怜可怜我吧。我都一天没吃饭了。"艾娅掏出枚硬币,想了想又放回皮包。没有谁能真正可怜谁,她想,又有谁可怜过我呢?她擦擦眼睛,掏出粉底补了补妆。就要见到王叔了。见到那个曾经在信笺里把她称作"清水芙蓉"的医生了。他还能把她认出来吗?

现在王叔跟她面对面地坐在酒店大厅,艾娅有种时光倒流的错觉。

她跟王叔十四年没见了。十四年之前,她还是个女孩,夏天的四合院,她躺在鸟绒树下读琼瑶的小说,读席慕蓉的散文,读李清照的词,然后在落日余晖中,注视着王叔穿着白衬衣,推着辆"凤凰"牌自行车走进院子。他总是朝她微笑着点点头。他头发硬朗,腰也硬朗,臀微翘着走路,走起路来震得小院咚咚响……她真的有十四年没见过他了?

王叔的脸还那样消瘦,脸上皱纹也不多,只不过笑起来时,目光豁达慈祥,没有了年轻时的羞赧。即便走在大街上,她还是能一眼把他认出来。

"我可真是认不出你来了,"王叔说,"真是女大十八变啊。那个时候的你,"他抬出胳膊比画了比画,"也就这么高。"他有点拘谨地整了整袖口,呵呵笑着说,"一晃,你也老了。岁月不饶人啊。"

艾娅知道自己显老,常年在外跑业务让她时常睡眠不足,只要沾了酒,眼圈马上就黑了,她的皮肤也越来越糙,尤其是没化妆时,皮肤里的那种牙黄似乎就在整张脸上蔓延开去。这些都是没办法的事,有办法的事情是,等攒足了钱,她就能去海滩晒太阳了。那是一个干净明亮的地方。在那里谁也不认识她,她不用东奔西跑地推销那种糟糕的保健仪器,不用看到那些她永远不愿看到的人。

"你还是像小时候那样不爱说话。"王叔斟了口白酒。他一直都喜欢喝白酒。艾娅还记得那个时候,他跟他妻子、孩子摆了小桌子在树荫下吃晚饭,他通常会喝上一两二锅头。

"一切都挺好,"艾娅舔舔嘴唇,对王叔笑了笑说,"一个女人该有的,我都有了。"

"孩子都六七岁了吧?你丈夫做什么工作?"

"是的,"艾娅说,"孩子上小学一年级了。我……丈夫是个法医。"

"多好啊,"王叔喃喃道,"多好啊。"

"托您的福,凑合着过。"艾娅笑着说,"王婶好吗?你儿子也结婚了吧?"

"你婶去年去世了,心脏病,哎,"王叔叹息着说,"你弟弟,在加拿大念书呢。"他掏出块手帕擦了擦额头,"我去趟洗手间。你等我会儿。"

艾娅看着他的背影。心里竟难过起来。他的老婆死了,孩子不在身边……他毕竟老了,身材也臃肿了。她突然想起,那个夏天,半夜里,王叔常常在院子里冲澡。有那么一两次,艾娅睡不着，下巴趴在窗台上望着院子里的男人。他似乎怕打扰别人，水盆总是顶着脑门倾斜，然后，一匹被扯碎的、透亮的布匹在月光下将他罩住，这给艾娅造成种错觉：这个男人似乎在月夜里，变成了一条鱼。那些洒在他身上的星光、月光、雾气、树荫的暗影跟水珠就是它的鳞片。这条鱼在河水里清洁着自己的身体，自由自在，无所顾忌。他的身体又瘦又白，仿佛随时都会在整座庭院里游动起来。通常冲完澡，他会在他们家门口坐着抽根烟，然后光着身体进屋子。屋里的灯亮了几秒钟就会熄灭。艾娅知道那是他的妻子在等着他休息。

现在这条鱼消失了。王叔再也不会变成一条在白月光里扑腾着戏水的鲤鱼了。刚才她发现他的白色休闲裤的前开口，洇了浅浅的尿渍。艾娅有种莫名的伤感，也许男人到了他这个岁数，都会患上这样的毛病，或者说，一个再优雅的男人，到了王叔这个年龄，优雅中也透着力不从心。

"你不舒服吗？"王叔问，"你好像老走神。"

"最近工作忙，累的，"艾娅说，"我再给你倒杯酒？"

王叔笑了："你的手机响半天了。"

艾娅接了，是许先生。

"你在哪里？"

"我还在医院啊。"艾娅声音很小。

"这么吵？"

"有个被车撞掉了半个脑袋的人刚抬进来,血糊糊的,医生正在抢救。"

"是吗?"

"是啊! 他老婆刚才都哭晕过去了!"

"你吃饭了吗?"

"没有呢。待会儿再说。妈妈的病情刚稳定些了。你在哪儿呢?"

"你回头看看!"

艾娅有些吃惊地扭过头,然后她看到了许先生。许先生站在离她有三四米远的地方。他的脖子和脸颊红得像煮熟的螃蟹。艾娅闻到了一股浓郁的白酒香气。他肯定是刚跟他那帮哥们吃完饭,不光吃了饭,还喝了酒,不光喝了酒,还喝得酩酊大醉。他朝她踉跄着走来,手里攥着手机。艾娅看了眼王叔,王叔举手示意她请便。他肯定以为她遇到了熟人。

酒气越来越浓,她希望他们能尽量离饭桌远一些。但是许先生一把就把她拽过去,他肥胖的身体紧紧地贴着她的身体,他肥厚的嘴唇就要咬到她小巧白皙的耳朵了,她听到这个男人用一种近乎歇斯底里的口吻骂道:"你干吗骗我?!"他抬腿顶了下她的身体。她的小腹一阵钻心的疼,"我最烦别人骗我!"他的手紧紧抓住她的裙子,"我们厂那个会计,就因为做假账,被我送到监狱里去了!"他嘿嘿着傻笑两声,"找男人就找了! 骗我干啥？找也就找了，偏找个这么老的！"他最后干笑两声，用手弹了弹她的乳房，"你这个又老又丑的烂女人，以后别再找我了！"

艾娅什么都没说。她盯着他踉跄着朝酒店门口走去。酒店门口有帮醉醺醺的男人正朝着这边挥手。她回过头朝王叔笑了笑。王叔正在用一种惊骇的眼神扫视着她。她慢慢走到桌前，坐下，捋了捋有些散乱的头发，对王叔说："一个酒鬼，认错人了。"

"哦……"王叔迟疑着说，"我们报警吧？"

"不用了。跟这样的酒鬼有什么好说的。"

"我这就打电话报警。"

"不用了！真的不用！"她近乎是尖叫起来。她不敢去看坐在对面的男人。她什么都看不到……后来，她低着头，好歹瞥到旁边座位上的《海明威短篇小说集》，"王叔，还喜欢读书吗？"

"有时候读点清史，"王叔一直在凝望着她，"戴逸先生编纂的，挺有意思。你有空也读读……艾娅，有什么事瞒着我吗……"

"哦。我现在喜欢读他，"艾娅将那本书晃了晃，指着封面上的睿智老人说，"就是用手枪自杀的那个美国作家。"

"海明威？"

"是啊。海明威。他写得真好，"艾娅随手翻开一页，对王叔说，"比如这一篇，他说，我同情那些不想睡觉的人，同情那种夜里要有亮光的人……"她的眼泪啪嗒啪嗒着掉到扉页上，王叔的餐巾纸递过来了，她没接，"还有篇是关于夏威夷的，也很棒……"后来她强迫自己抬起头，讪笑着说："等到了夏天，我就能去那里……旅游了。王叔，你喜欢……夏威夷……吗?"

冰碎片

一

后来，静秋只得说："别这样，奶奶，你要真不走，我就一直在炕上陪你。你也知道，这个世界上最疼你的人，就是我。仇人的话是刀，亲人的话是蜜。你别忘了，我可是你的亲孙女。"

贾文珍拄着拐杖浇庭院里的花。已然初秋，闲花都还开着，金马蜂都还飞着。静秋掐下凤仙花的叶片，捏了叶脊上的肥蚜虫说："你知道，碎片砸屋顶上，后果只能是这样。"她捻了捻手指，蚜虫的汁液就滋出来。可贾文珍根本就没瞅她，静秋就继续说，"我知道你耳朵一点都不聋，连耗子捣洞、蚂蚁扇翅你都能听见，"静秋又说，"你不为自己想想，也要为我想想，不为我想想，也要为吴桂花想想，你可是个活菩萨。"她腔调越来越疲惫，仿佛终于明白，无论说什么甜言蜜语，她面对的都是堵不会吭声、浑身布满了苔藓的墙。

"要不，你就在这里等死吧，"静秋最后冷哼一声，"等我来拾你这把老骨头。"

贾文珍这才抬头眯眼打量静秋。尽管患白内障多年，可她还能看清东西，只是世上的任何一件物事，在她眼里都罩了层秋霜。她抬手摸了摸静秋的耳垂，静秋的耳垂大而饱满。静秋便扑哧笑了，"不管你乐不乐意，晚上我都会把你接到我家，等明天，跟我妈去大姑家躲两天。有小半年没去过陶乐镇了吧?"

出了祖母家的院子，静秋在街上遇到段凯。段凯的爷爷昨日里去世，这两天正忙着操办葬礼。他不老老实实家里守灵，跑出来做什么? 他不光跑出来，还跟一个男人眉飞色舞地大声说话。见了静秋，段凯眉眼就开了，小跑过来，将她逼到墙旮旯，垂声问道，准备好了吗，你? 静秋慌乱着后退两步，沉吟着说，等把奶奶安顿好，就可以走了。

段凯颇为满意地说，我就喜欢你这样嘎嘣奇脆的人! 一是一，二是二，从不拖泥带水。静秋就问，你呢，你爸同意没? 段凯点支烟，将烟圈从宽阔的鼻翼吸进，又从鼻翼缓缓地喷出。后来，他很郑重地拍拍静秋左肩，一字一顿地说，我现在是大人了，我的腿长在我身上，我想去哪儿就去哪儿，谁也甭想拦我!

他的声调有点高，仿佛他不是说与静秋听，而是说与他父亲。他父亲是个独眼，每日串街卖猪血。猪血若是卖得不好，往往迁怒于他，让儿子的皮肉溅出些颜色。静秋漫不经心地瞥他一眼，他脸就红了，梗着脖颈嚷道，咋啦? 不信我啊?

静秋没吭声,那个男人朝他们走过来了。

　　在小镇,静秋极少看到这样干净的男人。他走起路来极为肃静,听不到半点践踏泥土的铿锵声。然而日后静秋想起他,无疑先想到的是他的眉毛。他那双狭长的丹凤眼,硬生生往两鬓挑开,浓黑葳蕤的眉毛,并非温顺地展向太阳穴,而是根根急促地涌向眉心,这就让他的目光看起来有些飘:本是和顺的,安逸的,在眉毛的装饰下却滑出狐疑、冷清,甚至忧伤的意味。

　　“我表哥,”段凯指了指男人,“我爷的外孙,奔丧来了。”又指了指静秋说,“我的高中同学,温静秋。”说完后他似乎有些无措,仿佛不晓得为何要将两个不相干的人牵扯到一起。他只好挠挠头皮,讨好似的问静秋道:“我们去饭店吃饭,你去吗?守了一宿灵堂,腰子都快挤碎了。”

　　静秋摇摇头,眼神却鬼使神差地钉在男人身上。男人的腿真是长,牛仔裤紧箍,将裆部绷出来,他在朝她微笑,而他的微笑是那么优雅。静秋羞怯地垂了头,转身欲走,耳朵却机警地竖起来,她听到男人小声对段凯嘀咕:“这……就是你说的那女孩?这么眼熟呢。哪里见过。”段凯和“表哥”提起过自己?静秋忍不住扭头,正看到段凯扒着男人耳郭窃窃低语。她不禁攒了攒眉头。说实话,高中三年,她从没正眼瞅过这个比豌豆苗还酰的驼背男孩。当然,他并非天生驼背,只是平素喜欢猫腰赶路而已。也许在这个营养不良的男孩看来,这种略微变形的走路姿势,恰恰能让他更像个精明、底气充足的男人。

二

陈蓉翠正搓麻将。麻友永远是另外三个老女人:老马、老王和老谢。她们搭档或许也有十几年了,十几年来,四个女人家在这条街上比邻而居,一个卖豆瓣酱、一个卖性保健品、一个卖鲜鱼,还有个卖生猪肉。卖来卖去,头发白了,身子臃肿了,却谁也没能发财,只是麻将牌摸来摸去,将手指蹭出了老茧。她们还有个老规矩,不掺和外人,如果谁的摊子忙,脱不开身,干脆就散伙。对于即将到来的碎片,她们好像一点也不急。静秋见陈蓉翠嘴上叼着半截香烟,便从她嘴里拽出掐掉,想也没想扔进垃圾桶。陈蓉翠只是笑着,将手里的"二饼"轻轻抛到桌上,嘴里大声吆喝道,王桂青,我他妈再给你点炮,我就是养汉的!

老王老马她们嘎嘎地大笑起来。静秋撇了撇嘴,踱到肉案边,将密密麻麻的苍蝇哄走,又在板凳上呆坐了会儿,时不时拿眼角的余光瞄两下陈蓉翠。母亲四十多岁,天天脸也不洗头也不梳,唯一的嗜好就是将屠户送来的白条猪剖杀得肋板是肋板,精肉是精肉,然后叼着香烟搓麻将。本来面相也不丑,眼是眼眉是眉,偏要任那猪油和血渍浸得满面油光,衣裳更不用提,一件白色围裙终年粘着肉屑骨渣。真难为父亲这么些年来,能安稳地和她睡一条炕。

"冰箱里有月饼!"静秋听到母亲扯着嗓子喊:"抽空给你奶奶送两块!"静秋"嗯"了声,转身跳进了屋。她没去拿月饼,而是在后窗扫视一番女人们,然后快速打开了母亲的钱匣。钱匣是榆木的,老货,细腻的纹理被猪油蹭得像是油了层亮漆。她抽出两张十元的,想也没想塞进裤兜。由于心虚,她又将剩下的钱胡乱搅拌了,方才喘息着盖上匣盖。

二十多天来,静秋断断续续偷了母亲四百三十元钱。静秋有心机,晓得每次偷钱不能太贪,否则母亲便会察觉。通常来说,母亲每天都能卖个三四百块,少了十块八块的不会计较。想到母亲浑然不觉自己俨然是个熟练的小偷,静秋心里便生出许些愧疚。从小到大,静秋手脚干净,从没干过出格的事,或者说,那些没来得及出格的事,都被母亲一手掐灭了。比如,母亲看到她在笔记本上抄写莎士比亚的情诗,就警告她,结婚前不要让任何一个男人碰,她说"碰"这个字时,很轻淡,并没有刻意地加重腔调,可静秋听了,眼泪却差点流出来,仿佛她时刻准备着让男人如何如何一般。高二时,有个男生来肉铺找静秋借辅导材料,被母亲三言两语赶走了。还有一次,静秋在理发店做头发。她想把头发染成酒红色,刚做到一半,母亲怎么就来了,她倚在店门口,什么都不说,只盯看着静秋。静秋头上虽罩着硕大的玻璃罩,却也不敢拿正眼看母亲。后来她实在受不了,叹息着对理发师傅说,把我的头发再染成黑色吧……

高中一毕业,静秋想去天津打工,母亲当时正在剁排骨,听了她的央求,并未搭理她,等将一扇猪肉剁好,这才叉腰凝望着她,半晌说道:"出嫁前,别指望给我出桃源镇。"她语气并不生硬,柔柔的,却让静秋的心揪成一团。有时静秋想,有个如此霸道的母亲,大抵是天下最悲哀的事了。

其实高考前,静秋就准备出去了,她知道自己考不上,也不想复读。她唯一的希望就是早早离开桃源镇。她再也不想在这个肮脏小镇待上一天。这也是她为何找段凯的缘由。段凯没有静秋这样的母亲,却有个酒后敢杀人放火的父亲。

她和段凯的计划倒简单,他们已经考察好了出走的路线:从镇上打出租到县城,然后坐公共汽车奔市里,再从市里坐火车去天津。段凯在天津那边有亲戚,到时会接应他们,亲戚已经在货运公司为他们谋好了差事。他们准备明天下午就出发。一想到要离开桃源镇,静秋就浑身颤抖头皮发麻。她现在唯一放心不下的就是奶奶。在冰碎片来袭之前,她要把奶奶接到父母这边。

从什么时候开始,桃源镇的人有了关于冰碎片的记忆? 回想如此之难,便如回忆自己诞生时忘却的事情一般。就像"冰碎片"这个名字,在桃源镇,它已经不再是书面语,不再是破碎物的统称,而是像"麦田""桃花""电影""性保健品""铁矿石""液晶电视""小姐""二人转"这样的词语一样,成为单一、独立、没有任何抒情性质的客观名词。每年秋天,镇上就要召开隆重的会议,每个村庄,上至村主任、副主任、书记、副书记,下至团委书记、会计、小队长、普通党员都要参加。会议一结束,镇上的高音喇叭就开始广播,禁止群众集会。所谓群众集会,就是婚丧嫁娶、赌钱闹鬼。干部们还会热忱而忧伤地动员镇上的人举家去探亲戚,按照他们的意思,就是镇上最好一个人也不留。

刚开始,人们并没当回事,不就是天上掉点碎片吗?按照镇上的说法,每到秋天,根据科学家预测,天上的星辰都会有几颗粉碎,这很正常,哪个六七岁的孩子不掉乳牙呢?但这些来自宇宙的碎片不会落到美国的洛杉矶,也不会落到巴黎的香榭丽舍大街,而是全部神奇地落到这里。根据镇上干部的说法,这些星辰的碎片晶莹剔透,像冰山一样庞大坚硬,只有在阳光暴射下,它们才会彻底消失,升腾为空中云朵。这多么奇妙,冰碎片不会掉进大海,也不会掉进深山。不会掉到茂源镇,也不会掉到陶乐镇,而是,全部掉到桃源镇。

第一次,全镇的人都去探亲戚,回来时,他们发现也没什么大不了,只是刘拐子家的厢房被砸破一角,王德顺家的牯牛被砸死一头。他们谁也没能看到,冰碎片到底是什么样子。第二次,王茂源家的摩托车被砸碎,张开来家的一窝未过满月的猪崽全被砸死……后来,出去探亲的人越来越少,人人似乎都抱着如是的想法,那些冰碎片又能把人咋的呢?有几年的时光,他们偷偷违反了上面的指示，做生意的生意照常做，想结婚的婚照样结，喜欢种田的田照样耕，他们发现，那些从太空来的碎片，并没有想象中可怕，也就是说，那几年里，星辰虽然依旧爆炸，可是却并未如科学家们预测的那样，神秘地频频光临桃源镇，人们在焦灼地等待着碎片从天而降，而事实是，碎片虽然光临过桃源镇，谁也没见过真正的冰碎片……然后有一年，有个照例在田里耪地的老头被砸死了，他的血液从七窍里全流光了，人们找到他时，花生地里只是趴着一张衰老的人皮，旁边是黑红色土壤；正在家喂驴的茅式伞，头颅被冰碎片硬生生削掉，三滚两滚翻进粪坑，没了头颅的脖子汩汩地冒血，人们找到他时，只是发现一个无头男人僵硬地靠着那头草驴，手里还捏着个烟斗，烟斗冒着烟气，毛驴不时晃晃身子，继续悠闲地吃草……

静秋可不想奶奶有什么好歹。父亲是个泥瓦匠，常年在外头跑，母亲呢，更不用说。静秋心里只装着奶奶。奶奶耳朵有点聋，可静秋说什么话，她似乎都能听到。奶奶说，这次她是再也不想动弹了，她再也不想离开她的庭院半步，她都这么一把老骨头了，还有什么可怕的呢。

然而毕竟，冰碎片又要从天而降。根据科学家们的解释，它们飞行的速度比世人想象得还要迅捷轻盈——或许已经超越了光速，轻易就能把小镇的皮肤割裂，然后，悄然融进小镇肮脏的血管、器官、发梢，或者，在阳光的抚摸下，瞬息蒸发——仿佛异乡人,从未抵达过这里。

三

"静秋,找四块钱零钱!"静秋听到母亲喊她。

买肉的却是段凯,段凯手里拎着几斤猪肉,眼睛却心不在焉地扫来扫去。见到静秋,他有些羞涩地笑了笑。静秋佯装没瞅见,径自离开了肉铺,段凯在后边默默跟着。母亲又扯着破锣嗓子问:"去哪儿啊?该吃中午饭了!"王桂青就搭讪说,姑娘家长大了,不要老是这么碎嘴子。母亲嘟囔道:"不管能行吗?学不好好上,也不去复读,她舅舅在镇上的手套厂给找了个临时工,死活也不去!不晓得糨糊脑袋天天琢磨些什么……"

静秋和段凯在一家音像店门口停了。静秋没好气地问道:"什么事?"

"我想跟你商量一下,"段凯诺诺着说,"我们……不去天津了好不好?"

静秋直勾勾地盯着他。他的脊梁就越发弯了。他尖着嗓子说:"你误会了我的意思!我们不去天津了,我们去北京!"

静秋挑着眉毛问道:"你……?"

段凯说:"你上午也见到我表哥了吧?他是个见过世面的人。他说,天津那边的厂子效益都不好,工资也低。他还说,如果我们愿意，可以跟他一起去北京。北京比天津近，机会比天津多，只要我们愿意弯腰去捡，遍地都是金子。他还说，你长这么漂亮，简直可以去当电影明星呢。"

静秋忍不住摸了摸自己的脸，"你表哥在北京做什么？"

段凯说："什么都做，以前卖过假发票，当过群众演员，卖过小笼包，现在是厨师。"

段凯又说："表哥对你印象很好。"

静秋便想到那个身材修长的男人，想到男人的丹凤眼，想到男人的眉毛，竟是丝丝缕缕的……暖。她想了想说："我可以跟他谈谈吗？"

段凯眉开眼笑地说："当然可以啊！他人很好的。"

静秋就跟了段凯去找表哥。表哥没住在段凯家，而是住在镇上的旅馆。在去旅馆的途中，他们遇到了王亮。王亮是静秋同学，他开着一辆破旧的拖拉机，拖拉机上坐着他的父母，他的祖父祖母，还有他的哥哥嫂嫂。看来他们要去亲戚家了，他们的脸上没有任何表情，王亮的父亲戴着顶秆草编制的草帽，漠然地抽着老旱烟，而他的母亲，正闷头闷脑地啃着半个玉米。哥哥和嫂子则依偎在一起，仿佛两只快要睡着的绵羊。

王亮见到他俩，高声喊了句什么，静秋并没有听清楚。段凯就问："王亮……说什么了？"静秋边走边摆弄着朵矢车菊，并不理会他。他就自言自语地念叨，王亮说，我在跟你谈恋爱呢。静秋仍未搭理他。他们在半路上还遇到了镇上的宣传车,是辆酱紫色的松花江。静秋看到个戴眼镜的妇女打开玻璃窗,手里握着个喇叭喊,同志们!明天中午之前务必全部撤离!同志们!明天中午之前务必全部撤离!远离太空垃圾,珍爱宝贵生命!远离太空垃圾,珍爱宝贵生命!

他们还看到三三两两的农民骑着自行车朝茂源镇方向行进。当然,也有徒步行走的。桃源镇最出名的疯子,已经年近九十岁的徐泽也在匆忙赶路。静秋觉得徐泽并不像村人们说的那么傻,每次冰碎片袭击桃源镇之前,这个衣衫褴褛的老人总是很快就撤离,他面目肃然,肩上扛着硕大的包裹,手上拎着鸟笼,鸟笼里是只丑陋的荷兰猪,他走得比小伙子还快。静秋突然就想起吴桂花。吴桂花住镇西,丈夫在港口打短工,隔三岔五回来一趟。吴桂花是个花痴,丈夫就用了一条三四米的铁链子将她锁在家里,避免她出去疯跑。平时都是奶奶蒸几屉馒头,每两天送一次。

"这些冰碎片,真是让人讨厌,"段凯说,"它们为什么不落到别的镇呢?为什么偏偏要落到桃源镇?"

"从我记事开始,一直到现在,它们总是在秋天打扰我们。"

"烦死人了,"段凯说,"冰碎片是这个世界上,我最讨厌的东西,"他想了想说,"不对,还有个人,比冰碎片更让人讨厌。你知道吗?他总是往猪血里添色素,有一次,我看到他逮了两只老鼠,割了脖颈,把血往猪血里硬挤。我从来不吃他的猪血。最好全镇的人都不要买他的猪血。"

"可是,"静秋说,"我喜欢……那些冰碎片。"

段凯狐疑地盯着她的左脸。她的左脸比她的右脸瘦一些,而且长了两粒褐斑。"你的想法总是和别人不一样,"段凯高兴地说,"你比别人都聪明。"

静秋说:"那些碎片,总是傍晚才从天空落下来。"

段凯说:"这倒没错。"

静秋说:"那些碎片,还总是从云霞里落下来,就像是……闪亮的星星。"

段凯说:"也许它们的速度,比星星坠落的速度还要快。"

静秋说:"那些碎片落下来时,镇上是那么静。大部分的人都出去避难了。镇上没有了汽车的鸣笛,没有了小商贩的叫卖,没有了炼钢厂的轰隆声,只有昆虫的鸣叫。"

段凯说:"我也喜欢安静。"

静秋说:"我十岁那年,我们一家都懒得走了,也许是我妈的主意,你知道,她可能是镇上最有主意的女人。她让我奶和我爸躲进地窖,让我躲在床铺下面,她呢,则躲进衣柜里。"静秋呵呵地笑了两声,"她为什么要像蟑螂一样躲进衣柜? 衣柜里全是樟脑丸。她躺在里面,就像躺在棺材里。"

段凯说:"你看到碎片了?"

静秋说："是啊。"

段凯羡慕地说："我可没见到过碎片。那些碎片，不是落下之后，就全部融化成水了吗？即便没有融化，那些科学家们也总是在我们回到镇上之前，把所有的碎片都收走，好像怕我们偷似的。"

静秋骄傲地说："也许，我是这个镇上唯一见过碎片的人。"

段凯盯着她的右脸。她的右脸比她的左脸要胖一些，而且长了一粒黑痣。

"我趴在床底下，简直快要睡着了，"静秋眯缝着眼睛，"我看到一块比玻璃还要亮的碎片，咔嚓一声，就插进我们家的窗棂。"

"后来呢？"

"后来，我就把碎片从窗棂上搬下来，放到电冰箱里。"

段凯羡慕地说："你是唯一见过碎片的人，还是唯一拥有碎片的人。"

静秋瞥他一眼。段凯看到她的眼神很温暖。段凯听到静秋细声细语地问道："段凯，你表哥就住在这家旅馆吗？干吗让他住在这里呢？他们家的床单上全是虱子，淋浴里流出来的全是脏水。而且我从来没见到过任何一家旅馆，非要把房屋的颜色染成黑色。坐在里面，就像是坐在黑夜里。"

四

表哥正在洗澡。段凯和静秋只好在屋子里坐着看电视。表哥出来时,身上裹着皱巴巴的浴衣。见到静秋他并未吃惊,仿佛早已料到静秋会来拜访。他用手掸了掸湿漉漉的头发,水珠就四散飞溅开去,落到静秋鼻尖上,静秋闻到了洗发水的清香。表哥很坦然地坐到白床单上,两只壮硕的胳膊往身后杵去,白皙的大腿轻磕着床底板。静秋觉得表哥真像一条性感的白鲢鱼,只不过尾鳍变成了白皙的脚趾。

"段凯都跟你说了吗?"表哥吸着烟。他吸烟的姿势静秋也觉得美,烟雾也是从挺拔的鼻翼中吸进去,不过跟段凯不同的是,烟雾从他凌厉的牙齿间喷出来时,变成了一个个舞动着的乳白烟圈。烟圈袅袅荡漾开去,直到撞击到黑色墙壁上,才氤氲尽散。

"如果到了北京,你能给我们找到好工作吗?"静秋盯着他问。

"你长得特别面熟。我好像在哪儿见过你,"表哥笑吟吟地看着静秋,"在你看来,什么样的工作才是好工作?"

静秋很想把窗帘拉开。屋里开着灯,可静秋还是觉得屋内的光线太暗了。什么样的工作,才是好工作? 静秋也不太清楚,她只好斟酌着说:"活不累,工资高。"

表哥伸了个懒腰。伸懒腰时他嘴里的香烟掉到了地板上。段凯忙弯腰捡起，递到表哥手里。表哥打着哈欠摆摆手，说："我从十六岁就到北京混。在饭店里洗过碗，在片场当过替身，看过《中国往事》吗？里面那个骑摩托车飞跃黄河的男人，其实就是我。我还干过哪些营生呢？"他的中指和食指并在一起，重重地敲了敲自己的额头，慢条斯理地说，"嗯，我还当过舞蹈演员，跟宋祖英啊，老狼啊，这些家伙去走穴，当然，我从来没有在舞台上唱过一首歌，我只是站在他们身后，穿着紧身衣服，翩翩起舞。"说到"翩翩起舞"这四个字时，他突然蹦到了床上，单腿独立，来了一个 360° 旋转。表哥可能忘记了自己刚洗完澡，只穿着浴袍，因此当他的身体轻盈地旋转起来时，他的臀部不可避免地露出来。当他重新安静下来，他盘腿坐到了床铺上，把一个松软的枕头夹在双腿和胳膊肘中间，双手托腮凝望着静秋。他好像在深思熟虑，又好像是在幸福地走神。当然这一切都不再重要，静秋已经有了这样的印象：这是个了不起的人，在京城里混得很好，或者说，混得不比任何一个人差劲。所以当表哥又开始喋喋不休时，静秋并没有仔细聆听。对于这样一个有点表演欲的男人来说，在一个小镇女孩面前卖弄自己的学识，完全是没有必要的事。

"我现在在一家餐馆当大厨，知道吗？"表哥把腿伸出来，瞥了眼段凯。段凯慌忙地走过去，半蹲在那里，轻轻地替他捶起小腿来，"那是家韩国餐馆。吃过韩国菜吗？韩国菜是世界上最好的僧侣食品，也是世界上最好的减肥食品。每个体重超过五十公斤的女人，都应该吃上半年的韩国菜，那样的话，她们都会变得和你——，"他漫不经心地指了指静秋，"一样漂亮迷人。"

静秋羞涩地笑了笑。她发觉表哥比那些天上掉下来的碎片还要光芒四射。她在桃源镇从来没有遇到过这么大方、爽朗又会赞美他人的男人。她深深地吸了口气，问道："表哥，你当初为什么去北京呢？"

表哥拍了拍段凯的肩膀，示意他无须再按摩，他粗重的手法已经让表哥的眉毛拧了好几拧，"是啊，我为什么当初去北京呢……"他有些茫然地反问道，"我为什么去北京呢？"他将头扭向段凯，段凯也摇摇头，他将头扭向静秋，静秋也摇摇头，他这才摸了摸自己的脸颊，问静秋道："你为什么非要离开桃源镇呢？这里不是很好么，有山有水，有吃有喝，还有亲人和朋友。更重要的是，每年秋天，冰碎片都会落到这里。你们多幸福啊。你们从来都不知道珍惜，要知道，那些冰碎片，从来都不会光临别的小镇。这是你们桃源镇的荣耀呢。"

"你喜欢桃源镇吗？"静秋突然问，"你以前来过桃源镇吗？"

表哥愣了一会儿。静秋突然有些累了，她觉得她突然什么都不想说了。

"在我十三岁的时候，来过一次，"表哥说，"当然，只是那么

"一次，一次而已，却让我总也忘不了。"

"来看我爷爷吗?"段凯小声嘟囔道，"你十三岁的时候，我还没出生呢。"

"那次我来桃源镇，并不是来看你爷爷。"他没有顾及段凯失望的神色径自说道，"那是一九八三年夏天，我们听说，桃源镇马上就要来好东西了，于是我们就来了。"

"你们所说的好东西，是不是就是碎片?"

"一点没错，那个时候，"表哥呷了口茶水，他的嘴唇有些爆皮，"我时常跟一帮流氓玩，"他嘿嘿笑了两声，"知道他们是什么样的流氓吗? 就是穿喇叭筒的牛仔裤，唱邓丽君的靡靡之音，男女聚堆跳迪斯科。"

"这叫什么流氓呢，"段凯说，"这叫什么流氓呢?"

"那个时候，这就叫流氓，而且是标准的流氓，那个时候，每个小镇上，都有一群这样的流氓。"表哥站起来，走到窗前背对他们，"那帮孩子，年龄也不大，二十来岁吧。我呢，是他们的跟班，我替他们买饮料、买电影票、传递情书，他们也确实需要我这样一个勤快的孩子，"他声音越来越弱，"然后那天，我们得知了桃源镇的事，就骑自行车过来了。我们都想知道，那些星际碎片，是不是和玻璃一样闪亮、锋利，我们骑了两个多小时。我年龄最小，个子却不矮，尽管如此，我还是骑得最慢，他们谁都不搭理我，只有她，时不时停下来，问我累不累，还用她的花手绢替我擦汗……"

静秋和段凯相视一笑。然后段凯嘿嘿地笑着问："她是谁？你喜欢这个女孩吗？"

表哥愣了愣说："她是谁呢……她是谁呢？"

"男的总是很健忘。"静秋说，"或许，很多时候，都是故意忘掉的。"

表哥盯着静秋，半晌才说："你姥姥家是哪个镇子的？"

静秋没有吭声。她突然什么都不想说了。她只好看了眼段凯，段凯就问："后来呢？后来，你们等到冰碎片了吗？"

"后来呢……后来呢……我们等了半天，什么都没等到，然后，我们就去桃源镇的芦苇荡里去喝酒……都喝醉了……天刚擦黑，我们打开录音机，在芦苇荡里放张蔷的磁带，跟着《月光迪斯科》疯狂跳舞……越跳越热，后来我们就脱了衣服跳……全脱了……光着身子……再后来……后来……"

"你们……是不是……干别的了？"段凯小心翼翼地抻了抻衣角，"是不是？"

静秋舔了舔嘴唇，她觉得屋内无比闷热，她不想听表哥的故事了，她还有很多事需要打点。她有气无力地说："你……什么时候走？"

"明天中午。"表哥清了清喉咙，他好像刚从梦境中苏醒过来的样子。他一把拉开窗帘，九月的阳光暴射而入，"明天中午，外公葬礼就结束了。我就可以回北京了。你们俩,你,还有你,真的想跟我一起走?"

"是的。"静秋从沙发上站起来,她大声地说,"在碎片到来之前,我们和你走。"她看了看段凯。段凯的身形在黑色的房间里显得那么细小,仿佛他只是一团漆黑的、没有呼吸的影子,"我从不说谎话,"静秋安静地舔了舔嘴唇,"我喜欢去别的地方。是打心眼里喜欢。"

五

静秋和段凯从旅馆里出来,又碰到许些匆忙赶路的人。他们就像一群暴雨降临之前盲目迁移的蚂蚁。静秋目送着他们,心里想的却是表哥这个人。他慵懒而清晰的语调,轻佻而略为造作的动作,以及他散发着水果清香的身体,让她的心时不时轻跳一番。表哥是个靠得住的人吗?他滔滔不绝地跟她说着话,眼神却从来没有瞅她,他奇怪的眉毛在昏暗的光线中,和别人的眉毛也没有什么不同。他还提到十三岁那年的桃源镇之旅。他提到他们一帮"流氓"脱了衣服在芦苇荡里跳迪斯科。后来发生了什么,他好像并不想透露。也许,什么都没有发生?静秋突然渴望知道结果。这念头来得突兀而迫切,竟让她的心雀跃起来。

静秋和段凯在文化路各奔东西。静秋开始着手准备明天的出走事宜。给母亲的信她早就写好了,当然信里也没书什么生死离别的话,她只是说,她要到外面工作。另外让她放心不下的还是奶奶。奶奶为何执意留在桃源镇呢?人到了她这个年岁,是否都固执得不可救药?当她再次来到奶奶的庭院时,奶奶正在睡午觉。静秋从窗口眺望着她。后来一只鸽子落到她的肩膀上,咕咕喧闹个不停。奶奶一翻身就醒了,醒了的奶奶并没起身,而是大声地说,静秋吗?是你吗?静秋就答应了声,乖乖地进了屋,帮奶奶穿上鞋。奶奶就说,我想来想去,你还是应该给吴桂花娘家打个电话,她们要是不把她用牛车接走,我还真是就放心不下。静秋就说,你别老想着别人死活,待会儿我就带你过我妈那边。奶奶说,我老得跟块石头似的,舌头尝不出甜味,牙齿咬不动鸡肉,皮肉感觉不到疼痒,眼睛看不到人物,除了一双耳朵跟瞎蝙蝠似的,我真的就像块老石头了。我要真是被碎片砸死,也是福分。

　　静秋不愿再和奶奶争辩,只是搀扶着她去探了探吴桂花。吴桂花也四十多岁了,穿着条超短裙,腿上套着条黑色网眼状丝袜,一双金鱼眼睛骨碌碌乱转。见到静秋她们,她就快活地笑起来。她笑得异样甜美,让静秋心里很是茫然。她的手腕上仍然套着那条乌黑的铁锁链。

奶奶就问,馒头还有没?

吴桂花说,有。

奶奶问,老爷们最近回来没?

吴桂花说,回了。

奶奶问,你儿子呢?

吴桂花说,去庙里当和尚了。

奶奶问,老爷们有没有把钥匙留下?

吴桂花就嘤嘤地哭起来。

奶奶叹口气说,你还记得你娘家人的电话没有?

吴桂花就指了指墙壁。

等静秋通知完吴桂花的娘家人,天怎么就黑了下来。看来要下雨了。今年夏天是个大旱之年,雨总共没有落成几场。静秋路过表哥住的那家旅馆,忍不住朝表哥住的房间仰望起来。

事后,静秋已经想不起来她是如何进了旅馆,如何敲响了表哥的房门。她只记得表哥站在门里,屋内的光线折射出来,带了些暖洋洋、慵懒的气味。原来表哥并没有继续去段凯家参加葬礼。他身上的浴袍还没有脱掉,时不时用手揉一揉眼睛,如果没有猜错,他应该在是睡午觉。可这午觉也着实漫长了一些。表哥倚靠着门框,笑眯眯地打量着静秋。静秋低着头,等待着表哥邀请自己进屋。表哥真的那么做了,他优雅地打了个手势。静秋听到他低声问道："你还有什么事吗？"

你还有什么事吗？静秋也这样问自己。

"我刚起开一瓶红酒，你要不要来一杯？"

"我从不喝酒。我妈不让我喝。"

"抽烟吗？"

"也许以后会吧。"静秋强迫自己抬起头，扫视着房间。

"吃糖吗？"

静秋从表哥手里接过一块太妃奶糖，在手心里来回摆弄。

"喜欢吃甜食？"

"不，"静秋说，"我不喜欢任何甜的食品。"

"你是虫牙？"

"我的牙齿可以做牙膏广告。"

"那好吧，如果你不喜欢，就别吃。别做任何你不喜欢的事，尤其在小镇上。"

屋子里突然安静下去。很久之后，静秋依然记得当时的情形：表哥没有坐在黄色的床单上，而是靠着电视柜直立，他松散地抱着自己的肩膀，两条腿悠闲地交叉在一起，大脚趾间或静静地动一下。有那么片刻，他似乎在凝望着静秋，让静秋左顾右盼，却又不敢将目光迎上，等静秋确信他移开目光，鼓足勇气去扫射他时，才发现他还在直勾勾地觑着自己。虽然开着灯，可是墙壁的颜色让橘黄色的灯光显得那么神秘、漫长而忧伤。静秋的眼睛里不知怎么就沁出了泪花。她突然想好好大哭一场。她为自己有这样的念头而羞愧不安起来。她当时特别希望表哥能走过来,把她抱在怀里,轻轻地拍打着她的双肩,好让她的眼泪掉得更顺畅些。后来,她站起来向表哥辞别。很显然她的举动让表哥有些诧异,他的嘴唇翕合了半天,方才有些迟钝似的问道:"你真准备好了吗?"

"是的,"静秋按了按自己的眼眶。她突然对他蔑视起来,"我早就准备好了。我准备了很多年了。在碎片降临之前,我肯定会在桃源镇消失。"

"很好,很好,"表哥说,"不过,我倒是想在碎片来临之后离开。说实话,我真的想看看,那些传说中的碎片,到底是什么样子。"

"你肯定会失望的,"静秋淡淡地说,"其实就是一块块冰碴儿。"

"哦。"表哥伸了个懒腰。他捶了捶自己的胸脯,漫不经心地说,"到时候,带上身份证,带上钱,带上……"

"我很想知道,你们那次来看碎片,又去芦苇荡跳舞,后来……发生了什么事?"

表哥突然笑了。他把静秋安静地扨到门口,懒懒地说:"说实话,你长得特别像一个人,特别特别像,跟她一样丑。不过,你肯定不是她……"

静秋怯怯地问:"是那个……拿手绢……给你擦汗的……女孩吗?"

他没应她,而是掰着手指头数了数,"她比你大二十六岁,"他伸出手,掸了掸静秋的头发,"那年正赶上严打。如果我没有记错,给我擦汗的女孩被枪毙了,当然,她当时要是怀了孕,也可能会捡条命……罪名叫聚众淫乱……"他打了哈欠,笑着说,"这样的故事,你喜欢听吗?"

"你还记得她的名字吗?"静秋安静地问。

表哥打了个悠长的哈欠,"她姓……陈……瞧,"表哥有些得意似的说,"我还记得她的姓氏……让我好好想想……哦,她叫陈蓉翠。对,她的名字就叫陈蓉翠。多土的名字啊。"

静秋捂住嘴巴,眼泪突然大滴大滴顺着鼻翼滚下来。她慢慢下了楼。走到大街上时,雨下起来了,她没带雨伞,很快就被淋透了。有那么片刻,她差点再折回旅馆,她想告诉表哥,那个叫陈蓉翠的人,到底和她是什么关系……当然,她还可以告诉他一些别的事,比如,其实她也从来没见过碎片,有谁真正见过传说中的碎片呢。没有人,一个人都没有。那次全家人都跑到姑妈家避难,只有她偷偷跑回来,在自己的板床下趴了整整半天。

即便趴了整整半天,她还是什么都没看到。后来她在床铺底下睡着了,她睡得那么香,连漆黑的夜也不曾将她从睡梦中唤醒。她已然忘了那漫长的睡眠是如何苏醒的,只是觉得冷。她从床铺下面匍匐着爬出来,在屋子里找了件毛衣披到肩膀上,然后,拿着手电筒,一个人,走向空无一人的大街。那时,静秋尚记得,万籁俱寂,昆虫颂唱,野鼠钻垛,手电筒的光亮,也被小镇一口一口吞噬掉了。

旅　行

一

　　关于奶奶和爷爷的那次旅行，兆生想是件蓄谋已久的事情。在他们多年的乡居生活中，他们仍与外界保持着疏散而温暖的联系。他们有一台十五英寸的黑白电视，每天晚上七点，奶奶把电视打开，戴上花镜看《新闻联播》，当然，他们对各种性质的战争和会议、出访和丧礼、奇闻逸事和反腐形势从不感兴趣。他们酷爱这个栏目，只是因为他们喜欢那个一只眼睛单眼皮、另一只眼睛双眼皮的女播音员。她和他们的大女儿长得像极了。每当她张开嘴巴，从洁净的牙齿间蹦跳出一桩桩国家或国际大事，奶奶总会微笑着对爷爷说，瞧，咱们草莓又开始上班了，她可真准时啊，一点都不偷懒。他们的大女儿草莓，在前年的春天喝敌敌畏死了。

　　他们出发的那天是农历三月初二。爷爷四点钟就爬了起来。那个早晨，爷爷觉得空气通透清亮，韭菜花的甜味不时刺激着鼻孔,所以等他端着一筲箩嫩草喂毛驴时,他开始吹起了口哨。太阳不久就拱出来,猪圈上的倭瓜花蕊栖息着一只熟睡的知了,爷爷还在葫芦秧上逮着了一只蝈蝈。这只肚子滚圆的昆虫让爷爷愣了一会儿,他摸了摸它的翅膀。它翅膀上绿色的花纹湿漉漉的。

奶奶对于爷爷的这次决定,开始时极力反对。他是越老越糊涂了,虱子多了不痒,债多了不愁,脑筋要是转不利落,才最伤神。当她倚在门框招呼爷爷吃饭的时候,爷爷正在给那辆老水管自行车打气。她扯着嗓子嚷道:"吃饭了! 你除了会折腾人,还会做点啥?"

后来当他们把门锁好时,奶奶盯着墙角的那丛樱桃树,说:"我不去了。我的关节炎又犯了。"

爷爷对奶奶的变卦在意料之中,对于她习惯性地拆台,他已习以为常。他把老水管自行车靠在墙壁上,走到她身边说:"你以为我离不开你? 我没有你照样能活!"

奶奶噘着嘴蹭上了他的自行车。她叹了口气,粗糙的手抚摩着无名指上的那只铜戒指。

爷爷驮着奶奶朝村南行进。三月的村庄,牲口早早苏醒了,那些在村头巷尾嗅来嗅去的狗尾随着爷爷的自行车小跑。它们红色的舌头冒着哈气,慵懒而顽皮。另外他们对在村头遇到周德东也没有感到奇怪。周德东每天早晨四点半到村头等人已经是周庄最著名的事件。远远地爷爷下了自行车，和周德东打着招呼，"我说他二舅，还在等国庆啊？"

周德东是大儿子媳妇的哥哥。他呼噜着嗓子点点头。周德东的脑出血已八年了。他的嘴巴被拴住了，说话不利索。对于爷爷殷切的问候他很开心。他指指爷爷，又指指奶奶，问："你们老两口……这么早……去赶集啊？"

爷爷摇摇头，去看奶奶。奶奶对周德东说："你怎么老有操不完的心呢？还在这里傻等什么？你儿子早不从这条路上过了！"周德东的儿子和周德东打架，搬到他丈母娘家，九年没踢过家里的门槛了。不过他到轧钢厂上班时要路过周庄。周德东便天天跑村头来等儿子。对于这种徒劳的等候周德东保持了一个周庄人应有的耐性。可他一次也没有等到。

对于奶奶嘲笑式的诘问周德东保持了惯有的冷漠，于是爷爷和奶奶的自行车又出发了。奶奶坐在车后，胳膊上挽着一个黑色包裹。对于这个早晨的周庄人来说，爷爷和奶奶的这次旅行并未引起他们的注意。很多周庄的人，在这个闪着阳光碎银子的早晨，看到了两个老古董，被一辆会唱歌的老水管自行车牵引着，晃晃悠悠驶出了周庄。

二

爷爷怎么想起要去十里铺看海呢？奶奶觉得是那台黑白电视机造的孽。电视开始时，那个戴着眼镜、富态的政府官员一直在喋喋不休地讲话，讲得好好的，不知怎么就没了，电视里好多人在一座山上挤，然后是公园、商场、故宫和草原。播音员用充满激情的声调宣布，五一又来了，国内游客坐着飞机、火车、轮船和大巴去旅行……奶奶以为爷爷早睡了，他对电视从不感兴趣。因为他只有一只眼睛。他也不赞同她看电视，要不是因为那个像大闺女的播音员，他准会一棒子把电视砸了。他的耳朵虽然佩戴着助听器，她说的十句话，他大抵只能听到五句。奶奶没料到爷爷突然从炕上坐起来，抻着奶奶的袖口说："明儿个我带着你去十里铺。我还没去过十里铺呢。"奶奶有一搭没一搭地说，去十里铺做什么？爷爷把嘴巴贴在奶奶的耳朵上说："我带着你去海边走走。你这么大年岁了，还没看到过海呢！"

奶奶后来坐在爷爷的车上，后悔万分。她首先是替爷爷担心。十里铺离周庄有一百里路呢。他这副老骨头，骑自行车能扛得住吗？后来她咬咬牙说，你要是真想去，我们坐公共汽车吧！十块钱一张票，能买二斤猪肉呢！我豁出去了！爷爷摇头，奶奶就说，来回也就四十块钱，是四十块钱重要呢，还是你的老命重要呢？爷爷还是摇头，奶奶嘬嘬地说，庄里人要是知道我们跑这么远去看狗屁的海，还不得笑掉大牙啊。

奶奶见爷爷没吭声，而是走出了屋子。奶奶这才恐慌起来，她知道爷爷生气了，生气时爷爷通常的做法是和她分居。去年夏天他就和她分过一次。他在屋顶搭了一栋木房，那些天，每当夜色降临蚊虫四起时，爷爷扶着梯子爬上墙头，像壁虎一样蛰居到他的木屋。从此他便和奶奶分居了。这件事让奶奶哭了好几天。那个夏天，每当繁星在夜空撒开，爷爷就像一只迟钝的大鸟飞上屋顶。他的动作在长期的攀缘中趋于完美，后来，他只需要马夫钉一只马蹄的时间就能顺利抵达他栖息的巢穴。还好，小雪到来时，爷爷自动从房顶撤离，最后一个清晨，他从屋顶迈到墙头，然后像一只悠闲的蝙蝠飞下来。等他落到地上，他的脚踝被蹾了一下，于是他对奶奶说："哎，我真的老了啊！"

老了的爷爷驮着奶奶过了李庄和夏庄时已气喘吁吁，奶奶说，你要是累得慌我们就歇歇吧。爷爷没听到。他的身子佝偻着起伏。他瘦得让人心疼。参军前他替地主扛活，是最出色的雇工，1948 年辽沈战役，他用刺刀捅死过两个国民党士兵，1952年抗美援朝时他是炮兵，轰死过六个美国鬼子。可现在他的身子骨轻得犹如一把干柴。

"你没听到我讲话啊？"奶奶有些生气地说，"我想解手！"

爷爷这才从自行车的前梁迈下来，把自行车扶稳当，奶奶小心着着地。奶奶看了看爷爷说："我们回家。"

爷爷说："米家？米家村离这里还有四里地呢！"

奶奶对爷爷的打岔已经麻木了，对一个耳朵聋的人生气是不值得的。她再次扯着嗓子嚷道："我要回家了！我不去十里铺了！"

奶奶讲完话时马上低下头，有辆摩托车从他们身边蹭了过去。骑摩托车的是个中年人。她一眼就认出他是谁了。她转过身子，假装和爷爷说话，她的嘴唇轻轻地翕动着，可是她确实什么都没说。

"你不舒服啊？"爷爷大声地说道，"你哑巴啊？吭声啊！"

他们嘈杂的声音还是把那个中年人吸引过来，这样，在他们旅途的开始，奶奶遇到了她最不想遇到的人。在奶奶多年的乡村生活中，有两种人最让她憎恨：一种是偷鸡摸狗的人，譬如周庄的村书记周卫星，周卫星每年春节都从村里划拨二十块钱给爷爷奶奶，但奶奶从不正眼瞅他，就是因为周卫星和村里的会计王秀珍有一腿；另一种人便是"伙混"。"伙混"是这里的方言，说白了就是汉奸。奶奶打日本鬼子时是这一带的地下党，还兼着周庄的党支部书记，那年月，她除了给上边秘密送情报，组织村里的媳妇们给八路军纳布鞋，最重要的事情便是如何应付那些"伙混"。而这个骑摩托的中年人，正是当年这片"伙混"头目刘三会的儿子。刘三会"三反五反"时被枪崩了，可他的儿子还活着,而且活得挺滋润,养着"解放"牌卡车。

"你们这是去哪儿啊?"中年人双腿哈在摩托车上说,"周大叔,你们这么早,有急事情吗?"

无疑这个中年人认识他们,不仅认识他们,还很亲密的样子。爷爷没认出他,憨厚地笑着。

"要是有急事,我驮我婶子一程啊?"

爷爷没有听到他说什么。奶奶则绷着脸说:"不用!你忙你的吧!"

中年人很快消失在庄稼地里。奶奶突然觉得,这是个多么让人伤心的早晨。她以为一辈子也不会遇到这些她厌烦的人了,她已经四年没出过周庄了。她是个懂得记恨的人。奶奶是这么想的,一个人要是一辈子连个记恨的人都没有,那也就白活了。

这样,奶奶和爷爷的旅程在太阳升得一指高时受到了打击。她看到村庄的烟囱里都冒出了灰烟,而陈年的麦秸垛里不时游走出一条青色小蛇。路过米家村时,有辆公共汽车从爷爷的身边呼啸着滑过去。奶奶从背后捶了爷爷一拳。爷爷扭过头说:"你累了? 累的话我们先歇息一会儿。嘿嘿,你的骨头,终究没有我的骨头硬朗呢。"

三

对于米家村这个村庄,他们都有些陌生。这个村人少,也没他们的亲戚。后来他们在一家小卖部门前停了,和那户人家讨水喝。对于大清晨这两位有些鬼鬼祟祟的不速之客,女主人显得缺乏热情。她一边打着哈欠一边嘟囔着问:"哪个村子的啊?"

"周庄。"奶奶说。

"哦。周庄。"媳妇拢着乱糟糟的头发,顺脚踢了踢那只白色哈巴狗说,"你们进城吗? 怎么不坐公汽?"

奶奶仔细端详着这女人。她的眉眼略发红肿,说话时牙齿兜不住风,因为她缺颗门牙。奶奶便问:"米小翠,你那颗门牙怎么还不补? 吃东西能得劲吗?"

显然女人对奶奶唤出她的名字很吃惊,她认真地打量着奶奶,半晌才野鸭子似的嘎嘎笑将起来,她的笑声感染了爷爷,他被这个女人的好客打动了,于是他说:"东家,给口水喝啊!"

女人说:"这一大早,你们是干什么去啊? 日头还巴巴地矮着呢。"

奶奶有些支支吾吾。米小翠是草莓的初中同学。"还没吃过吧? 我煮把米,你们吃了再走啊!"米小翠仍拢着头发说,

"哎,草莓怎么那么想不开呢? 有福不会享,喝得哪门子的敌敌
畏呢?"

奶奶的脸变红了。对于大女儿的自寻短命,一直让她羞于
启齿。这丫头当了二十年的民办教师,前些年民办教师转正的
时候,没评上,就喝了半瓶敌敌畏,死了。

"多好的一个人啊!"米小翠捏着根笤帚苗剔着牙齿说,"能
说能唱的,两个孩子那么小,就舍得下撒手不管,哎,也是个狠心
的人哪。"

奶奶拉着爷爷的袖口竟自出了小卖部。爷爷本来还咕咚咕
咚灌着凉水,他把水瓢扔进缸里。刚才他也听到米小翠的话了。
他的耳朵总是在不该听到声音的时候变得像野猫那样敏锐
异常。

奶奶和爷爷离开米家村时,奶奶还在流着眼泪。她记得她
好几年没哭过了。米小翠在他们离开时很热心地往奶奶怀里塞
了几个面包和两包榨菜,被奶奶偷偷扔在庄稼地里。

米家村离他们越来越远,太阳已升到两指高。天空爬着灰
色云朵,鼻孔里不时嗅到桃花浮动的暗香。前面一定是菜庄了,
菜庄有一百亩桃树,每年春天,十里八里的地方都能闻到那种让
人骨头发软的香气。奶奶的心情突然好了起来。她看到那个邮
递员骑着绿色的邮电车朝这边慢腾腾地走。在半路上遇到熟人
是件多么开心的事情。奶奶兴奋起来,她探着脑袋喊:"大侄子!

你这是去哪庄啊?"

那个邮递员戴着顶绿帽子,虾米眼珠吧嗒吧嗒地眨着。很显然,他在这里遇到奶奶很是吃惊,他细声细语地说:"你的补助还没来呢。你们这是去看亲戚吗?"

奶奶非常喜欢这个羞涩的邮递员,他除了有个细长扁平的脑袋,还配了两只幼小的耳朵,看上去就像一只草地里满腹心事的蚂蚱。奶奶从来没见过这么丑的人,每回见到他都觉得很亲切。平时都是这个邮递员给爷爷和奶奶送补助,爷爷是十五块,奶奶是十块。领补助是奶奶最得意的事,村里就她和爷爷领补助。他们是村里资格最老的党员。

"我和你大伯去十里铺啊。"奶奶有点自豪地说,"我们嘛,去海边转转。闲着也是闲着。"

"哦。那边有亲戚吧? 现在海上正是上货的季节呢! 面条鱼和虾爬又肥又便宜。"邮递员舔舔干进的嘴唇说,"如果方便,给我带两斤面条鱼回来啊。"

"好啊好啊!"奶奶说,"这有什么大不了的呢!"

邮递员开心地走了,奶奶对自己态度的转变感到很诧异。她刚才还想和爷爷分道扬镳,怎么一会儿态度就变了呢? 她有点生自己的气,她对爷爷说:"我们不去十里铺了,我们去解放那里吧。我想解放和兆生了呢。"

解放是奶奶的大儿子,兆生是奶奶的大孙子,他们都在县城工作。去十里铺要路过县城的。解放是县工商局的局长，天天忙着开会，兆生在税务局上班。"老儿子大孙子"的俚语还是对的，奶奶最疼的便是兆生。

爷爷没有吭声。对于奶奶的絮叨他抱了一种无所谓的态度。在这个春天，他看到了绿庄稼，看到了桃花，而且不久，他就会看到十里铺的海了。他有三十年没看到海了。解放前他在广州看过海。海是什么样呢？他已回忆不出了。周庄除了平原和那些常年如一日的大豆、高粱、玉米、花生、红薯、芝麻，连一条河流都没有。

"你还在生解放的气吗？"奶奶小心翼翼地说，"其实草莓的死也不怪解放啊。"她的手贴着爷爷的后背，"是草莓小心眼……这丫头属蜻蜓的，从小就小心眼，你又不是不知道，"奶奶知道爷爷没听到她说话，"她让解放找文教局的人疏通疏通，解放没答应，解放也是个死心眼的人……可他是你儿子，你不能老躲着他吧？"

对于爷爷生理原因造成的寡言少语，奶奶只有叹气。当奶奶和爷爷路经小屯时再次受到了威胁。过了小屯就是县城了，奶奶想到了县城后，她就和爷爷找解放，在解放那里住上一宿，第二天就回家。奶奶养了一群鸭子，还有两头母猪。它们同样是她的心肝宝贝。这时爷爷突然说："我们先去趟药地村吧。"

爷爷的话让奶奶狐疑。"干吗去药地村呢？"

"你跟我一块去就是了！问那么多干什么?!"

奶奶最忍受不了的就是爷爷对她不尊重。奶奶说:"要去你自己去吧！我是没精力和你瞎折腾了！我去县城看兆生。"

奶奶下了爷爷的自行车。自己蹲在马路边上喘气。爷爷下了车,朝她挥手。爷爷总共挥了三次手,他挥手的动作像是一个长官在不耐烦地招呼一个士兵。奶奶当然不吃他那套。爷爷挥完手后,径自上了自行车。奶奶看着爷爷的自行车在路边拐了一个弯道,马上就失踪了。奶奶望着他的背影,心头被马蜂热烈饱满地蜇了一下。

四

奶奶的腿开始隐隐作痛。她感到凉丝丝的水珠舔着她的脸。她已经步行了五里路。她觉得腰都快折断了。她已记不清楚,从什么时候开始,走路变成一件费力气的事了。奶奶年轻时,是村里跑得最快的女人。她跑得快纯粹是练出来的,二十几岁时是跑日本鬼子,她背着她短命的妹妹一口气跑了十五里;三十几岁时是跑国民党,她背着一个解放军从周庄跑到夏庄。解放后她就不跑了,唯一的一次是 1963 年,和爷爷打架,爷爷拿着把镰刀要割她的耳朵。她偷了公社的苞米。可是不偷东西,老闺女能活下来吗？老闺女天天拱着家雀脑袋吮吸她的乳房,都四十岁的女人了,哪里还有奶水?……

那辆卡车在奶奶身边停下来时,奶奶嘤嘤地哭起来。老闺女是 1965 年没的。在奶奶的记忆中,她干瘪的脑袋顶着一双瘆人的大眼睛……也只记得那双由于饥饿而惊恐的眼睛了……像老牛被屠宰时的眼睛……悲伤的事总是集体爆发,这样,奶奶又想到了她的二小子。想到二小子时奶奶的哭声大了起来。二小子大串联那年搭火车去了南方,后来就定居广州。他只是每年春节回趟家,给他们带回些亚热带水果。他在动物园当大象饲养员。他当了二十年大象饲养员,后来在一次动物表演中,被一只发情期的母象踩碎了肚子……这孩子一辈子没结婚,无儿无女,最后死在大象手里,奶奶每次想到他,就会记起他赶着生产队的猪去放圈的样子。他从小喜欢动物,他总是吸溜着鼻涕,走起路来轻得像鬼……她再也看不到他们了……他们都死了。有时她把手指展开,她能隐约窥视到孩子们的眼神,在田螺般的指纹里飘来飘去。她知道他们想她。

哭着的奶奶看到卡车上走下来一个男人。她看到这个长着络腮胡子的男人张开嘴巴,呲着一对大板牙瓮声瓮气地问:"大妈,您老这是去哪儿啊?我拉您一程啊?"

当爷爷浑身湿淋淋地到达县城时,已经是中午了。他的那双绿胶鞋灌满了雨水,吧唧吧唧的蹬车声让他很开心。他还看见谁家的孩子在雨中追逐嬉笑。偶尔黑色的轿车呼啸着从身边闪过,再仿佛一只小昆虫消失在蒙蒙雨气中。楼房已经多了起来,犹如一座座水库独孤地伫立着。多年不见的县城他都不认识了,那些间隔闪过的广告牌让他觉得异常陌生。然后,在那个三角地,爷爷看到一个女人站在一家酒店的屋檐下,朝他机械地挥舞着手臂。

奶奶和爷爷在一家酒店胜利会师。奶奶看到爷爷浑身湿透的模样,竟然笑了起来。她帮他把那辆老水管自行车靠上酒店外的电线杆,对他说:"我们先在这间大房子里躲会儿雨吧。"

她没问爷爷到药地村做什么。爷爷的白眉毛上粘挂着雨水,奶奶就伸了胳膊替他擦掉。爷爷嘿嘿地笑着,他好像猜到她早晚会在这里等他似的。

酒店外停着不少的轿车,酒店里的人却很少,奶奶不晓得这些人都藏哪里去了,只是时不时地传出酒令的吆喝声。奶奶看到一个漂亮的姑娘走过来。她皱了皱鼻子,问道:"你们吃点什么?"

奶奶不识字,摇摇头说:"我们不饿,什么都不吃。"

姑娘愣了会儿说:"不吃饭来这里干什么?"

奶奶说:"我们歇歇脚啊。有水吗?给我们倒点水吧。"

姑娘冷笑着说:"原来是要饭的啊?"

奶奶说:"这孩子怎么这么着说话啊?"

姑娘说:"你让我怎么说?你们这样的人我见识得多了。要饭就要饭吧,还不好意思承认。走吧走吧,我可没时间招待你们。"

奶奶说:"我们等雨停了再走啊。"

姑娘又冷笑了一声,"你们走吧,待在这里影响市容市貌。"

爷爷就是这时候抓起一个烟灰缸砸向地板的。铿锵的声响不仅使姑娘吓了一跳,也使奶奶哆嗦了一下。奶奶还在发愣的空当,那个姑娘脸色刷白地喊了一嗓子。还没等奶奶反应过来,两个穿制服的小伙子已经像猎犬一般扑过来。奶奶是个见过世面的人,当初对付国民党军队还是蛮有一套的。但是无疑这是两个办事干净利落的保安。奶奶眨眼的工夫他们已经抓小鸡一样把爷爷和奶奶拎了起来,然后,等他们明白过来时,他们发现他们的身体已经到了酒店外边。

他们看到大街上的汽车乌龟那样缓慢地爬行着,雨是越来越大了。他们茫然地回头看酒店,里面隐隐传出音乐声。爷爷和奶奶是一起冲进酒店的,那一刻奶奶的腿也不疼了,她仿佛又回到了多年前,她的身板杨树般笔直,常年哮喘的喉咙在瞬息变得清脆无比,而爷爷呼哧呼哧地喘气,眼珠子似乎就要从眼眶里滚出来。他听到奶奶苍老尖锐的喊叫声:"你们是土匪啊?! 哪里有这么欺负人的呢!"

那两个保安面无表情地冲过来时,奶奶看到他们的手里多了件东西,奶奶知道那玩意叫电棒,她看电视时,经常发现这东西被警察同志攥着。奶奶下意识地拉住爷爷。爷爷的身体还在向前倾斜。奶奶的脑袋一片空白。就在这时，她听到一声亲切温柔的呼唤，"大爷大奶！你们怎么来了？"

这声音让奶奶预感到遇上了亲人。她注视着那个朝她微笑的女人。那是个二十多岁的姑娘，嘴唇红红的，穿着件露肩膀的套裙。

"我是秋秋啊！"那女人操着一口东北话说，"我是赵大年的女儿秋秋啊！你们真是上年岁了，连秋秋都不认识了。"说完她咯咯地笑起来。奶奶极力回想着这是哪家的孩子。爷爷突然说话了。他说："秋秋，你不是在服装厂上班吗？"

奶奶这才想起来。这个秋秋正是周庄赵大年的闺女。可赵大年的闺女怎么说东北话呢？秋秋说话的时候，她后面又鸟悄着蹑上来个男人。这个男人眼神呆滞，明显是喝了不少酒。秋秋转身扒在男人耳郭上嘀咕着。男人脸色变了变。"你们过来！"他挥挥手，那个长雀斑的姑娘和两个保安乖乖地上前，"你们怎么这么对待两个老人呢？这不是破坏我们酒店的形象吗？"

看着保安低三下四地顺着眉眼，奶奶倒有些不忍，她说："饶了这几个孩子吧，他们小，不懂事呢。"

男人笑了笑说："是，是。他们哪里知道你们是周局长的父母呢？我待会儿给周局长打个电话，向他赔礼道歉。我们是有眼不识泰山啊。"

秋秋也说:"你们吃点什么?我叫厨师做啊。"

奶奶看到男人的手在说话的时候不时地摸一下秋秋的屁股。她觉得这不可思议。秋秋不是找的夏庄的婆家吗?怎么倒和这男人猫三狗四的。她叫秋秋过来说:"秋秋啊,别做傻事啊。到时候后悔来不及。"

秋秋尴尬地笑了笑,"瞧奶奶说的。我是酒店里的领班。我早不在服装厂上班了。"

奶奶和爷爷离开酒店时,经理和服务员毕恭毕敬地送出来,奶奶和他们热情地摆摆手,然后她凑在爷爷身边说:"这个让人不省心的丫头,什么时候改说东北话了啊?"

五

过了县城,雨就停了。奶奶坐在自行车后面叨唠着说:"我知道你去药地村干什么了。你能有什么事情瞒得住我呢?我可是你肚子里的蛔虫。"她知道爷爷什么都听不到,继续说,"你去药地村,是不是看你的老相好了?"

爷爷1956年在药地村当过一段村干部,那时药地村有个姓刘的寡妇,对爷爷有些意思,所谓有些意思,就是给爷爷纳过一双布鞋。

爷爷突然说,"你还记得王贵吗?"

奶奶说:"你别给我打岔。我还没老糊涂呢。"

爷爷说:"我有二十年没看到王贵了。我要去看王贵。"

奶奶哼了声说:"她长那么丑,你倒是还惦记着她,也不容易呢。"

爷爷说:"王贵就在湖村的敬老院,我们去看看他。他的牙齿也被虫子给蛀光了吧?"

奶奶终于说:"你说的是你的那个战友? 一条腿一只耳朵的王贵?"

爷爷说:"我们给他买只烧鸡吧。"

除了割肉疼就是掏钱疼,奶奶寻思着说:"烧鸡贵着呢,我们给他买斤猪头肉吧。"

这样奶奶和爷爷在一家小卖部买了十块钱的猪头肉。王贵比爷爷小四五岁,也该七十五六的人了,没儿没女的,打了一辈子光棍。当他们到了湖村的敬老院时,稍稍有些吃惊。一帮孩子正在敬老院门口吹喇叭。奶奶从来没有听过这么难听的喇叭声。原来敬老院隔壁是小学,眼看着就开春季运动会了,音乐老师正率领着一些优秀的乐手排练。奶奶和爷爷穿过那些孩子,奶奶突然说:"草莓吹喇叭吹得可好呢。"说完去看爷爷,爷爷已经扯着嗓门大喊起来:"王贵啊王贵! 你还真活着哪!"

奶奶看到一个老头拄着拐杖狐疑地盯着爷爷。这个老头只有一条腿。奶奶对王贵有些印象,王贵1963年来过周庄,奶奶曾经给他炖过红薯粥。奶奶看着眼前这个满脸老人斑的老头朝爷爷挥着胳膊,咧着大嘴巴,露出肉红色的牙龈。

王贵对老战友的来访只是保持了片刻的兴奋。后来他从屋子的被褥下边抓了把干瘪的红枣,塞给爷爷吃。爷爷开始唠叨起一些陈旧的名字,那些名字曾经被爷爷时常挂在嘴边,当然爷爷唠叨得最多的还是朝鲜。他回忆起了朝鲜的春天,他说朝鲜的春天和周庄的春天没有什么区别,野地里也满是那种紫红色蒲公英。他还提到王贵,说王贵是个优秀的炮手。奶奶没言语,她只是盯着王贵。王贵似乎心不在焉地听着爷爷响亮的声音。爷爷的激动和王贵的冷漠让奶奶很是不开心。她捅捅爷爷,爷爷的嘴巴好像涂抹了润滑油的机器惯性地旋转。后来他也注意到王贵有些异常,于是他安慰王贵说:"你还记得你的腿是怎么断的吧?"

王贵没吭声。奶奶说:"记得。"

爷爷说:"哎。1953 年,你不当炮手了,你是通讯员了。"

奶奶说:"嗯。他经常跑着送信。他跑得比野兔子还快。"

爷爷说:"那一回,谈判快结束了,你到前线送信。"

奶奶说:"半路上他先被炸掉了一只耳朵。"

爷爷说:"你快到前线的时候,敌人的轰炸机来了,把你的腿炸断了。"

奶奶说:"他后来就爬,兜里揣着信和耳朵,左手爬,右手拽着自己的大腿。"

爷爷说:"你到了我们前线时,你都成个血人了。"

奶奶说:"他把信给首长,首长看了看,上头写着:十点准时停战,战斗全线结束。首长看看表,是九点半。"

爷爷说:"哎,卫生员把你抬走,我在后面抱着你的那截大腿。你成了拐子,可你是个英雄呢。你这么大岁数了,还有什么想不开的呢?"

奶奶说:"是啊。"

爷爷说:"我才算是倒霉。你瞧,"爷爷指指自己的眼睛说,"我的眼睛也瞎了!怎么瞎的?被树枝扎的!我的眼睛竟然坏在一截树枝手里。多么可笑啊!"爷爷说完大声地笑起来。笑着笑着爷爷的眼角就淌出泪来。奶奶看着爷爷,她觉得爷爷为了安慰王贵拿自己当笑柄,是件丢人的事情。爷爷的眼睛是前年瞎的。那年冬天,天还没亮,爷爷骑着自行车给草莓的两个女儿送年糕,被人给撞倒了,倒地时左眼恰巧扎到一截树枝上,眼白都淌了出来。爷爷在动手术的时候一声未吭。手术动完后,好一阵子他相当平静,似乎已经接受了这样的事实:他的另一只眼睛,从某种意义上而言,只是一种装饰品了。只是去年夏天,他在屋顶的那段岁月里,才真正沮丧起来。有一天他在房顶上号啕大哭,我操他妈的!我打了一辈子仗,枪子都奈何不了我,竟然坏在一截树枝手里!那天晚上,周庄的人都听到了爷爷的哭声,他们听到他扯着嗓子喊,我连北斗星都看不清了!

这时王贵终于说话了。他说:"你们看到那个老太太了吗?"

奶奶和爷爷看到有个七十来岁的老太太正在菜地里拔草,旁边还坐着个男人。

奶奶说:"看到了。她年轻时肯定是个美人。"

王贵点点头说:"我想和她结婚。"

奶奶一愣,"是啊。你还没娶过媳妇呢。"

王贵叹口气说:"是啊。我快入土的人了。我想结婚。"

奶奶说:"那就去跟院长说一声,结婚证就不用办了吧?"

王贵说:"可是……她没要我。她和那个瞎子结婚了。"王贵指指坐在老太太身边的男人说,"她要瞎子也不要我。瞎子有什么好的呢?瞎子只不过有大腿。可是我没有大腿,有些事我还是能办的啊。再说,她要是嫁给我,我哪天要是死了,她就是烈属,每个月补助呢。"

奶奶瞥了眼王贵,后来拽拽爷爷的袖口说:"我们走吧!把猪头肉给王贵!"

爷爷和奶奶离开了敬老院。穿过那些胚芽样鲜嫩的孩子,爷爷不停朝王贵挥着手,嘴巴里大声叫喊着王贵的名字,眼睛里不停流淌着液体。奶奶对爷爷的哭泣保持了沉默。如果你在那个春天路过湖村,你会看到一个不停流眼泪的老头骑着辆自行车驮着位没有牙齿的老太太颠簸在野花盛开的石子路上,不时有蜜蜂在他们的四周嗡嗡地飞着。后来奶奶听到爷爷说:"我以后再也看不到王贵了。他怎么变得跟地底下的知了那样不爱说话呢?我以后再看不到王贵了。"

奶奶说:"人老了就怕死,怕死的人都不爱吭声。"

爷爷没有听到奶奶的声音。奶奶说:"我不怕死。"爷爷继续赶路,他的心情似乎渐渐好起来。偶尔有粉黄小蝶在身边扑棱着飞。奶奶说:"你为什么把我做的寿衣扔到猪圈里呢?你什么时候变得胆小了呢?"

在这次旅行之前,奶奶到集市上扯了几匹布,把自己和爷爷的寿衣置办齐整了。她的身子骨还硬朗得很,她想在自己死之前为自己和爷爷做身中意的衣裳。对于奶奶提前置办寿衣,爷爷大发雷霆。他不能容忍在活着的时候,看到自己死后穿的衣裳。他把那身精制的寿衣扔进了猪圈,奶奶捡回,洗干净,叠好藏柜子里。早晚有那么一天,她会和他穿上这身装扮,被人烧成一捧灰,埋进地底,来年时,坟墓便会被绿草遮得失却肃穆,变得生动活泼起来。也许上面还会开出些野花,马蜂在上头嗡嗡地飞。谁能逃过那一天呢?

爷爷没有回答奶奶的提问。奶奶早把爷爷的沉默当成了一种美德。她的手指叩着爷爷的脊梁骨,用一种近乎甜蜜的声音询问道:"老头子,几点能到十里铺呢?什么时候能看到海啊?"

六

出了湖村,爷爷和奶奶离十里铺就剩下三十里地了。在他们再次上路时,雨停了,空气里再次充斥着庄稼和牲畜粪便的味道,奶奶坐在爷爷身后,不知道琢磨些什么。爷爷单薄的身体和那辆老水管自行车一起吱呀吱呀响动着。他们感到雨后的风滑溜溜地吹拂着他们生了锈的身体。爷爷睁着他的一只眼机敏地注视着身前身后来来往往的人群,呼啸着的轿车和马车,奔跑着的孩子和在草堆里恋爱的狗,那一刻,他觉得他的心爱的自行车和他的身体,以及身后那个老女人,正渐渐变成了一只大鸟,他们,在这个雨后的村庄里,开始顺风飞了起来……

七

兆生和他父亲是在三天后的中午,在周庄,看到爷爷和奶奶顶着白色的露水推开了房门。他们的身上满是那种腥臭的盐味,毫无疑问,他们是搭海边盐场的货车回来的。

他父亲是在接到那个酒店老板的电话后,知晓爷爷和奶奶出门的消息。翌日他带着兆生回周庄看望他们,他们不在,第三天去了,爷爷奶奶的房门仍然紧闭。他父亲有点着急了,他们亲戚很少,爷爷奶奶的失踪让他们觉得担忧。然而,爷爷和奶奶对这次出门闭口不谈,对于孩子们的质疑他们也保持沉默。孩子们不晓得他们是否看到了十里铺的海。孩子们知道十里铺根本就没有海,那里只有一个浅浅的海沟子,上面漂浮着渔民的木船和垃圾。真正的海,离十里铺,还有一百多里的路。

爷爷是那年冬天去世的。他走的时候,被奶奶套上了那身奶奶缝制的寿衣,瘦小枯干的爷爷躺在炕上,像个刚出生的婴儿。出乎兆生的意料,奶奶没有哭。她替爷爷洗了个澡,把助听器从爷爷的耳朵上摘了下来,后来她想了想,又替爷爷戴上。戴着助听器的爷爷睡得很甜美。兆生听到奶奶说:"戴着这个玩意,你在那边,也能听到我的唠叨声呢,多好啊。"奶奶抓着爷爷的手,安静地坐了一个下午。在去火葬场的路上,奶奶偷摸着把手上的铜戒指擩进爷爷的衣服。这只戒指,是前年爷爷让一个南方人打造的。他把一枚抗美援朝时的军功章递给那个人。在递给这个南方人之前,他的手不停蹭着纪念章上的文字,那些蝌蚪一样的文字和那个肩挎钢枪的军人让他犹豫了很长时间……那枚戒指,大概是爷爷活着的时候,送给奶奶唯一的礼物了。

那次旅行,爷爷为什么非要去药地村,他们当时不知来龙去脉。兆生以为,有些秘密注定要和死者一样,消失在丧礼时哀伤而热烈的唢呐声中,就像水消失在水里。多年后兆生在一次公务中遇到了一位私企老板。当他知道兆生是周庄人时,他和兆生询问一个叫周文的老人。兆生说周文是他爷爷。那个老板很吃惊,后来他说,有一年春天,周文骑着自行车跑到他们药地村,送给他母亲五十元钱。"我妈怎么会要呢?"他说,"你爷爷真是个有意思的人。"兆生觉得这好像是个暧昧话题,然后他斟酌着说,"1963 年秋天的时候,我妈去你们村偷玉米,"他并没有因为自己母亲曾经是个小偷而感到羞愧,"被你爷爷逮着了,你爷爷那时是队长。我妈说了些不好听的话。你爷爷就踢了我妈一脚,"他点着一支香烟说,"我妈当时摔到地上,流了不少的血,"他猛吸了口香烟说,"也不能怪你爷爷,他怎么知道我妈怀了三个月的孕呢?"后来他笑了起来,"我妈身体皮实,什么事情都没有,不然哪里会有我呢?"最后他眯着眼睛说,"我只是觉得很有意思,这么多年了,你爷爷还记得这码事。"

爷爷去世后解放和兆生要把奶奶接到县城。她不假思索地拒绝了。对于一个老人的执拗孩子们不知如何是好,更要命的是第二年夏天,她不听他们的阻拦,搬到了屋顶上的木屋。周庄的夏夜,每当星星在天空开会时,周庄的人总会隐约中看到一只衰老而迟钝的大鸟,匍匐着上爷爷家的屋顶。如你所猜度的一样,没人知道奶奶看到了什么,又听到了什么。

蜂　房

一

　　发烧的那天晚上,阴历八月初二,是我招呼朋友们喝的酒。我的意思是喝点酒,没准烧就退了。我想不起来是否呕吐过。不过我记得我量了体温,37.6℃。量完体温我打开电视。我喜欢看本地卫视的"魔术揭秘"。主持人是个比鹭鸶还瘦的男孩,在揭露魔术障眼法的过程中常常忘了台词,这让我怀疑他其实是个狡猾的魔术信仰者,他揭秘的目的不是让观众对魔术失去信心,而是让观众更加迷恋魔术。可惜看着看着我就睡了,等被电话惊醒,电视里正推销一种治疗脑出血的精密仪器。

　　"睡了?"

　　"啊的。"

　　"还烧吗? 烧的话用冰块敷敷。冰箱的冷冻层里有两袋冰块。对了,还有两根小豆雪糕。你吃一块吧。你晚上去哪里了?"陆西亚的声音很小,"睡吧。明儿早晨我给你煮粥。"

"亲亲我……"

"要是烧得厉害你就盖棉被。棉被你知道放哪儿了吗？对，就在柜橱的顶层，上面全是冬天的毛衣。棉被里有臭球，你把它拿出来，放到床头的抽屉里。明年还能接着用的……"

我刚挂掉电话，铃声又响了，"还有什么事，西亚？"

没人说话。我听到一种类似动物的粗重喘息。

"西亚？"

一个男人的声音："靠。西亚谁呀？我不是西亚，不认识我了？你怎么样三哥？"

"……"

"怎么？听不出来啊？彪乎乎的！连我的声音都听不出来！"

"老四吗？你是老四？"

"没错，是我！我在富丽华酒店唱歌呢。"他憋嗓子说普通话，口音里那种洗不掉的海蛎子味儿被冲得很淡，"唱着唱着就突然想起你们这帮货，就翻电话簿，打了七八个电话，就你的打通了！这帮家伙怎么都睡这么早啊？"

我就是这时犯的酒劲。酒劲上了我就磕巴，而且声音哽咽。我相信当初老四被我打动，可能正是因为我煽情的腔调给他造成了错觉。

"你别哭，我好好的。我这不好好的吗？"接下去我忘记他说了些什么。他是我大学时的铁子。我反复揣摩着他的模样。我们有七八年没见面了。这七八年里，关于他的消息寥寥无几，那些老同学提到他时总是轻描淡写，譬如他们说，"老四和人打仗进局子了""老四花三万块钱进了财政局""老四结婚了""老四贪污公款二进宫了"。之后关于他的消息就没有了，在我印象中，他还在监狱里蹲着。

"我很好，你放心吧，三哥。"

短暂的热情过后我们都陷入了沉默。窗外夜行车的光亮不时滑筛出柔弱的光亮，光亮里一些飞蛾扑棱着飞。我觉得该是告别的时候了：

"有时间……过……过来玩吧。挺想你。"

"好。再见啊三哥。"

放下电话我就在沙发上睡着了。我太需要睡眠了。最近几天我总是无休止地做梦。

二

每年九月中旬，我都会生场病。也不是什么大病，无非是痢疾、感冒或者干燥性鼻炎。时间很短，床上躺两天，打几瓶点滴，也就痊愈了。但今年这样的持续低烧让我烦躁。在家休息了三四天，吃了瓶扑热息痛，上身还时常拱出一小串冷。我只好穿上了陆西亚给我织的毛衣,这让我有点滑稽,我下身还穿着短裤。我去喝酒时也这种打扮,他们嘲笑我真是个有个性的人。

生病之前我刚送走周虹。她是我高中同学。高中毕业后我就没见过她。那时她常和我钻一条修建于抗日年代的破地道。黑暗中她喜欢搂紧我的腰,贴着我的耳朵呢喃,她"一生中最大的理想",便是离开这座以地震著名的城市,"我害怕地震,你想想吧,那些十几层的楼房在三秒钟内坍塌,然后楼板、家具、粮食、下水管道钢管、粪便和熟睡的邻居,统统压在我身上,把我的肠子和脑浆挤出来,"说到这里她身体通常象征性地颤抖两下,"我觉着,我早晚有天会被地震逼疯的。"大学时我们鲜有联系,对她的贸然来访,我多少有些意外。她在小镇待了两天,她说这次是因公出差,到北京采访一位独立电影导演,这导演拍的一部纪录片,刚在康城国际电影节上获了独立单元奖,"我顺便来看看你,"她吸着香烟说,"你没什么变化嘛,和你十八岁时一样老。"

那天晚上周虹在我梦里出现了。她穿着条藕黄色连衣裙,在操场上做广播体操。她连续不断地做着起跳运动,一刻也不停歇。我觉得疲惫至极,睁开眼,已凌晨三点。我拿出根香烟,还没抽,手机突然响了。

"是三哥吗?"老四的声音略显疲惫,"我现在到山海关高速路口了。你开车来接我吧。我朋友对京沈高速不是很熟。"

"你说什么?"

"你打个车来接我吧。我朋友开宝马送我来了。我们不知道怎么走了。"

"送你去……去哪儿?"

"唐山啊。你不是说让我有空去看你吗?我现在就空得厉害。"

我一下子变得比没发烧还清醒。我想他一定疯了。除此再没更好的理由。要么他就是和我一样在发烧,甚至比我烧得还厉害。他在的那座城市,那座盛产广场和美女的城市,离我这儿足有两千里,他深夜来看我?

"我从没去过山海关,"我尽量保持冷静,"山海关离我们这儿还有 367.5 里,"我希望能尽量用数字说明问题,"你让你朋友送到唐山。到唐山给我电话好吗?"

他爽快地应允。我手里攥着手机,开始琢磨是否收拾下我的狗窝。对于远方来访的朋友,我的房屋过于邋遢,而且电冰箱都变烤箱了,电饭锅开关经常漏电,客厅的木质地板已半年没打蜡,堆砌着杂志、脏袜子和避孕套。当然,我只是这么想了想,我想着的时候已经睡着了。也许我本来就是做着梦想这些事情的。

三

早晨七点,老四来电话说,他到了唐山。我开始在房间里走来走去,我怀疑我打算去接他的想法是否正确。后来我给西亚留了便条,说我出去一趟,早饭她自己吃好了。然后我打了辆出租。小镇离市区尚有七十里。司机是个新手,开车比蜗牛还慢。到了市里又接连碰到堵车和红灯。老四大概等得不耐烦,其间又打了七次电话。他说,朋友已开车返回大连。他说,他正在顺着北新道收费处往南走。他说,他很饿,昨天晚上他没吃饭,只喝了两瓶白兰地。最后他问:"你们这里怎么这么多蜜蜂?刚才有个小伙子骑车经过,竟被蜜蜂蜇得连人带车栽倒在路上!天,我的天,"我听到他惊诧的喊叫声,"它们又来了!黑压压的……"

我见到老四时他正躲在一棵松树下。他的样子让我觉得很可笑:他的两只耳朵上分别裹着两只黄色塑料袋,一个公文包像朝鲜妇女顶着瓦罐那样技巧性地顶着,而两只手缩进了衬衣袖口,总之他把自己裹得密不透风。见到我时他眼睛里流泻出的惊恐之色尚未退却。他就这样耳朵上戴着两只干瘪的塑料袋和我拥抱。这和我想象中的相逢场景驴唇不对马嘴。

"你们这里有很多养蜂场吗?"他说,"刚才飞过来一群黑云,近了才看清,原来是蜜蜂,没有十万只也有九万九。"他推了推眼镜。他以前的黑框眼镜换成了无框树脂眼镜,这让他的脸比多年前显得虚胖,"刚才有只小蜜蜂,竟然飞进了一个女孩的耳洞里,被卡住了,疼得那女孩又哭又叫,眼泪把脸上的妆都冲花了,我帮她取了出来。"为了证实他的话,他把我领到了一个垃圾箱旁边。我真的看到了许多蜜蜂的尸体,金灿灿铺了薄薄一层,有几只还在蠕动,"这是落帮的,被人用笤帚打死了,"接着他问,"我头上有疙瘩吗? 有好几只刚才蜇到我了。"

我说没有。我留意到他的白色鳄鱼 T 恤浸着红色污渍,无疑是洒溅的红酒,他的皮鞋也没打油。我闻到他身上散发着女人的香水味儿。他好像并不是刚从监狱里出来。

我和他互相换烟抽。我想表达一下我对他的感激,或者试图恢复到大学时代那种亲密无间的状态。这种念头和见到周虹时的念头完全不同。见到周虹时我已经认不出她了,她变成了另外一个人,对陌生人应该保持必要的距离,我只朝她笑了笑。她黄色的毛寸和灰褐色的套装让她仿佛是块烈日下暴晒的核桃仁。像多年前打招呼的方式一样,她朝我挤挤眼睛:她的单眼皮已经拉成双眼皮,茂密的假睫毛把她的眼仁割成许多片幽暗的碎光。大家都这么干燥。

"我没耽误你工作吧? 今天好像是礼拜一,"老四问,"你有摩托车吗?"

我说有一辆,但去年出车祸时被撞得粉碎,就剩俩破轮胎和一个发动机了。

"要是没毛病就好了,"他指着香烟盒说,"西柏坡?是不是在你们唐山?你上你的班,我骑摩托去西柏坡玩半天,晚上再找你喝酒。"

我说西柏坡在石家庄,离我们这里有千把里地。

"那很近啊。骑摩托大概四个小时就能到。"

我耐心地告诉他,坐特快火车到西柏坡也要五个小时。去那个革命圣地要经过天津、廊坊、北京、正定、保定、巨鹿,再说了,高速让骑摩托车吗?

"能行。"他满有把握地说,"我在大连就常常上高速上飙车,最快时时速两百公里也有了。我去沈阳都是骑摩托,尤其是晚上飙车,车少,特别爽,我从不戴头盔,戴上头盔就看不到星星,也听不到滨海公路旁的涛声。"他似乎留意到出租车司机抿着嘴窃笑,他安静下来。七个小时的旅途终于让他彻底放松了。他的头仰靠着座位,眼睛盯着车篷。

"你结婚了吗?"

他说:"两年前就结了。"

"有孩子了吗?"

他说:"没有。"他笑着解释,他老婆总共怀了四次孕,但每回都是五六个月时,闷死在子宫里,"如果他们还活着,最大的那个,应该都会跑了。"

我觉得我该安慰安慰他,可他没有丝毫沮丧或者忧伤的神态,他看上去就像在谈论别人的事情,"没孩子好,离婚方便。"他盯着我,"结婚有什么好处?什么好处都没有。我以后是不结婚了,不结婚,有些事情能解决得更方便。天……三哥,那些蜜蜂。看,蜜蜂。"

我朝窗外看去。一堆黄云正沿着高速公路上空流淌,在耀眼的阳光下它们仿佛是块液化了的金子。它们流动的速度一点不比我们的车缓慢。隔着玻璃窗我们能听到那种翅膀急速振动的巨大的声响。后来连车玻璃也随着声响开始共振。它们飞得越来越低。我们屏住呼吸,浓烈的花香已经弥漫在空气里。

四

到达小镇,已经是中午一点。我带老四去了快餐店,靠临窗的位子坐下。天气很热,座位旁边刚好是台柜式空调。我要了两杯扎啤,一盘红烧泥鳅,一盘香菇鸭片和一盆牛尾汤。老四盯着窗外的小商贩发呆。我突然想起来,前几天周虹来访,我们来的也是这家快餐店,坐的也是临窗的座位,我们也要了两杯扎啤,甚至那天点的菜和今天的完全相同。当我意识到这一点时我有些不安起来。

他或许真的饿了。上大学军训时,他一顿早餐就能吞掉五个花卷。现在我盯着他在五分钟内干掉了一扎啤酒,吃掉了四条泥鳅,啃掉一截粗壮牛尾。他吃泥鳅的方式很独特:他揪着泥鳅尖细的黑色头颅,牙齿间轻巧地一撸,等牙齿咀嚼时,他的手指间只捏着条长骨刺。有那么片刻他望着手指上的鱼骨不知所措,像不相信那是他吃剩的。他乜斜着我,咧嘴笑了笑。我很欣慰他这么能吃能喝。我想起来这个擅长失恋的家伙,每次和女人分手后,自己喝斤"烧刀子",床上滚一宿,翌日起床他就会忘了那些应该忘记的人。他一直是个聪明人。

"这是我的离婚协议书,"他犹豫着从公文包里掏出张纸片,"她不肯签字。她就是不肯签字。"他的手指搅拌着杯子里的啤酒,间或将手指头塞进嘴里,婴儿那样吮吸着。

我留意到一只蜜蜂停驻在玻璃窗上。它圆润的小腹晶莹剔透。我突然想起了高速公路上的那群蜜蜂。它们到达小镇了吗?

"我们结婚两年半了,这张协议我签了两年零五个月。我就等着她心甘情愿地签字。我不想逼她。"

我突然想点根香烟。我对这样的谈话缺乏兴趣,但我必须流露出那种渴望倾听的欲望。而这似乎颇为重要。可为什么这些失去联系十多年的人,在这个秋天,千里迢迢跑到小镇和我喝酒?他们只想暗示我,他们过得多糟或者多好?他们以为我比他们活得多好或者多糟?那天,周虹在酒桌上提到了她丈夫。

她说,那个比她大二十岁的儒商是业界天才,经营着家房地产公司,身价逾亿。她说话的口吻并没有炫耀的成分,她只是把这个事实传递给我,是的,她只是让我和她一起骄傲。在旅馆里我们吃了很多杧果。她用瑞士军刀把杧果切成薄片,递给我时她犹豫片刻,后来,她走过来,对我说,张开嘴。我就张开嘴。她说伸出舌头,我就把舌头伸出来。我为什么要张嘴,我为什么要伸舌头呢?我不仅张开了嘴,伸出了舌头,还把杧果片小心着吞咽下去。一起吞咽的还有她的手指。她的手指有点咸。她的手指蹭着我的牙齿。不光蹭了我的牙齿,还蹭了我的嘴唇、鼻子和喉结。当她抱住我的头颅时,我的耳朵贴住了她温热的、跳跃着的乳房……后来所发生的细节,我没任何记忆,我只是感觉我被她硬生生地强奸了,而不是我和她愉快地通奸。她已非多年前那个害怕地震的女孩。她那时最怕天花楼板把她的身体挤成三明治。她以后不用害怕这些东西了。多好。

"你别劝我,没用,你不知道我多厌恶她,"他安慰我,"天下最毒妇人心,她是我这辈子遇到的最厉害的女人。我真想弄死她。"他声音亢奋起来,"她已经给他们家人写了遗嘱,说哪天她要是死了,一定是我干的。"他把另一条泥鳅剔成一根骨头,"三哥,电视,你看,电视……我没忽悠你吧?"

快餐店的电视里正在播报午间新闻,几个客人也在看。我听到女播音员有些颤抖的声音:

今天上午八点，我市出现群蜂。它们成千上万地徘徊在市区。12点正是下班高峰，已有数十名路人被蜜蜂蜇伤。为保障市民安全，市消防支队特勤二中队的消防战士穿上密不透风的防蜂服，开始力克群蜂。只见消防战士手拿高压水龙头，对着树上、电线杆、墙上的群蜂用水一阵猛冲，蜜蜂如密雨般纷纷落下，顷刻间，整条路上全是蜜蜂尸体。半个钟头后，机场中路的饿蜂被彻底清除了。消防车又开向其他被蜜蜂占领的路段。

电视里配合着蜜蜂被歼灭的画面，那些蜜蜂的尸体像黄金覆盖了路面、消防车的顶盖，还有几只不时撞向摄像机镜头。电视里水龙头的哗哗声、消防人员大声吆喝的声音和过往行人惊恐的尖叫声将画面渲染得有些像恐怖片。

"你们这里经常这样吗？"老四看起来有些慌乱，"你们这里不是经历过大地震吗？怎么，现在又流行蜜蜂了？那么多蜜蜂从哪儿飞来的？"

我说我也不知道。我也从来没见过这么多蜜蜂。以前只有春天时，南方的养蜂人才会开着卡车，拉着蜂箱来这里采蜂蜜。

"我想洗澡，你带我去桑拿成吗？"老四擦着眼镜，不时观望着窗外，"那些蜜蜂不会跑你们小镇来吧？蜜蜂很厉害的，美国内华达州 1996 年就出现过蜂灾。那次总共有十六人被蜇死了。"

我说请他放心，小镇上会很安全。我这么说时其实心里也很不安。后来我说，你要洗澡的话，家里有热水器。不过你要真喜欢桑拿，小镇上也有两三家。

"那就别去了，在家里洗。这些泥鳅真不错。多钱一盘？这么便宜？我干脆带回大连好了。味道真香。"

出饭店时他没提那盘泥鳅。他已忘了它。我觉得我有必要带他去泡桑拿。他这么远跑来和我喝酒，我为什么不能让他轻松轻松？当然，我很害怕被抓到。像我这种身份，被人知道会是件丢脸的事。我给单立人打电话。单立人是我表弟。单立人不光是我表弟，还是个很有办法的人。

五

单立人找了个比较熟的女人。他说她捏骨的技术不错。我问他为什么不找两个？他愣愣地盯住我说，你发烧了吗？在他印象里，我应该是那种宁愿用手解决问题也不愿碰小姐的胆小鬼。也许我本来就是个胆小鬼。我长了三十年没和同学打过架，没和同事红过脸，没和领导顶过嘴，没吃过女人豆腐，没搞过朋友的老婆。他们明着夸我是个老实人，私下里骂我是面鱼。

知道什么是面鱼吗？面鱼就是不起性的男人。

这个女人圆滚滚的。我相信老四喜欢这样的女人，他口味该和我差不多。他第一个女朋友，在某高校当打字员的那个姑娘，就是个丰润肉透的女人。那时老四多喜欢她啊，他把她带到海边，租了帐篷，一晚上做了她六次，老四说每次干后半小时，他就硬了，于是再干。当然，他是用抒情的方式描述那个结束处男身份的夜晚：他提到大海淫荡的涛声，提到满天荡漾的星光，提到海鸥旖旎的欢叫，提到和打字员如何在沙滩上倔强地进入与湿漉漉地被进入，他甚至提到干破了的四只避孕套和在黑暗中的恐惧。"我和她干了六次。真的，六次，"他那时还戴着黑框眼镜，看上去像大学里诚惶诚恐的年轻助教，"我真怕我精子流尽了，像被暴晒的海蜇那样没一点水分，干巴巴地死了。可一点事都没有。不过第二天，倒是她不会走路了。她走了两步就瘫在沙滩上。我想，我一定会和她结婚。我毕业后就跟她结婚。"

我不知道那个打字员是否嫁给了他。他进了包厢，我继续躺在休息室看电视。电视里的"热点透视"正在播放市民灭蜂的行动。主持人邀请了一位昆虫研究所的老教授，正在讨论蜜蜂的生理构造。那个老教授严肃地提到一些奇怪的名词：巢牌、蜡鳞、蜡腺、意蜂……然后他又兴致盎然地介绍新采的花蜜的含水量和含糖量，他说花蜜的含水量一般在 50%～55%，含糖量 45%～50%；成熟的蜂蜜，含水量 45%～50%……

主持人似乎也意识到老教授的言辞已经偏离主题，于是她开始转移话题，谈到了民间组织是如何对付这次蜂灾的。她说中午两点，出现了一支自愿前来收蜂的队伍。三个收废品的人从这里经过，由于他们以前都养过蜂，见此阵仗，他们估计蜂王有可能就在附近，于是三个人头戴塑料布，开始在隔离板上一层一层地拨开层层叠叠停在上面的蜜蜂，寻找蜂王，可是不到二十分钟，三个人的手掌、额头全都被蜜蜂蜇得肿成了馒头。又疼又急，三个人只好放弃。

　　这些疯狂的蜜蜂是从哪里飞来的？为什么陆西亚还不给我电话？我还在发烧，我想陆西亚。我从没这样想过她。陆西亚总是隔三岔五来我这儿，洗个热水澡，顺便将脱下来的乳罩、长腿丝袜晾晒到暖气片上，她把它们铺放得很平整。她每次都把这些贴身衣物摆放得很平整。这姑娘是服装厂的裁缝，擅长在瞬间将两片布头缝成条肥大内裤。她说，他们厂的内裤全部出口到阿拉伯联合酋长国。

　　我为什么想她？我不过才和她认识四个月。周虹来时我曾幻想三个人一起吃顿饭。我知道那是不可能的，不可能的事情我永远不会做。那我该做哪些事情？哪些事情又是有可能的呢？比如，那些蜜蜂，有没有可能会飞到小镇呢？

六

从浴池出来,我们并没有发现蜜蜂。正是下午两点,本应日光最强,但天空低沉,没有往日高远的游云。空气里挥发着铁锈的腥味。要下雨了。

"爽吗?"

"干了坨猪肉。"

到我家后他又洗遍澡。我很奇怪陆西亚怎么没在家。这个时候她该在浴室,或者躺沙发上看电影杂志。老四洗完后光着身体在狭小的客厅里散步。他从沙发旁走到巴西木前,再从巴西木前走到沙发前。后来他去了阳台,蜷进一把黑漆的竹椅。他的样子让他看上去像只疲惫的猴子。他的肋骨还那么清晰,仿佛钢板上微微隆起的创记。他不停地抽着香烟。一根没抽完就掐了,接着点上一根,掐掉,再点上一根。

"你为什么不问问,我这些年都做了什么坏事?"他说,"你还像当年那样闷头闷脑。你一点儿没变。你干吗总这样软不拉唧的?"接着他又安慰我说,"不过,这样也挺好的。"

我递给他一个削好的苹果。他咬了两口,把香烟头按在果肉上。我最怕闻到苹果和香烟混淆的气味。

"你把我的公文包拿过来。我给你念点东西。"我递给他,他有些笨拙地在公文包里翻来翻去。他从里面翻出了一只女人的乳罩,一双男式球袜,一些散乱的纸。

"这是我给她写的最后一封信,"他说,"我以后再也不给她写信了。你知道吗?我这半年里给她写了一百八十封信,一天一封。可我没心情伺候她了。我他妈玩腻歪了。"

他没想到我翻了翻将信又递给他,"你的字还和从前那样烂。我看不懂。"

我们都笑了起来,笑出了声。他和以前一样,笑起来时,脸颊上浮现出两个他最讨厌的梨窝。

"我给你念。你听着:

王翠秀:

这是我给你的最后通牒。我是个重情意的人。这是我最大的弱点。两年来,你这个贱货,就是利用我最大的弱点,打击我,不让我过好日子。从我们认识那天起,你就勾搭我,还一直追到我家,和我上了床。你虽然流了点血,可是谁知道你是不是,抓破了身子的某个部位,冒充处女呢?你逼我和你结婚,说你有了孩子,虽然我不清楚是不是我的孩子,但是我没逼你打掉。我们结婚后,孩子四个月就死在你肚子里。"

他的声音断断续续,平仄不分,他的身体在朗读的过程中缓慢地伸展开,大腿支到阳台上的窗棂上,一只胳膊搭住花盆里的棕榈树。我看到一只蜜蜂从纱窗的破洞里钻进来,蛰伏在他的脚趾上。他的脚趾没动,也许他根本没发现它。后来他的声音开始有了起伏,愈来愈急促,那些我久违多年的充满了海蛎子味儿的大连方言在蜜蜂嗡嗡声中,将阳台点缀得不安而充满危机。我摸摸自己的额头,很凉。我想我已经不再发烧了。我默视着老四的嘴巴,他的嘴唇上也落着一只蜜蜂。那只蜜蜂在老四的嘴唇上急速扇动着花纹翅膀,后来,是的,后来,我眼睛里全是蜜蜂了。我看到无数只蜜蜂飞进阳台,它们跳着蹩脚的 8 字舞,将没有花朵和蜜汁的阳台变成了一个潮湿、阴柔、巨大的蜂巢。

"你怎么了?"

"没什么。"

"在精神病院的那段日子,你这个贱货,每个星期还来一趟,坐在我的身上和我干。当着另外两个精神病人的面,和我干。我出院时你又怀孕,我想要孩子,你却把他打掉,说那段日子我吃药,怕孩子有毛病。我知道你心虚。你在我住院期间,到底搞过几个男人……"

"你听明白了吧? 这个婊子就是这么迫害我的。"他笑着说。

我没吭声。我不知道要说什么。

"我想离婚，她不想离。"说完他从躺椅上站起来，"我离家出走过一次。我去找了王美。还记得王美吧，眼睛贼大的那个胖子。我跟她睡了三天觉，第四天早晨，我正在刷牙，我老婆就踢门进来了，"他蹙着眉头，"她是个疯子，她怎么知道我跑到了王美那儿呢？她身后是我们单位的领导，还有公安局的。"

我盯着他。

"她指证我有精神病。他们就把我送进精神病院去了。"说完他从躺椅上蹿起，赤裸着身体和我面对面站立着，"医生逼我吃药，我就吃；给我做电击，我就做；让我绕着操场跑步，我就跑。有啥扛不过的？我只是受不了那个女精神病。三哥，信吗？她晚上对我进行性骚扰。这个花痴，乳房贼大，光着屁股，颤着两只大奶子，整天在病房里溜达来溜达去，她还老幻想自己是个电影明星，让我求她签名。有时候她心情好，就躺到我床上自慰。"他突然笑了，"还有个老女人，以为自己是根蘑菇，天天穿着黑衣黑裤，撑着把黑伞在院子里蹲着。"

关于老女人的这一段明显是他抄袭的，我以前在酒桌上听人家说过这段子。我盯着他。他和以前没什么两样，他的耳朵还是那么硕大，鼻子还是那么挺，牙齿还是那么白，眉骨上和蒙古人斗殴留下的刀疤还是那么突兀着暗红，说话时颧骨上的肌肉还是那样富有激情地抖动，并且因为急促的语速变得绯红——这让他看上去显得不安和羞涩……是的,除了他是否还能一夜和女人做六次值得商榷,他所有的东西,都和若干年前,保持着朴素的一致性。

七

老四什么时候走的? 他离开时和周虹离开时一样迅速。周虹说去看望我妈。她上高中时,最喜欢吃我妈炖的红烧肉。那天,老太太正在院子里翻一只斑点鸽。那只幼鸽被剪了膀儿,却不见了。我妈怀疑它是被一群野鸽子勾走的。她说她怎么都不明白,一只没膀儿的鸽子怎么会飞走呢? 于是周虹和我妈到大街上找鸽子。他们在小镇电影院的垃圾箱里找到了它,据说当时它正在啄一只塑料拖鞋。她们把它用绳子捆绑好,以防止它再次失踪。周虹就是回去的路上离开的,她强行塞给老太太一百块钱,然后她就走了。我妈说她哭了,“这个害怕地震的丫头,在上海过得不好吗? 她哭得上气不接下气。”

老四是下午三点走的。他在我家总共待了一个小时。天气越来越凉,老四望着天空发呆。如果没记错,他是在他的手机爆响后变得焦躁不安的。他握着手机对里面大声咒骂,后来,他不光咒骂,还手舞足蹈起来。再后来,他关了机,将手机扔到桌子上。我问他在骂谁,他说在骂他们领导。我说你为什么骂领导呢,他说我愿意骂谁就骂谁,我想骂谁就骂谁。我说要尊重领导,对领导说话要心平气和。他愣愣地看着我,想说什么。可他什么都没说,他只摸了摸我的头发,说,他必须得走了。他说下雨时他在别人家睡不好觉,而他最忍受不了的便是失眠。他说我要是真舍不得他走,那么现在就去酒店喝酒,喝醉后他再走。他说他回去后就找帮痞子,把他老婆先奸后杀,他就自由了。他说等他彻底自由后,再来拜访我。他说再来拜访我时,希望我的摩托车能修好,那样他就能骑着摩托车去西柏坡旅游了。

"你手里有现钱吗?借我二百,"最后他说,"我来的时候,其实是打车来的,从富丽华出来,我随便叫了辆出租车就来了。从大连到唐山不远,可他跟我要了一千二。我回去只能坐火车了。"

我没送他,我把手里仅有的钱全给了他。我不知道他去哪儿。他离开时已经下雨了,我去拿雨伞时,他已经带上房门离开。在桌子上我看到了他的手机。他把我的手机装走了。我坐在沙发上闷闷地量体温,42.3℃。再后来我打开电视,那个女主持人还在介绍蜂乱,她说一名叫边浩的中年男子,开着辆白色奇瑞车经过,看到密密麻麻的蜂群,他立刻买来白糖,兑成水喷在车子外壳上,停在科华中路 5 号门口一棵被蜜蜂包围了的槐树下,片刻间,蜜蜂就把他的车子覆盖了,边先生说,这样可以把蜂王引出来,找到蜂王蜜蜂就会跟他回家。可是等了近一个钟头蜂王还是没有出现,边先生只好把这辆"蜜蜂车"开到了洗车场冲洗了……

　　我觉得我根本就没发烧,我觉得一切都正常。我想该和主任续假了,我的病假已经超期。单位的电话老占线,我拨了四遍仍然占线。我只好拨了第五遍。我又失望了一次。后来我忐忑地捏着老四的手机,欣赏着机体漂亮的花纹和各种美妙的铃声。我好像在等待着某些人再次打扰。再后来我干脆脱掉衣服,将左腿卸下,扔地板上,裸露着身体削苹果。几只黑头蚂蚁爬过来,啃着塑料假肢上的几缕淡血。虽然我一点不喜欢我的左腿,我还是用烟头烫死了蚂蚁。雨越发地大了,好像在打闷雷,闪电鬼魅地在房间蛇游。在雨声中,我似乎听到了昆虫嗡嗡的歌唱声。我只有将塑料假肢抱在怀里,期待着陆西亚快点回家。

夜是怎样黑下来的

　　老辛第一次见到张茜时是初夏。那阵子老辛刚迷上件乐事——打鸟。老辛心里明白打鸟犯法，但他仍旧乐此不疲。他戴顶宽檐白凉帽，腰里别着牛皮筋弹弓和瑞士军刀，裤兜里灌满了碎花玻璃球，每日在苏河一带徘徊。他手艺并不高妙，除了1975年在新兵连瞄过几次枪靶子，对射击项目实则并无更多热爱。如此看来，他的打鸟生涯跟工作有关。前不久，老辛不当办公室主任了，老辛去工会当了主席。工会清闲多了，也不会有人说三道四。这便是年龄的好处：老了，自己的牙齿松了，别人的舌头也就软了；自己的脊背驼了，别人的手指头也就弯了。打鸟的收获还是有的：三只彩翼牛眼，两只红脖雀，一只刚出壳不久的翡翠。死了的炸着下酒，活着的笼里饲几天，提到鸟市卖掉，挣得些碎银子，用来买玻璃球或汉堡包。玻璃球自用，汉堡包来犒劳他的徒弟。他徒弟是苏河邻村的两个野男孩，也不上学，整天帮他哄鸟。

　　那天收成还是不错的，打了只漂亮小鸟。有点遗憾的是伤了翅膀。他把鸟送了孩子,坐在河堤上抽烟,老婆就来电话了。她告诉老辛,晶晶回来了,跟晶晶一块回来的还有个女孩,让老辛赶快买些排骨回家。老辛就急匆匆骑了自行车去超市。

晶晶不是第一次带女孩回家。晶晶上大学时,曾经往家里带过三个女孩。一个是重庆的,在老辛记忆中,有双比河马还要贼亮的宽眼睛;一个是甘肃天水的,长着对细长薄耳,除了爱脸红,激动时耳郭能有节奏地抽动;第三个是本市的,头大嘴阔屁股肥,说甜言蜜语时会露出两颗瓷实的龅牙。儿子对女人的审美让老辛常常觉得忧伤。儿子在长相上虽然继承了老婆和他的缺点——矮个子、黑皮肤、连须胡,但仔细端详起来还是相当有模有样的。这孩子大学里学的是高压电,可研究起女人来则一直处于短路状态。好歹如今念研究生了,不晓得眼界是否开阔些?

到了家,便看到个穿连衣裙的姑娘来开门。她见到老辛很是大方,边叫着"叔叔您好"边将老辛手里的排骨接了过去。客厅在阴面,光线细弱,这姑娘的长相老辛看得不是很清。等进了厨房,她麻利地从橱柜够出个铝盆,哗啦哗啦着接满水,将排骨次序泡入,一把一把搓洗起来。老辛就觉得这孩子不一般,不像南方人,有些东北人的自来熟。抽空偷偷跟老婆一打听,果真是沈阳人。

老辛跟晶晶从来不做饭,君子远庖厨嘛,老婆不在家就更好说,爷俩要么饿着,要么下饭店打牙祭。老辛本想趁机向晶晶刨些底细,怎奈晶晶这次怎的殷勤起来,一会儿找案板,一会儿切葱蒜,一会儿摸摸姑娘的发梢,要不就掏出手绢,踮着脚给姑娘擦汗,忙得有板有眼又不失分寸。老辛就知道,晶晶这次是来真格的了。这孩子一向糊涂,谈恋爱也是,以前那几个女孩来家里,也都是跟老婆下厨,爷俩在客厅看电视,等吃饭的时候,女孩子们掩盖着羞涩,偷偷地往晶晶的吃碟里夹菜,夹也就夹了,晶晶没看到一般。等老辛催促着儿子跟女孩子们分手,晶晶也总是很爽快地应允,连半点伤心的样子都没有。

　　菜肴很是丰盛,一家人坐好,晶晶就忙着倒酒。老辛酒量不错,当了十几年的办公室主任,一大海碗白酒是敢一口干的,当然老婆的酒量就更捞不着底,她虎背熊腰,嘴唇上顶着浓密的小胡子,又出身酿酒世家,七八两白酒灌下,那是连脸颊都不带红一丝。有了老辛夫妇这样的父母,儿子酒量也差不到哪里。以前一家人吃饭,轻轻松松两瓶五粮液就干掉了。老辛喜欢跟儿子喝酒,因为除了跟儿子喝酒,父子间好像就没有别的乐趣了。可这次儿子给老辛夫妇倒了满满一杯,只给自己倒了半杯,即便倒这半杯酒的时候,眼神还是老瞄着那女孩。女孩只低头摆弄碗筷,并没有对晶晶说什么,她甚至连看都没看晶晶一眼。这让老辛隐隐有些不悦。等正式开席了,晶晶这才郑重介绍那女孩,他清了清喉咙,大声地说:"爸,这是我女朋友张茜。"

张茜这才抬头,朝老辛礼貌地笑了笑。老辛方看清她的面容。怎么说呢,虽是东北人,却有广东土著的嫌疑,额头比房檐窄些,眼窝比鱼坑浅些,鼻子比新蒜蔫些,脸色比石灰深些,只一张嘴,肉透红润,浸着光泽,溃熟的樱桃般明艳。老辛点点头,张茜直起身,朝老辛伸出手臂。老辛忙局促着站起,迎着那双细嫩的双手,浅浅一握,手心里的汗似乎就沁出来。他听到一声柔柔的招呼:"叔叔,很高兴认识您。请您以后多关照啊。"她用的是"您",而不是"你"。她的腔调也不是东北的那种大苞米楂子味儿,而是透出苏杭一代的绵软莺语。

多关照是应该的。这是晶晶的女朋友。老婆开始"老三篇"盘话。无非是父母哪里高就啊,家里姊妹几个啊,毕业后有何打算啊,诸如此类的常规性问题。张茜说,她母亲做生意,父亲在检察院,有个弟弟上高三。至于毕业后的打算,她是这么说的。她说,我今年夏天就毕业了,先留天津吧,随便找份工作,陪晶晶读研究生,等晶晶毕业了,我们再另做安排。她很刻意地强调了"我们"这个词。说话的时候,她没看老辛老婆,而是盯着老辛。老辛装作没看见,只感觉到鹰隼般凌厉的眼神,在自己身上飘来飘去。这让老辛很不舒服。看来晶晶是向张茜透了老底的,这个家里,别看当母亲的咋咋呼呼,其实是咬人的狗不狂吠,真正当家的,是看上去云淡风轻的父亲。

张茜就这么着住下来。老婆退休了,却闲不得,在精神病院当了一辈子护士,除了打针输液,除了将人绑起来电击,除了练就一副花腔女高音般的铁嗓门,坐诊看病则全然外行。老辛虽从办公室退下,人脉却依然活络,他就找了家印刷厂,让老婆到那里看机器。看机器比看精神病人容易多了。老辛呢,继续打他的野鸟。虽然打鸟的手艺日益精进,却总是有点心慌,老是想起张茜那双犀利的眼睛。这姑娘只在他们家待了短短十日,却让他如此不安生。作为一个外来人,张茜除了慢慢了解这个家庭,似乎还在暗地里改变着这个家庭。比如,家里有鞋橱,可老辛习惯把皮鞋脱下后放外面,这样出行时方便,现在呢,每当他要穿鞋,便会发觉他的鞋子总是摆在鞋橱里,不光摆在鞋橱里,还摆在最下一层,最下层也罢,偏要挤在一堆拖鞋的里手;比如,老辛以前在军舰上当过水手,喜欢吃炖海鱼,现在呢,别说海鱼,连河鱼都消失了,他们已经吃了两顿"东北乱炖",绿豆角咬上去嘎嘎响,黑茄子嚼起来寡淡无味,还吃了三回猪肉炖粉条,粉条硬不拉唧,煮裤腰带似的。总之老辛觉得别扭。那天,老辛鸟没打到一只就下了暴雨,回到家里,正遇到晶晶和张茜在屋里做年轻人都爱做的事。做也就做了,年轻人锻炼身体是好事,可干吗要半开着门呢?半开着门也就算了,可干吗要边锻炼边唠嗑呢?边锻炼边唠嗑也就算了,可干吗偏要提到老辛呢?

"你爸年轻的时候,肯定跟你一样色。啊哦……啊哦……"

老辛的脸就烧起来了。这话不是晶晶说的,这话是张茜说的。结症就在这里,不是儿子在调侃自己,而是一个姑娘。这姑娘不是别人,而是晶晶的女朋友。儿子的女朋友没有调侃别的,而是在调侃自己的性事……可话说回来,老辛年轻的时候,确实喜欢床上那点事。……如果不是老辛的腻友开了家私人门诊,专负吃药打胎事宜,那些被消灭的事,肯定会像野火一样将他悠闲的日子烧成灰烬……老辛轻轻带上门,退到走廊,颤抖着点上支香烟。走廊里黑如暗夜,只有闪电龟游,方将这大块大块的黑暗劈成诡异的花瓣,老辛就缩在这花瓣边缘,动也不敢动。

接下去的日子,老辛表面如旧,暗地里却调查起这个一眼看出他"色"的姑娘。老辛行伍出身,却有股子刑侦警察的细腻劲。以前晶晶处的那个本地胖姑娘,虽长着两颗钻石般的龅牙,老辛却是满意的。老辛觉得,一个姑娘,要么漂亮,要么聪明。龅牙姑娘腰身如可口可乐桶,却泼辣聪慧,是晶晶他们学校学生会的副主席。那年晶晶想上研究生,又不想参加考试,老辛只得腆着老脸跑保送生名额。他先从天津某大学入手,拐弯找了机电学院的院长,一来二往还就真被他跑成了:人家表示愿意接收晶晶,也发了录用函。剩下的就是跑晶晶的学校。晶晶的学校在浙江。问题偏就出在晶晶学校:学生处接到对方录用函晚了两天,保送名额就落到旁人手里了。身处异地,老辛上天无门下地无缝,急火攻心,在一家小旅馆发了烧,40多度呢。龅牙姑娘又是做饭又是找医生,还用酒精帮他擦额头和腋窝,后来干脆带着老辛铤而走险,深夜去学生处处长家"上炮"……晶晶读研的事总算圆满了。老辛对龅牙姑娘甚是感激,想收了当媳妇。他开始着手调查她的家庭。这一查不要紧,就查出真问题了:龅牙姑娘的父母是近亲结婚,也就是说,她姥姥是她父亲的舅母,而她奶奶是她母亲的姑妈,别说出"五服",根本就是两代以内直系血亲。这让老辛为难许久,龅牙姑娘是好姑娘,龅牙姑娘也没什么毛病,可这是要隔代遗传的。老辛可不想将来自己的孙子终日流着哈喇子,瘫着身子朝他傻笑。聪明的龅牙姑娘就这样被他剔除了。

　　那么张茜呢,张茜会不会也有什么秘密?按她的年龄,那时早已实行了计划生育,她怎么会有一个上高中的弟弟?事实无非有两种可能:一是张茜有先天性疾病,要么心脏病,要么再生障碍性贫血,所以她的父母才得以要二胎;二是张茜的父母俱是二婚,弟弟是带过来的,这样问题就更棘手,重组家庭培养出的孩子,人格上或许有致命缺陷。老辛思前想后,终于想到沈阳有个老战友,这战友二十多年无甚联系,但老辛知道他在市公安局户籍处,尚未退休。这样事情好办多了。隔不几日,战友回话,说张茜的父母并非梅开二度,关于孩子的问题,解释非常清楚:张茜母亲因为当年执意要一个儿子,被单位开除,后来自己做生意,现在呢,开了沈阳最大的农家菜菜馆,连锁店光在铁西区就有三家,真是因祸得福啊!

老辛约略着有些失望,心里对张茜始终疙里疙瘩。鸟也懒得打了,只觉每日烦闷,呼吸困难,后干脆卧病在床。张茜呢,整日里低眉顺眼,洗碗、做饭、洗衣服,手脚不闲,偶有空隙,上上网,看看电视,与晶晶小声调笑,见到老辛,总是很礼貌地问声好,将老辛的皮鞋擦得晃人眼。然而老辛却觉得自己快疯了,她那双眼睛,那双并没有什么神采的眼睛,仿佛无时无刻不在盯着他,他五十年里所有的秘密——"文革"时的,部队时的,地方单位时的……八小时以内的,八小时以外的……关于男人的,关于女人的……似乎都被这双死羊样的眼睛透视得无比清晰,他的每句话、每个神色,甚至每声无意识的咳嗽,都先让自己胆战心惊。有一天他趁张茜外出,将晶晶叫到床前,问道:

"你觉得你跟她……能合到一块吗?"

晶晶对父亲的疑问似乎感到可笑,他的回答让老辛除了失望,还有些许的伤心:"难道你看不出来吗? 这么多年了,我总算是遇到了真正喜欢的人。以前我的事你总插手,这回,"他貌似憨厚地笑了笑,拍了拍老辛的肩膀,"我自己要当家做主了。你没什么意见吧?"

他这么说,老辛本不好再追问什么,后来还是忍不住:"可我觉得,儿子啊,你们一点都不合适。你太单纯了,晶晶……她呢,我说句你不爱听的话,好像心机比较重呢……"

晶晶笑着说:"这不正好嘛,一个高压电,一个低压电。一个主内,一个主外。"

老辛只得跟着笑笑,将身子蜷缩得更瘦小些。

还好,暑假终于过去,晶晶要返校了,张茜也要回了。清晨五点半,老婆忙着给孩子们煮饺子,老辛呢,就去汽车站占座位。等到了六点半,晶晶和张茜才拖着肥硕的行李包,慢慢腾腾晃悠悠上了车。上了车后,他们发觉老辛躺在两个位子上假寐,那个盛满水果的袋子,则放在另外一个座上。原来老辛占了三个位子,怕的是他们来晚了人多,城门失守。晶晶没说什么,张茜则笑了一笑。她的笑也只是撇撇嘴,嘴角朝左腮轻微地甩了甩。然而正是这一笑,让老辛的心又揪了起来。更要命的是,她笑过之后,扒住晶晶的耳朵嘀咕了句什么,晶晶朝老辛乜斜一眼,会意似的点点头。老辛连招呼也没和他们打,径自下了车。下了车还是不放心,便朝汽车望了一眼,这一望不要紧,正看到张茜将头伸出车窗,朝他这边隐约着张望。两个人恍惚着对视了一眼,又都怯怯地挪开。张茜头发稀疏,头发帘又碎又长,那双飘忽的眼睛掩映在头发帘下,看不清是如何的神情。老辛觉得一股子凉气,从尾椎骨处一节一节蔓延到头颅,让他的身体不禁颤了两颤。

过不几日,老辛就给晶晶打电话,问他给导师带的河蟹半路上是否坏掉,毕业论文资料准备得如何了。晶晶支支吾吾地作答,很明显有些心不在焉。老辛觉得有些不对头,问他是不是有什么事,这孩子属鸽子的,直肠,心里兜不住话。晶晶说,张茜回去后,跟东方航空公司签约了,在财务科当会计,也就是说,张茜不久后就离开天津,到上海去工作了。老辛说这不很好嘛,你们分开段时间,对你的学业很有帮助,一个整天忙着谈恋爱的人,怎么可能会在学术上有所建树?晶晶反驳说,他现在心里乱得很,论文根本写不进去,另外,他很严肃地说,他不打算读博士了,他想明年研究生毕业后就工作,读了这么多年的书,自己都快读成傻子了。对于儿子的话老辛有些愤怒,要知道,晶晶的导师是个非常有名望的学者,日本东京大学博士后,后来在早稻田大学教书,回国是大学重金邀请来的,享受国务院特殊津贴,带的学生,前途都非常明亮。老辛每年都要去拜访他两次,随行的车上拉满了大闸蟹、河蟹、东方虾、皮皮虾和成箱的鳗鱼、大马哈鱼。导师对晶晶还算满意,晶晶是个非常听话的学生。想到这两年的苦心经营成了泡影,老辛的眼前马上就闪现出张茜让人琢磨不透的眼神。晶晶是个很少思考的人,不是因为他的智商,而是因为他的懒惰,他可以两个礼拜不洗一次澡。他之所以做出这样的决定,八成是听信了张茜的谗言。这么想时,老辛想到了那次在车上,张茜跟晶晶低声耳语的情形,他的心脏立马抽搐起来。他安慰晶晶说,儿子啊,你别伤心,谁说的来着?两情若是久长时,又岂在朝朝暮暮?接着他装作漫不经心地问,上次,在车上,张茜跟你聊了什么?

晶晶就问,什么聊了什么?

老辛就提示儿子,张茜看到自己占了三个座位时,说了什么呢?

晶晶突然快活起来,他拿着调侃的腔调说,哦,她说啊,没想到你还挺狡猾的呢。

晶晶还说了什么,老辛就听不清楚了。这女孩竟然说他是个狡猾的人。她怎么通过一件小事就敢断言未来的公公是个狡猾的人呢? 要知道,老辛在单位就被同事们称为"老狐狸"。说远了,当副主任之前,他都是七点钟到单位,将领导房门打开,躺在老板椅上抽烟,等到了七点二十五分,就开始拖地板,领导通常是七点半准时到办公室,间或领导来晚了,地板已经干了,老辛就耐心等待,听到走廊里熟悉的脚步声——那个年代,单位只有领导一人穿皮鞋,他就再将地板拖一次。这样拖了三年地板,他就当上了副主任。说近了,当主任之后,领导也换了三茬,每一茬领导都被他伺候得服服帖帖。第一任领导喜欢打麻将,他晚上饭也顾不上吃,早早跑人家候着,赶上包饺子捏馄饨,他就系上主妇的围裙和馅擀皮。第二任领导虽然年轻,却喜欢程派京剧,是个标准的"火丁迷",老辛呢,专程托战友从北京买了票,夜晚开车拉领导去长安剧院,听张火丁的《锁麟囊》。第三任领导喜欢养狗,那阵子,老辛常跑宠物市场,认真研究蝴蝶犬和狐狸犬的寿命孰长孰短,腊肠狗讲究卫生还是巴仙吉不随地大小便,以及喜乐蒂牧羊犬跟苏格兰牧羊犬在交配期的暴躁指数谁高谁低……

现在听晶晶提到"狡猾"这个词,老辛便想到许多事,想到了许多事,便格外心伤。张茜不合时宜的戏谑是一方面,更重要的,是老辛对张茜莫名的恐惧。可他怕她什么? 他能怕她什么呢? 然而,老辛确实隐隐中将这个姑娘,这个没模也没样的准儿媳,当成了他的敌人。是的,敌人。她虽远离老辛,她的气息却无时无刻不萦绕在他鼻孔中。她虽没跟老辛夫妇同居屋檐下,但等他们有了孩子呢? 不得老辛夫妇看孙子? 一想到自个儿老了,瘫了,傻了,痴了,哑巴了,而这个女人的眼睛,仍像阴霾的天空笼罩住枯朽的自己,将以往生活中生了苔藓的秘密曝在濡湿的暗夜里,任那月光随意抚摩蔑视,老辛内心便如生了癌般苦楚。还好,现在晶晶跟她还没有结婚,一切还未成定局,老辛自信能将这个长了两片丰满嘴唇的女人,像轻轻地弹一粒鼻屎一样,弹到远离晶晶的角落。

这段日子甚是难挨,老辛鸟也不打了,徒弟们也顾不得了,而是在单位内组织了一场秋季乒乓球赛。他必须先让自己忙起来,一个人要是太闲,脑筋是会生锈的,而生了锈的脑筋,怎能生龙活虎地投入战斗? 那天,他正在专卖店给运动员买服装,便接到了晶晶导师的电话。

晶晶的导师是个四十多岁的中年男人,平日里一身中山装,说话有点结巴。可这次却不同,他在电话里语速奇快。老辛知道,结巴的人只有在极大愤慨时,说话才能比正常人流利圆润。导师说,晶晶失踪了。怎么发现的?晶晶的一篇论文在国际杂志上发表后,有个德国比勒费尔德大学的教授,对他的研究课题很感兴趣,想跟晶晶就其中的一些疑点问题进行交流。导师就去找晶晶,同宿舍的师兄却告诉他,晶晶已经有一个礼拜没回宿舍了。不但不回宿舍,连手机也停了。导师对晶晶不请假就私自外出的行为不能忍受,他警告老辛,如果晶晶在家,让他马上返校!否则后果自负。

晶晶并没有回家,老辛便晓得是如何一回事。晶晶不喜欢旅游,不喜欢打网络游戏,不喜欢寻花问柳,除了跑到上海去看望张茜,还能做点什么呢?老辛想自己必须先压得住阵脚,不能乱,要心平气和地对待这件事。打了几遍张茜的手机,通是通了,却没有人接。这下老辛的火就上来了,他像个偏执狂患者一样疯狂地按着那串早背得滚瓜烂熟的阿拉伯数字。上火也是白上火,老辛就躺在沙发上大口喘息。等老婆下了班,如此这般鹦鹉学舌一番,老婆也气得破口大骂,恨不得将晶晶绑到病床上立刻电疗。等到了晚上八点半,晶晶的电话就过来了。晶晶问老辛夫妇最近过得如何?妈妈的心脏病有没有复发?老辛最近又打到了什么好鸟?

老辛不动声色地询问:"都挺好。你在哪儿啊?"

晶晶说:"我能去哪儿啊?在学校呗。呵呵,宿舍里看书呢。"

老辛就骂道:"看你妈×的书啊!赶快给我坐飞机回天津!你们导师找你都找疯了!你要是再不回,学校的处分就下来了!"

晶晶这才知道事情的严重性,喏喏地承认确实是在上海。他说,张茜刚来上海,人生地不熟的,打热水的时候,又不小心把脚烫伤了,现在还在住院……老辛就嚷道:"她爱死不死!你先给我回学校再说!"然后摔了电话。过了一会儿电话又打过来,却是张茜。张茜的声音很柔,张茜说,叔叔您别生气,我这就让晶晶回去。是我不好,我不该告诉他我有病。我应该自己扛着,可是他听到了护士跟我说话的声音……

她细细的嗓门没有让老辛感到消气。他郑重地告诉她,他对晶晶很失望,不光对晶晶失望,对她也很失望。他觉得现在晶晶应该以学业为重,不应该沉溺在男欢女爱中。他希望她能冷静下来,重新考虑考虑两个人的关系,换句话说,他们最好现在就分手。

张茜在那头沉默几秒,然后说:"分不分手是我跟他的事,跟你一点关系都没有。"

老辛想了想,骂道:"你个不要脸的东西!你个下三烂女人!你没资格跟我说话。"

张茜啪地挂了电话。一会儿又打过来,哭丧着问:"你凭什么骂我? 你凭什么骂我?"

老辛平静地告诉她:"我是晶晶他爸。晶晶是我儿子。"

张茜就挂了电话。一会儿又打过来,她的情绪似乎稳定了些,老辛能听到晶晶跟她抢手机的窸窸窣窣的声响:"你到底凭什么骂我?"

老辛咬着牙齿说:"我不跟你这么没教养的女孩说话。"

张茜尖叫道:"你才没教养呢! 你才没教养呢! 你以为你是什么东西!"

你以为你是个什么东西……你以为你是个什么东西……老辛对这句话太熟悉了。在过去的几十年里,到底有多少人当面或暗地里这样骂过老辛? "文革"时他是学校的红卫兵头目,当他把一个尿罐挂到老校长的脖子上时,老校长低头半晌,后来抬起头,自言自语道,你以为你是个什么东西! 当兵时为了争取转干名额,他耍了个小手腕,将一名经常在《解放军报》《红旗》杂志上发表通讯的南京文书给挤掉了,后来他听那文书背地里骂他,他以为他是个什么东西! 还有谁骂过? 他委实想不起来,他唯一能想起来的,是这个叫张茜的姑娘。他能想象到她嘴角滑筛出轻蔑的嘲笑,她,张茜,在一字一句、铿锵有致地对他说,你、以为、你、是、什么、东西!

没几天,老辛便带着老婆、拉着满车的干虾奔往天津。晶晶已经回到学校,导师的气也消得差不多了,只是叮咛老辛,要从经济上钳制晶晶,除了必要的生活费,不应该给他更多的零花钱,免得他一个月打五百块钱的电话卡。晶晶也向老辛坦白说,他已经跟张茜分了,爱人可以有选择性,而父母只有单一性,为了让父母安度晚年,为了不让他们操心费力,他才忍痛跟张茜分了手,是的,忍痛分了手。晶晶的口吻很平常,老辛这才放心。晶晶是个不会撒谎的孩子,读了二十年的书,读到了不会撒谎的地步,是应该开心呢,还是应该惋惜呢?老辛长叹一口气,觉得无论怎样,生活还是静下来了,作为到了知天命年龄的男人,大概不会有什么比循规蹈矩的生活更重要的了。老辛想,他还是高估了张茜的实力,他以为她是柔道九段,其实连五段都不是,他以为她是个高超的心理医生,其实只是个身穿蓝色竖条服、脏兮兮的病人。这么想时,他甚至隐隐可怜起这姑娘了,说实话,对这姑娘的怜悯,甚至超越了对龅牙姑娘的歉疚。

上班的日子也没什么事,然而鸟是打不得了,冬天很快到了,终日飘着细雪,菜地里只有丑陋的麻雀在寻觅粮食。一下雪过年就快了,晶晶又该回家了。老辛边嚼着花生米,边喝着小酒,心道,不知道晶晶这次会带个什么样的姑娘回来?

晶晶这次是自己回来的。晶晶胖了,脸似乎也白净些。他带了许多典籍和实验仪器回来,瓶瓶罐罐堆满了书桌,终日泡书房里,似乎真的像个研究生样子了。老辛很是心安,劝晶晶不要

106

一味坐书斋，应该拿着礼物去亲戚家走走。那日晶晶便真去了姨妈家，老辛在书房里闲逛，便看到了他遗在床铺上的手机。老辛向来不太关心儿子的秘密。晶晶青春期时，老婆发现儿子内裤上不时有腥膜的黏液，便想让老辛告诉儿子些生理知识，老辛却拒绝了。老辛信奉顺其自然的理念，尤其一个男人，必须让他自己揣摩自己的身体，自己了解自己的身体，知道自己什么时候想要什么，以及如何要到手。可那天，老辛怎么着就顺手翻了翻晶晶手机上的短信。这一看老辛险些晕过去。他在手机里发现了将近两百条短信，这些短信有长有短，有黄段子也有天气预报，有例行公事的日程安排汇报，也有暧昧的近乎淫荡的情话，最关键的问题在这里：这些短信，都是晶晶发给张茜的。

等晶晶回来，老辛直奔主题，将手机扔给晶晶。老辛什么都没说，晶晶却什么都明白了。晶晶承认，他跟张茜不是藕断丝连，而是一直都没断，岂止是没断，简直是变本加厉，比以前更亲密了。晶晶甚至承认，张茜在这半年里，曾经三次坐飞机从上海飞到天津看他，她的工资大部分都捐献给航空事业了。这说明什么呢？这说明张茜爱他，不是一般的爱，是爱到了骨头里，爱到了血液里，爱到了肾里。他之所以瞒着老辛，不是他学会了撒谎，而是学会了善意地撒谎。他极度担心老辛会因为此事闹心，也担心母亲的心脏病会由间歇性变为常规性。他是为了他们好，而且他也知道他们是为了他好，可这两者发生矛盾时，他只能选择前者。

儿子的口才比以前长进不少。老辛黑着一张脸,定定地看着晶晶,说:"你现在就发短信,你告诉张茜,我这辈子也不能原谅她。你不是许仙吗?她不是白素贞吗?那我就是法海!我就是要当法海!我最喜欢当法海!你给我发!立马就发!"

晶晶没发短信。老辛就去抢他的手机。让老辛绝望的是,晶晶竟然一把掸掉了他的手。这让老辛无法忍受,他搬起电脑就砸在地板上,后来,他不但砸了电脑,还砸了电视、暖瓶、音箱、茶几。晶晶突然就落泪了,老辛只当没有看到,继续咆哮道:"你要是不跟她分手,我就没你这个儿子!马上给我滚出去!"

晶晶边哭边给张茜打电话,他说老辛不要他了,老辛要和他断绝父子关系,他说他怎么命这么苦呢。张茜的声音在电话里夸张地清晰,她说:"他不要你我要你!你现在就坐火车来沈阳!来我们家过年!只当我妈又多了个亲生儿子!有啥大不了的!"

儿子就背了行李准备去坐火车,恰逢老辛老婆买菜回来。见到这般场景,听了事情原委,也哇啦哇啦地号哭起来,她说晶晶你怎么心这么狠呢,你可不能这么狠心啊!你怎么忍心抛下我这个当妈的呢?那个狐狸精重要呢,还是妈重要呢?又哭起晶晶的孪生哥哥。晶晶是双胞胎,一周岁时,他妈抱着哥俩去姥姥家探亲,因为天冷,捂了两条棉被,不承想半路上就闷死一个。晶晶也哭够了,一个人躺在床上,盯着天花板发呆。晚饭也没有吃。第二天醒来,对老辛说,他还是不能跟张茜分手,即便天塌了,他母亲的心脏病复发了,他还是离不开她。她不但已经是他身体的一部分,而且是他灵魂的一部分,如果老辛强迫他们分手,他只有一个选择,那就是自杀。提到"自杀"这个词时晶晶神情恍惚地凝望了老辛一眼。老辛的心,就彻底碎了。

年还是要过的。老辛明里软了,暗里却夜夜无眠。总不能将晶晶逼死吧?宁可晶晶把他们逼死,也不能委屈了孩子。恰巧正月里就来了位客人,这客人老辛以前认识,叫李素芬,是晶晶高中时的同学,长得倭瓜花般粗糙,黄花菜般纤瘦,脸上点着几粒可人的雀斑,在长沙念的国际金融,大学毕业后应聘到青岛一家皮鞋厂跑销售。晶晶从前喜欢过人家,确切地说是追过这姑娘,送过玫瑰,写过情书,帮她家割过麦子,只是上大学后晶晶跟重庆姑娘勾搭上了,加上与李素芬两地求学,慢慢鸿雁折了翅,来往也就寡淡了。晶晶见到李素芬很是高兴,两个人在客厅里聊到天黑。老辛不时在旁端茶倒水,后来就说:"素芬啊,天这么晚了,今天你就住在叔叔家吧,你不是外人,用不着不好意思。"

李素芬很爽快地满口答应了。晚上,老辛老婆做了几个拿手菜,一家人吃得甚是欢畅。老辛就问李素芬在青岛过得怎么样,对象是什么单位的。李素芬笑着说,还没有对象呢。老辛说你年龄也不小了,二十六了吧?怎么对终身大事这么不上心呢?

李素芬有些哀怨地说，不是我不想找，是我条件有限。老辛郑重地说，怎么能这样说呢，你要学历有学历，要长相有长相，要工作有工作，要家庭有家庭，一个姑娘家，要是自己不把自己当宝，谁还把你当宝呢？李素芬似乎很感慨，说，我一个外地人，就算长得不寒碜，可是啥事也没有亲戚朋友帮衬，天天跑外，接触的都是天南海北的生意人，又没有个知根知底的人帮忙操心，不好找啊，找对象又不是剃头挑子一头热的事。说完了就去看晶晶，问道："晶晶，你女朋友还是天水那个吗？"

老辛心里就有些谱。第二天李素芬还没有走的意思，晶晶陪她去逛商场。老辛呢，则差人去打听她家的底细。原来这姑娘姊妹四个，父亲以前在化肥厂当锅炉工，其他三个姐姐都在农村务农。条件虽差点，好歹是个正经人家出来的，将来也用不着发愁养老的事情。两人逛商场回来时有说有笑，晶晶脸上的笑容比往日灿烂多了。过不几天，李素芬又来探望晶晶，跟晶晶扯东道西，晶晶话也多，从小学同学谈到高中同学，从他信谈到萨科齐，从杨丽娟谈到芙蓉姐姐，又从股票谈到封闭式基金。老辛偷偷翻看他的短信，还在跟张茜腻歪，但明显少多了，语气也不像以往那样旖旎缠绵。老辛又想到个叫张楚的同事，说是同事，年龄却跟晶晶差不多，跟晶晶从小一个院子里长大，甚是要好，以前在老辛手底下做过活。老辛找到他，将晶晶跟张茜的事简单一说，让张楚去套套晶晶的话，看他对张茜的态度是否有所变化。

那张楚既市侩又机灵，明白老辛的心思，就隔三岔五邀晶晶去吃花酒。不几日便来向老领导汇报情况。

按照张楚的说法，晶晶其实对张茜满腹牢骚。比如他怀疑张茜有外遇。据晶晶说，他去上海探望张茜时，看到她办公桌上有张合影，背景是个银灰色的高档酒柜，里面摆着一排"和酒"，合影的人不是晶晶，而是一个颇有姿色的小男生，染黄头发，戴白金耳钉，笑眯眯的一双多情目随时要怒放出焰火。小男生和她的关系好像不错，两个人笑得异常甜蜜。晶晶问，这男孩是谁？张茜说，是我亲弟弟啊。晶晶问，你们这是在哪儿照的相？张茜说，我家里啊。晶晶有些疑惑，不过也没往心里去。后来在上海逛商场，晶晶突然发现，"和酒"的产地原来是上海。一个沈阳的中产阶级家庭，酒柜里不摆"老龙口""黑土地""北大荒"啥的，怎么全摆的上海产的"和酒"？疑窦丛生，待后来去张茜家拜访，晶晶特意留意了一下她弟弟。结果发现那个小男生根本不是什么张茜弟弟，她弟弟又高又胖又黑，满脸青春痘，跟头棕熊似的。不过，晶晶也没向她细问。为什么没细问？不敢啊，怕伤了感情，换句话说，晶晶打心里头是怵张茜的。她跟晶晶要小性时，曾摔碎过晶晶的三个手机。一个敢摔碎男友三个手机的女孩，你说她脾气能温顺到哪里？"呔，晶晶受她的气是肯定的，而且是经常的，真是跳到了火坑里，"张楚总结道，"你放心，我会继续侦查晶晶的动向。你也知道,我这个人没别的缺点,就是心眼好,没什么拿手的,就是擅长让别人自暴隐私。"

老辛听了张楚的汇报,也没说什么,径直去了厕所,在厕所里他没方便,而是不停地洗手。后来他呆呆地照镜子,内心的喜悦像黑色的大丽花瞬间开满了抑郁多日的心脏。他看到自己半黑半白的眉毛高翘着扬起,眼角的鱼尾纹也在灯火的照耀下发出熠熠光芒。那个叫张茜的女孩,仿佛在镜子里渐行渐远,最后犹如一个缥缈的鬼影,消失在老辛逐渐鲜嫩的瞳孔里。老辛出了厕所,对张楚布置新任务,那就是继续对晶晶进行"策反",继续套晶晶的伤心事,让他对张茜的为人有客观的、科学的、清醒的认识,要让他知道,男人可以容忍被女人殴打,男人可以容忍女人酗酒,男人可以容忍洗女人脱下来的内裤乳罩,但是,男人绝对不能容忍女人亲手给他戴一顶比刚下架的黄瓜还要嫩的绿帽子。

当然,老辛的老婆也被派上用场。女人对付自己的丈夫,通常是一哭二闹三上吊,其实呢,这方法用来对付在自己子宫里居住过的男人,也颇为灵验。正月没出,老辛老婆的心脏病就正式复发了,同时还伴随高血压、附件炎、糖尿病和美尼尔综合征。晶晶只得终日陪伴,李素芬很懂事,去医院看了回,后来就天天到医院报到,陪着晶晶一起护床。这姑娘虽表面上粗枝大叶,心思却老太太的针脚一般细密,给晶晶买了件昂贵的保暖内衣、一条 CK 内裤、一条班尼路围巾，见晶晶手机有了裂纹，又花两千块钱给他买了最新款式的 SAMSUNG。看样子，晶晶在老姑娘眼里简直就是禁猎区里的老天使了。老辛再去偷窥晶晶的短信，便发现给张茜的短信是越来越少，越来越清汤寡水。

等到了正月十三，老辛跟晶晶商量说，我们去素芬家里看看吧。

晶晶说，好啊好啊，我好多年没去了。她妈烙的葱花饼好吃着呢。

老锅炉工一家对晶晶一家的到来既恐慌又欢喜，杀鸡宰羊烹鱼炸大虾，酒不太好，自家酿的苞米散白酒，却喝得火辣舒心。晶晶酒量不错，也喝得黑脸庞变成红脸庞。李素芬呢，忙得脚尖朝后胳膊肘乱拐，既能干又娇羞。后来老锅炉工趁着酒劲问晶晶："大侄子，有对象了没啊？"

老辛抢着说："老哥哥啊，还没呢。晶晶整天搞学术研究，哪儿有空谈对象呢？他现在是油梭子发白——短练(炼)啊。"

老锅炉工就说："要是没有，我倒可以为他做个媒。"

老辛说："老哥哥啊，你不妨直说好了。"

老锅炉工说："唉，能有谁呢，我们家四丫头啊。她到今儿个还是没落上梧桐树的麻雀。我看她跟晶晶挺配的，一个黑一个白，一个高一个矮，一个戴眼镜一个不戴眼镜。"

老辛说："那敢情好。晶晶，你也老大不小了，自己拿个主

113

意。乐意不?"

晶晶瞅瞅李素芬,老锅炉工的女儿正朝他笑,晶晶就说:"乐意。乐意。"

回到家,老辛抹下脸,警告晶晶说:"你现在有新女友了。男人最让人恶心的知道是啥不? 我告诉你,就是脚踏两只船! 你以后要跟张茜彻底分了。不能吃着碗里的看着锅里的,更不能始乱之终弃之。"晶晶也不作声,只随手翻着一本闲书。

正月十四,受老辛老婆的正式邀请,李素芬来老辛家小住了。老辛老婆给了她四千块钱,按本地的风俗,算是"踢门槛"的钱,踢完门槛后就要吃饺子了,也就是定亲。老辛半夜里去小解,发觉隔壁有动静,忍不住去瞄了两眼,果然是晶晶跟李素芬在鼓捣。李素芬动静挺大,晶晶也哼哧哼哧小声叫个不停。老辛蹑手蹑脚爬上老伴的床,将老伴的手紧紧贴在自己小腹上,脑子里却想到了张茜。想一想她终于要远离自己,这辈子自己再也不用看到她,再也瞅不着她那双鹰隼般的眼睛,老辛有些怅然若失。

正月十八,李素芬要回青岛了。晶晶主动要求送她,说自己在天津站下车,学校里杂事不少,还要帮导师翻译篇重要的论文。老辛大清早去长途汽车站占位子。冬天亮得晚,老辛斜躺在座位上,便又想到夏天时,自己也是这么早来占座,只不过,客人却不是以前的客人,心境自然也不是以前的心境。车窗外的

114

灯光亮得紧，行人的影子在铺满窗花的玻璃上晃来晃去，仿佛某人幽怨的、犀利的眼神。老辛朝窗户嘘了口气，白色的窗花缓缓洇开去。

晶晶走了，老辛又闲不住了，这个冬天的雪异常多，过不几天就下一场，麻雀也比往年多，天天在楼底下跳来跳去。老辛就找了簸箕和草绳，又买些秫米黄豆，开始一心一意罩鸟。那天正从簸箕里小心着掏麻雀，便接到李素芬的电话。李素芬半晌没吭声，只偶尔听得一两声叹息，老辛便先晓得是如何一回事，急急问道："晶晶怎么了？晶晶又怎么了？"

李素芬倒是很镇静，她说，昨天晚上，有个女的给她打了一个电话。在电话里，这个女人很严肃地警告她，让她离晶晶远一些。晶晶是她的，而不是她李素芬的。又说，李素芬最好识相点，李素芬根本就不是她的对手，她长这么大，从来没输给过任何女孩。李素芬说，那个女人的声音很温柔，东北腔。说完李素芬似乎在小心着抽泣，又过了半晌才说，叔啊，我是实心实意跟晶晶谈恋爱的，我也老大不小了，只想找个本分人托付终身，人长得好赖是不挑的，晶晶怎么能这么做呢？那个女的跟我说，他们其实一直都没分手，你知道为什么晶晶非得送我回青岛吗？原来是那女的一直在天津等着他呢。

老辛坐到雪地上，彻骨的冰凉透过手掌心蔓延到头颅，让他的眼睛黑了一下。

这次去天津,除了老婆,老辛没有告诉任何人。去北京之前,他先跟老婆合计了一件重大的事情。说是重大的事情其实一点都不夸张。如果这次晶晶不听老人言,一味地瞒天过海,那么,老辛就和他断绝父子关系。老辛手里有钱,不多,也就一百来万,除了多年的积攒,还有老辛在纺纱厂放贷的利息钱。自从晶晶放话不念博士之后,老辛其实已将他的工作跑好了,联系了一家北京的电力公司,这钱是准备给他在北京五环以内买房子的。既然晶晶这么给脸不要,老辛的一切,那么就和他没一星半点的关系了。老辛已经给几个在医院的哥们打了电话,叫他们时刻留意,是否有被遗弃在医院的女婴,他要抱养一个。他需要一个可爱听话的女儿,给他和老婆送终。

翌日到了晶晶学校,老辛先给晶晶同宿舍的一个博士生打电话。博士是江苏人,在老辛印象里面目模糊,因为每次老辛去探望晶晶,这孩子都是蜷在被子里睡觉,好像博士不是做实验做出来的,而是做梦做出来的。老辛对他印象并不好,可还是先给他打了电话。

他说,我是晶晶的父亲,来看晶晶了,你在哪儿呢?博士说,我就在学校门口的储蓄所。老辛就说,你能不能先帮我开下门,晶晶没在宿舍,天这么冷。博士很爽快应允了。等见了博士,老辛漫不经心地问,张茜最近有没有来啊?博士有些吃惊似的说,叔叔你不知道吗?过年之前,张茜就把上海的工作辞掉了,就住

116

在晶晶他们班的女生宿舍,平时都跟晶晶一起到实验室做实验呢。老辛咬着牙说,知道,知道,当然知道了。他的那点屁事,我哪有不知道的。

等博士开了门,屋里的情形让老辛和博士都感觉颇为尴尬,当然,尴尬的不只是他们俩,还有屋里的两个。晶晶和张茜慌忙着套衣服,可需要穿的衣服太多了。老辛的眼睛忍不住朝张茜瞟了两下。这是老辛第二次见到张茜,说实话,这姑娘长什么样子,多高多瘦,老辛有点忆不起来了。老辛只记得去年夏天,她穿着条松松垮垮的翠绿连衣裙,在厨房里像个家庭主妇一般地切猪排。她的手指细长苍白,可是手上的劲道委实不小,一刀剁下去,绯红鲜嫩色的排骨立马一分为二,连点筋骨都不粘不连的。现在他竟然看到了她的身体。她原来并不是一个瘦弱的人。她的乳房挺脱得像只房檐上垂下的西葫芦,饱满肥硕的乳头从白色紧身内衣里隐约着凸出,仿佛随时要冒将出来,而她细长的两条腿在弯腰找鞋时,既紧绷又白亮,润泽的光似乎直灼人的眼睛。后来晶晶拽着裤子小跑出来,羞红着脸朝老辛喊了声:"爸……"

老辛说:"别跟我叫爸,我没有你这么个儿子。"

晶晶说:"你别这么说……我错了。"

老辛说:"你哪里错了?"

晶晶嗫嗫地说:"哪儿都错了。"

老辛一掌就掴过去，晶晶没有闪躲，耳光声在楼道里显得格外清脆，老辛另一掌掴过去，晶晶照样没有闪躲。老辛从来没有打过他。等老辛的胳膊再次抬起时，晶晶哇一声就哭了。这个二十六的男人哭起来的声音嘹亮异常，仿佛是婴儿刚诞生的样子。老辛的胳膊就软了。晶晶转身就朝楼梯口跑去，他奔跑的速度很慢，几乎是跟跄着。老辛朝博士看了一眼，博士就大喊着晶晶的名字追过去了。

现在屋里只剩下老辛和张茜了。他们从来没有这样面对面地彼此对视过。张茜正在套一件水红色的短大衣。她披散着头发，那双眼睛里没有任何表情。老辛就坐到床上，什么也没说，而是点了一支香烟。他的手一直在神经质地颤。张茜是什么时候走过来的，老辛并没有察觉。老辛的眼前一片漆黑。

"我错了，辛叔。我向你道歉。"

老辛低下头，才发觉张茜跪在他膝盖下。她的身体裹在肥厚的羊毛衫里，看不出丝毫丰腴，就像她的人，表面上唯唯诺诺，骨子里却是个刽子手。她竟然跪在地板上。她为什么要跪在那里呢？她是怎么跪下来的？

老辛说："你站起来，你没有必要这样。"

"我错了，你原谅我行吗？"

看到敌人跪在自己眼前该是快慰的事，但老辛一点也快慰不起来。她竟然哭了，她竟然扶着老辛的膝盖哭了起来。她为什么要哭呢？她以为她的哭泣可以平息他的愤怒吗？她的两只手紧紧抓住老辛依然健硕的小腿肚，整个脸部则掩映在老辛的两块膝盖骨中间，她的肩胛骨随着她的哭泣声有节奏地抖动，仿佛在随时提醒他，她哭得是多么伤心，又是多么真诚。她的头发，她稀疏却油亮得有些干迸的头发，散发出洗发水的香气，而她的全身，则弥漫着一股水果糜烂的气味。

　　房间就那么着静下来，老辛首先听到了自己杂乱的呼吸声，接下去，他听到了灯管由于电压不稳造成的嗡嗡声，间或夹杂着一两声轻爆。最后，张茜抽噎的声音才在耳郭里慢慢浮升起来。她哭得很专心，有那么片刻，她的喉咙明显被痰卡住了，她却没有吐出来，而是似乎慌乱着吞咽下去。那声咕咚的吞咽声让老辛的心脏瞬间柔软起来。屋子里暖气烧得很旺，空气里是那种胶皮被烧焦了的轻微的煳味，晶晶的那只机器猫闹钟嘀嗒嘀嗒地走动，时间仿佛在这个阴霾的午后，突然静止下来。这让老辛恍惚间产生种错觉，春天似乎是到了，他坐在阳光净柔的书房，灰尘笼罩，万物悄然，他只有将耳朵变得如猎狗般机警，才能倾听到远处传来的声音……老辛犹豫着探出手，轻轻滑过张茜的头皮。张茜的肩胛骨还在忧伤地颤抖，仿佛此刻她正在抱着自己的父亲，她只有将哭泣无限延续下去，方能将多年无处倾诉的哀愁彻底倾泻。老辛的鼻子莫名地酸楚起来，他白净的手指滑过她的头皮，触到了她的耳朵。她耳郭瘦小，甚至有些干瘪，但耳垂却饱满肉透，老辛的指尖沿着她的耳朵滑到眼睑时，一种温热的液体让老辛更加伤感。当他的手指漫过她粗糙的脸颊，安静地停驻在她柔软的嘴唇上时，张茜嘤嘤的哭泣声忽然停止了。她的哭声停止了，她的肩胛骨也不动了，她愣愣地抬起头，朝老辛狐疑着问道："你在……干吗？嗯？你想干吗！"

老辛激灵一下推开张茜。或许不是他推开张茜，而是张茜推开了他的膝盖。她似乎刚刚从梦中苏醒。她显然哭累了，眼眶里没一点泪水了。她迅速站了起来，披上羽绒服，穿上皮鞋，走到房门口，在关上房门之前，她的嘴唇翕动了一下，"老不正经的！"她真这么说的吗？即便她说了，真是对他说的吗？老辛只觉得那种甜美、温净的空气在瞬间被击砸得粉碎，无边的恐慌在灯管嗡嗡的声响中越发清晰。他呆坐在床上，身体被无形的绳索捆绑得无比结实。他看到张茜在关门时望了他一眼。或许他真的老了，眼睛花了，他竟然没能看清她的眼神中是如何一种神情。她那双狭长而飘忽的眼睛似乎是笑了笑。可她真笑了吗？随着哐当一声门响，老辛的心脏砰的一下就碎了。

老辛出了晶晶的宿舍，楼道里的灯还没亮，恶臭的运动鞋的臭虾味和厕所的尿骚味不时飘进鼻孔，老辛忍不住打了个响亮的喷嚏。等出了研究生宿舍楼，老辛方才察觉到，天已经黑下来了。天是怎样黑下来的呢？老辛不太清楚，反正冬天的夜晚总是很长，而白天总是很短。他麻木地按晶晶的手机号，没有人接听,又按博士的手机号,还是没有人接听。也许,晶晶在跟他的师兄喝酒吧,这孩子以前有烦心事的时候,最喜欢把自己喝得胆汁都吐出来。老辛又想到了张茜的手机号,只是想了一想,这个女孩鹰隼般的眼神就将他的身体压缩成一枚核桃里的果仁了。他只得在学校附近找了一家小酒馆,点了一盘熘肝尖,叫了一壶散白酒,然后,盯着窗外盲人眼中般的黑,哆嗦着、一小口一小口地喝将起来。

长 发

一

王小丽照着镜子拔掉根白发,一圈一圈绕上中指。后来她划了根火柴,将发丝抻直,磷火就攀着白色蹿焚出一线艳红,头发也在瞬息间喷出一股烧死雀的煳味。她直起身,发觉外甥女猫在身后。这孩子套着件黑色羽绒服,企鹅那样踮着脚尖捋她的发梢,"老姨,你该结婚了……是吗?"

"去写作业。大人的事你少操心。"

外甥女没走。这个仿佛总是心事重重的小女孩,长着一张被风吹得满是褶皱和碎皮屑的小脸。她身上总是一种馊饭气味,她大概有半年没洗澡了。"老姨,我喜欢小孟。你快跟他结婚,那样我就能天天见到他了。"

王小丽按了按她的头。

"老姨,我忘了告诉你,外面有人找,"外甥女掏出支唇膏,迅速地润着嘴唇,"是那个说鸟语的男的,"这个八岁女孩的嘴巴很快抹成亮亮的玫瑰红,她不失时机地探出舌头舔舔唇线,"你真的要结婚了吗,老姨?"

"是。你还想问什么?"

穿过客厅时,王小芬和王小美正佝偻着腰,戴着白帽子缝羽绒服。她们的模样其实更像是在做手术的外科大夫,不过她们的手术台没有病人,只有一摊乱七八糟的布料、鹅绒、工艺剪刀、软尺、粉笔、线团和一架哮喘的"飞人牌"缝纫机。她们很少说话,这是世界上最出色的两个哑巴裁缝,她们整日整夜埋伏在地窖,缝制着一件又一件羽绒服。她们总是忙得连抬头看她一眼的空隙都没有。

那个南方人正靠在墙根大口吸烟,晃到王小丽时他把香烟掐了,一拐一拐蹭过来。他朝她点点头,问:"你想好了吗?"

"没有……"

"你真是个想不开的人。你们北方人就是想不开,"南方人扫视着天空,天空荡着瘦雪,轻盈地挂上他的睫毛,"所以你们总是很穷。"

王小丽嗫嗫地嘟囔:"我真的没想好……我真的舍不得……"

算上这次,南方人三天里已找过她三回。他说话的声音悦耳温和,王小丽愣愣地盯着他红润的嘴唇。那种陌生的南方话,每每让她回忆起春夜东邬的鸣叫,"你先回吧,"王小丽朝他挥挥手,"我不想将来后悔。不让我后悔的事情……已经越来越少了。"

"那四百块钱行吗?"南方人沉着嗓子问,"这可是个天价。说实话,我都絮烦了。"为了证明言辞的真实性,他把手掌按在胸脯上剧烈地咳嗽起来,"我明天就要离开这个小镇了,我一点不喜欢这里,又冷又干燥。"

"把你手机号告诉我,在你离开之前,我会给你个答复。"王小丽说,"我不会让你等很久的。相信我。"

南方人瞅着她。她鼻翼红肿,嘴唇上蒙着层淡淡的胡须,她站在那里,好像同样凝视着他,又好像穿过他的身体,凝望着天空里飞过的几只野鸽子。

二

潜回屋里,王小丽把墙壁上的镜框摘下来。镜框的玻璃明亮冰凉。照片上的人,那些凝聚在某一时刻的人们,正在偷偷窥视着她。照片里的人全是王小丽:襁褓中的王小丽,呲着虫牙嚼苹果的王小丽,戴着红领巾升国旗的王小丽,翘着细腿在飞船模型上跳舞的王小丽,目光流转长发及腰的王小丽,套着新娘装发髻高耸胸脯挺脱的王小丽……她们的身体被一个红漆斑驳的樟木框钉在墙壁上,在这个下雪的午后闪夺进她的瞳孔。

"你真的要搬走了吗?"外甥女不知从哪儿翻腾出一管指甲油,开始修饰她的手指,她已将左手的指甲染成紫色,"你要和小孟一起住了吗?"她伸着进刺小手,"我的指甲漂亮吗?"

"漂亮。"

"哦,"外甥女把指甲油扔到地上,从羽绒服里拽出把剪刀,"我姥爷叫你,让你去给他铰胡子,"她缩着鹌鹑脖子说,"他是不是该死了?"

"我不知道,"王小丽摸摸她的脏耳朵,"你是个乌鸦嘴。你难道就不能消停一会儿吗?"

父亲正倚在炕背上看电视。他近十年的大部分时光,都是这么蜷缩在炕上看电视。作为一个脑出血患者,他唯一的娱乐便是,戴上那副用胶布箍着金属腿的玳瑁眼镜看电视。他什么节目都看。《动物世界》《玫瑰之约》《焦点访谈》、韩国世界杯、县城新闻以及科教频道的人工授精专题报道,他都欣赏得趣味盎然。只是他很少吭声。他的嘴巴被拴住了。这位昔年名噪梅镇的皮影戏名角,已经习惯了没有台词和日常用语的生活。看到王小丽时,他指了指自己的胡子。

王小丽把围裙带子轻柔地套在他脖子上,跪在炕上给他剪胡子。他的胡子柔软凌乱,一点不扎手。"爸,我元旦就要结婚了。"

"嗯。"

125

"我已经和你说过三次了。"

"嗯。"

"我……我知道你手里还有一万来块钱……"王小丽跪在那里,手里的剪刀机械地开合,铰动着屋内的空气,"……我想跟你借五百块钱……"

父亲后仰着眯上眼,手里摆弄着一支烟斗。后来他摘掉玳瑁眼镜,很快打起呼噜。"我知道你没睡着,我知道你耳朵比猫还尖,"王小丽闷闷地说,"我就要结婚了……"她仿佛在提醒自己,"我就要结婚了……你不知道吗……我就要结婚了……我想买辆摩托车……"

王小丽下了炕,将围裙里的胡须抖落进垃圾桶。雪很快漫了人眼,庭院也覆了暖暖一层,盖着鸡窝上的塑料布,墙角抖索的蔷薇、煤渣和肥硕的白菜,当然,还有王小丽的那辆二六自行车。那辆自行车是王小丽第一次结婚时的嫁妆。那次的嫁妆除了这辆自行车,还有一台电冰箱、一台双筒滚动式洗衣机。那时母亲尚在人世,临嫁那天,母亲偷偷塞给她条手绢。手绢里是条金项链和一对白金耳环。离婚时电冰箱和洗衣机被法院判给了马黎明。这次耗时两年的离婚不仅将六年的时光判给了马黎明的那张双人床,也将她所有的积蓄花在了律师身上。这场离婚对王小丽而言不啻是场战争。是的,一场令人心力交瘁的战争。为了战争尽快结束,她宁愿净身出户。她什么都豁出去了,马黎

126

明以为她会妥协,以为她会像候鸟一样迁回那个老窝。但她没有。

"老姨,老姨。"外甥女在屋顶上招呼她。孩子披着件海军服,扇抖着胳膊在积雪上跑步。后来她坐在烟囱上,点着一支香烟。她竟然点着了一支香烟。王小丽觉得这日子真没法让人安生了,"你给我下来! 下来! 你会摔倒的!"

"我是鸟!"外甥女咯咯地笑着,"我待会儿就从屋檐上飞下去。"她骄傲地从嘴唇里呼出一股烟。没有颜色的烟。下雪的日子总是如此,天空将梅镇的一切都染上铅灰的油漆,什么都沉钝着。王小丽仰望着这个马戏团的杂技演员,将海军服甩烟囱上,开始在屋顶上狂奔。她甚至做了个金鸡独立,将一条小腿很轻易地扛到肩膀上。

"你下来好吗?"王小丽近乎哀求地吼叫道,"你会摔死的!你真的会摔死的!"

"不。就是不。"

王小丽快疯了,她什么都不想说。她恍惚地瞟着这个孩子在越来越暗的雪色中凝聚成一个黑点。

三

推着那辆二六自行车走出姐姐家时,王小芬和王小美还在做羽绒服。她们永远像工蜂那样忙碌。身为姐姐，她们也并不关心她的想法。王小丽要去看小孟了。她没有心思围绕着她们胡思乱想。小孟的房子粉刷得如何了？小孟是个好干净的人，他说结婚前，要把所有的房间——无论是厨房还是厕所，客厅还是卧室——通通粉刷成粉红色。"我的甜蜜日子到咯，"他曾经拢着她的头发嗫嚅地说，"我三年的光棍生涯……被你做了结扎了。"

和马黎明这个无业游民相比，小孟是个有正经职业的人。他在县里的京剧团跑龙套。他最擅长翻那种又高又飘的跟头。有次为了证实他是梅镇最优秀的龙套手，他在他们家的房间里一口气翻了二十六个跟头。后来王小丽靠在沙发上，发现这个三十岁的男人矗在原地，气不喘心不跳，拍拍手掌心的灰尘，略带羞涩地凝望着她。他的目光是闪来闪去，野鸽子那样怯怯的。他好像从来不知如何才能让自己显得更成熟，或者说，像一个真正的离过婚、有个四岁儿子的干练男人。另外他还擅长包饺子，无论是什么馅，他都能让饺子一口咬下去时，滋出饱满的汁水。王小丽喜欢偷偷地瞥他两眼，有时甚至有种快抑制不住的冲动，想把他的头搂入胸怀，让他的鼻孔和嘴唇紧紧贴住自己的乳房和心脏。有时她也羞涩地幻想，小孟在床上时是什么样呢？这个问题让王小丽难过……她和马黎明结婚六年也没有孩子……当然，即便不离婚，他们也永远不会有孩子。

骑自行车的王小丽一点不喜欢梅镇的冬天，或者可以说，她讨厌这个病恹恹的季节。树木枯涩，一只飞鸟都没有，而天空，天空被热电厂的烟囱里喷薄出的废气渲成死者脸庞似的暗灰，即便太阳蹭出时，也没有斑驳的、柔美的光亮，只是一只守寡多年的老女人的乳房罢了，空荡荡地、忧郁地垂悬着。在车间捆绑成摞成摞的手套时，王小丽的手背常就被刀子样锐利的空气割得生疼，肉惨白地翻着，夏天茅坑里一堆蠕动的蛆虫。她唯一的做法就是，用一条条便宜的白胶布把手指裹成粽子。作为一家手套厂的车间女工，她已四个月没有领到半分钱，可她坚持每天骑十里路上班，坚持在午夜的车间里嚼瓷缸里的剩咸菜和凉馒头。

她现在是一点不惧怕这样的日子，她就要结婚了。想起那个会吼着嗓子唱两句"今日同饮庆功酒"、会腿顶着二胡咿呀拉段《二泉映月》的男人，想起男人紧绷的没有一丝赘肉的屁股，想起他那个四岁就会翻筋斗的儿子，她就觉得这日子终归是暖和的。王小丽并非不相信后妈难当的道理，可那孩子小，从两岁起再没吮过亲妈的奶水，"三尺小儿，麻花儿找齐儿""新茅坑还香三天呢"，把孩子的嘴涂甜了，衣服穿暖了，后妈也就成了亲妈。

路过交通岗旁边的熟食店，王小丽想给孩子买斤护心肉。兜里总共还有二十块钱。尽管兜里掏钱犹如身上割肉，可钱要是顶在刀刃上，这钱就比银子金贵。这二十块钱对买摩托车来说就像是手套上的一根破线头……当然，假如那个收购头发的南方人肯出五百块钱，问题就迎刃而解……五百块钱……她下意识地摸了摸自己的头发。对长相平庸的王小丽而言，这头长及臀部的黑发该是王小丽唯一值得骄傲的东西。她的鼻子有点鹰钩，嘴唇终年铁青，脸上飞着蝴蝶斑，可是那头黑瀑布，将她的身体衬托得匀称灵动起来。走在大街上时，经常有痞子冲着她身后吹口哨。

"李家熟食店"的售货员穿着油腻长衫，将团热乎乎的护心肉递给她，"十二块，"她的手指焦灼地纠缠着，"你快点，我要关店门了。这么冷的天，真是不让人活呢。"王小丽默默接了，将一把零碎纸币摊手掌，蘸了吐沫一张张地数。又有买熟食的人进了门。从老远就能听出这是个哮喘病患者。这个人边搡店门边铿锵地吐着痰，喉咙里响动着嘈杂的鼓声。

王小丽哆嗦着捂紧围巾，将脸孔包裹得像麻风病人。从那个人身边挤过时，王小丽听到半声浑浊的咒骂声："贱……货！"

王小丽匆匆旋出店门。很明显，他还是从身后就认出了她。梅镇还有谁的头发像她的那样又黑又亮又长呢？她不敢回头。她怕自己控制不住，上去扇这个人嘴巴。当她牙齿战栗着推自行车时，那人已牢牢拽紧车架："你个贱货！想男人想疯了的贱货！你把车子给我留下来！"

王小丽只得扭过身体,近乎哀伤地瞅着这个身体臃肿不堪的老男人。如她猜度的那样,这个拄着拐杖的老人正是马黎明的父亲,她曾经的公公。她和这个衰老的男人在一个饭桌上吃了四年的大锅饭。他生病时她曾一勺一勺喂过他莲子八宝粥。可他现在疯了似的拽着她的自行车骂她贱货。这个退休的体育老师激动时声音还那般高亢洪亮。而且他的胳膊船锚般毫不费力地就将她固定在马路牙子上,"你别这么骂好吗?"王小丽商量着说,"别这样骂好吗……"

　　老人支起拐杖就朝她抡过来。王小丽没躲。她只觉得自己的脊梁骨折了,一脉一脉的余痛直嗖嗖地蔓延到手指。

　　"贱货!你干吗不躲!你觉得你理亏是不!你稀罕男人操死你是不!"

　　她只是愣愣地乜斜着他。她的瞳孔是死的。他似乎反被她胆怯的神情吓到。可作为一个曾经身手矫健、能将 7.5KG 的铅球推出 14 米的老运动健将来说,他片刻就清醒过来。如他希冀的那样,他敏捷地蹿过来,伸手采住了她的头发。当他的手指攥住布匹样柔软的发丝时,他有点半信半疑。王小丽也就是在他愣神的空当,一把推搡开他的。她没料到这个肥硕的男人嗵的一声就瘫雪地上了。瘫在雪地上的老人仍未忘记咒骂,可他粗大的喉结只是干燥地滚动着,那些稀碎的雪安然地扑在他的嘴唇上。后来他只好握着拐杖颤抖着指点王小丽。有那么两次他

131

的拐杖偏离了王小丽,指向了岗楼上那个肥胖的交通警察。王小丽恍惚看着他,半晌喃喃了句,"谁让你揪我的头发……谁让你揪我的头发……你为什么揪我的头发呢? 你知道我的头发等着卖钱吗……"

当卖熟食的店员跑出来时,她看到满脸雀斑的王小丽正寡着脸唠叨。凛风把王小丽的声音割成一片一片,她只看到王小丽的嘴唇金鱼似的冒出一朵朵雪花。她蹭到他们身旁时,她终于听清了王小丽的声音:"谁是贱货? 我为什么就不能要个孩子? 我等了他三年,他就是不去医院治疗……这怎么能怪我呢?你说这怪我吗?"后来她木木地望着女售货员,仿佛这个售货员就是她多年未见的亲戚,"你说怪我吗? 他有病,又不去看……"她的脸充盈着血液,"我们为什么没有孩子? 因为他阳痿。他阳痿还不去治疗……这能怪我吗? 我只是想要个自己的孩子……"她嘟囔着热切地攥住女售货员的手,售货员感觉到她的枯树皮指节砂纸似的摩擦着自己满手的油腻,"你说我是贱货吗? 我是不是? 嗯? 你说。你说啊。"

四

"我怕谁呢? 我谁也不怕,我没有理由怕他们。"

可王小丽骑着自行车时仍不停歪着脖子张看马黎明父亲,

"他不会有个好歹吧?"漫天雪色将一切都衬托得虚妄,那些匆忙擦身而过的居民,那栋高耸着的钟楼以及破琐的职工电影院,都在白色的颗粒中消却,它们全被雪隔离到另外一个世界,一个与她毫不相干的世界,这个世界同样包括那些和她纠缠不清的人:马黎明的父亲、马黎明……他们抢走了她的电冰箱,抢走了她的洗衣机,抢走了她的项链和戒指,现在又要抢她唯一的自行车……也许还包括父亲、姐姐、外甥女,他们不和她抢什么东西,但是她得自己主动付出……他们全被雪漫没了,世界上只有一个跑龙套的男人,渐渐逼仄到自己身旁,伸出暖融融的大手。

她的心情渐渐明朗起来。小孟会朝她咧着嘴巴傻笑(他的牙齿被香烟熏得略黄),会给她包茴香饺子吃,会把她粗糙的小手捏过去,细细摸掌心的老茧。她几乎听到了小孟儿子叫"姑姑"的声音。他跟她一点不认生。这孩子和小孟一样安静,总是蜷在某个角落玩布娃娃。她把护心肉从篮筐里拿出来,开始笃笃地敲门。她从来没有如此迫切地想见到他们。

没有人来开门。

王小丽开始后悔当初没接过小孟那把钥匙。小孟把房间的钥匙都配了一把给她,说他不在她可以到家里来,帮忙拾掇拾掇。他的意思很明了,他把她看成是这个家里的人了。这把钥匙的意义和一枚订婚戒指的意义没有丝毫差别。但是王小丽没接。为什么不接呢?

她开始后悔了。她只有小声地召唤小孟的大名。门没有从外面锁,里面的门闩用锁搭着。也许小孟在睡觉。把六十平方米的房间全部粉刷不是件容易的事情。如果不是上午加班,如果不是下意识地等候那个南方人,她早就过来了。

门终于开了。一个女人从门缝里探出身子。见到这个女人,王小丽有些吃惊。如果没有看错,这个女人正是小孟的前妻。王小丽没有见过她本人,但是从小孟家的相册里见过。并非王小丽有什么过目不忘的本领,主要是这个女人太漂亮了。王小丽长这么大从来没有遇到过这么漂亮的女人。

"你找谁?"

"我……我……找小孟。"那个女人的目光很柔和。她的眼睛不是很大,她也不是双眼皮,但是她看着王小丽时,王小丽的心里很暖和。

"我知道你是谁了。"女人从门里出来。她穿着件葱绿高领羊毛衫,"你是王小丽,是吗?"

王小丽突然觉得没有必要在小孟的前妻面前缩手缩脚。她完全有理由蔑视她。她和小孟结婚的第三个年头就离婚了,把孩子扔给了小孟。她为什么离开小孟这么好的男人?因为她看上了她们厂的厂长。她在财务室当会计,她经常和厂长出差跑业务,跑着跑着就跑到厂长的裤裆里去了。离婚前她经常叹息着对小孟说,我当初怎么会看上你呢?只是因为你跑龙套跑得

134

好吗？离婚后她曾经和小孟复过婚，复婚后她经常叹息着对小孟说，我当初为什么和你复婚呢？只是因为你的床上功夫比那个糟老头子好吗？当然这些都是小孟偷偷告诉王小丽的，他并非愿意和王小丽说这些话，他只是被王小丽盘问婚史盘问到糊涂处，稍不留神讲出来的。当然，那个厂长床上功夫好像并不比小孟差，复婚后一年，这个女人又和小孟离了婚，离婚时她带走了小孟的存折。她和小孟是这么解释的，第一次离婚我什么都没带走，这一次，除了孩子，我什么都带走。

看着这个近乎无耻的女人，王小丽不知道还要讲什么。女人也没有打算继续攀谈的意思。王小丽拎着那袋护心肉本欲进屋，但是却挪不动脚，"小孟呢？小孟做什么去了？"

"我来看看孩子，小孟就去街上买涂料了。他真是越来越糊涂，竟然把墙壁都涂成了粉红色，涂到一半，涂料就不够用了。他总是这么缺心眼。也许除了跑龙套，他什么都不会。"

女人似乎说得累了。她的声音沙哑，但是很性感。她捂着嘴，很冷的样子，笑问："你进来坐坐吗？"

王小丽摇摇头。她觉得这个下雪的午后真是糟糕透顶，"我走了，我晚上来，"王小丽昂着头说，"我很少白天来，我都是晚上来。"

王小丽相信她的暗示女人能明了，她相信这个女人是个聪明的女人。她并不希望在和小孟结婚前，和这个女人第一次见面就输给她。她不能给这个女人丝毫喘气的机会。所以王小丽也笑了,她清清喉咙,对女人大声说:"我们下个月就结婚了,到时候你来吃喜糖吧。"

"会的,"女人说,"小孟的喜糖我怎能不吃呢。"

"当然要吃的,"王小丽把护心肉放进车筐,"这次不吃,以后你想吃也吃不到了。你会后悔的。"

女人咯咯地笑起来,转身进了院子。在她转身时,王小丽瞥到她的羊毛衫上黏着的一小团白,在进门时被墙棱挂下来了。这个女人在关门之前回过头,又朝她笑了笑。王小丽突然明白小孟为何被甩后又和她复婚了。这样一个连女人都觉得亲近的妖精,任何一个男人都无力拒绝的。

王小丽推着自行车从门前过去。在跨上自行车之前,她忍不住弯下腰,把女人身上掉下来的东西捡起来。那东西本是白色,坠到雪地上也并不刺眼,但王小丽还是一下子就用手指把它夹上来。这是个气球形状的东西。王小丽的心马上就顶到了喉咙。虽然在和马黎明将近四年的夫妻生活中,他们从来没有用过这种工具,但是一个三十岁的女人再愚蠢,也晓得这是用来做什么的。王小丽厌恶地把它甩出去。她推着自行车踱了几步,又忍不住返回。当她再次把那个近乎透明的避孕套放掌心时,她用右手的食指轻轻地蹭了下。避孕套黏糊糊的,又有些光滑。她确信自己在那恍惚的片刻神志迷乱起来,不然她不会像只拣

136

到肉骨头的猎狗那样，把如此肮脏的东西贴近鼻尖闻了闻。避孕套散发出一股苹果的清香，王小丽屏着呼吸用手指挤压了两下，一股白色的液浆顺着开口冒出来，在她意识到里面充满了一个男人身体的汁水之前，她脚底下的土地已经剧烈地晃动起来。

五

王小丽在回家的路上首先遇到一条狗。在交通岗拐弯时这条狗盯上了她。这是条瘦骨嶙峋的母狗。它跑动时肋骨一根根地勒出来，看上去就像是一堆没有皮肉的骨头在奔跑。相对而言，它的肚子却臃肿滚圆。这是条怀孕的母狗，而且是条野狗。无疑它是被王小丽自行车上护心肉的香气吸引过来的。王小丽下了自行车，定定地凝望着它，它有些胆怯地耸动着鼻子，间或露出尖锐的牙齿。后来它垂下头，在雪地上嗅来嗅去。王小丽上了自行车，那条狗仍不紧不慢地小跑着相随。它跑动的姿势很难看。当王小丽第二次从自行车上下来时，它远远地躲在一棵树后。它还没有一棵树胖。王小丽摆摆手，它只从树后探出一只眼睛。王小丽把塑料袋撕开，将护心肉撒在雪地上。当她骑出很远时，她才回头看了看，可是已经看不到它了，那条黑色的狗也被雪色淹没了。

让王小丽感到意外的是，在姐姐家门口，她再次看到了那个南方人。他缩着脖子靠着墙壁,嘴里呼着哈气。王小丽没仔细瞅他,径自把自行车推进屋子,然后重重地把门摔上。屋里很冷,王小美和王小芬还在那些飘浮的绒毛里穿梭,她们已经变成柔软的绒毛了。王小丽捂住嘴巴,她感觉自己就快憋不住了。她想在眼泪流下来之前,最好找个比大街上暖和点的地方。后来她想到了外甥女的房间,她的屋子里有一组电暖气。

透过玻璃窗,王小丽看到孩子正在跳舞。孩子光着脚趾,一条腿笔直,另一条腿弯曲,双臂热切地探向屋顶,而狭细的脖颈优雅地弯曲着……后来她开始在地板上踮着脚尖转圈,她真的以为自己是只忧伤的天鹅。当她注意到王小丽偷看时,猴子似的蹿上床铺。王小丽恍惚着推开门,孩子就扑到她怀里,"你和小孟约会去了,是吗?"

她仰着脸望着姨妈,"你走了……我就更没意思了,"她说,"一个和我说话的人……都没了。"

她好像要哭了,"老姨,一个人都没有了。"

王小丽默默地出了房间。雪静静地润着皮肤,南方人像只雪候鸟半蹲半蹴在灰暗的水泥板上。他们互相对望着,谁也没吭声。半晌王小丽指了指自己的头发,"五百块,你要不要?"她捽掉围巾,头发就哗地荡到屁股上,她伸手摸了摸,"少一分钱我也不卖。"

南方人掸掸身上的雪,"我明天就走了。我再也不来这个破地方,"他咳嗽着说,"我的工具都没带,你去我那儿吧。五百就五百,说实话,你的头发是我这么多年来,见到的最好的货色。"

那个南方人原来住在梅镇的垃圾场附近。屋子里冷得像地窖,窗帘将白色遮掩,有那么片刻,王小丽听到了雪花落在屋顶上的声音。在昏黑的光线中,王小丽晃到墙角蹲着个黑乎乎的女人。她嘎吱嘎吱地嚼胡萝卜。这个吃东西香甜的人见到王小丽,咧着嘴巴嘿嘿笑了笑。王小丽一眼就看出这女人是白痴。只有白痴见到陌生人时才会笑得这么甜蜜。王小丽哆嗦着坐上板凳,南方人正在倒腾工具箱。

"我不想卖了,真的,"王小丽站起来,"我现在已经后悔了。"

南方人没有回答她,他似乎根本就没听王小丽说话。

"我宁愿把我的牙齿卖掉,也不想卖我的头发,"王小丽大声说,"我把我的牙齿卖给你好吗?我的牙齿也很好。又白又亮,没有龋齿,也没有四环素牙。你可以用钳子把我的牙齿卸下来。一颗我只要你十块钱。我可以卖给你五颗。"

她说话时那个南方人已经将条辨不清颜色的围裙勒上她的脖子,"那你先把钱付给我好吗?"王小丽几乎哀求着说,"你把钱先给我,我就放心了。"

南方人说:"你……可真是个贪心的人。"

从南方人手里接过五百块钱,王小丽转过身去,颤悠着塞进乳罩。她能感觉到那钱和她的乳房一样温热，或许比乳房还要温热。那五张薄薄的纸币贴着她的乳头蹿动。有了这五百块钱她就能买辆摩托了。王小丽手里有三千块钱。这三千块钱是她最后的财富。三千块添上五百，就能买一辆不错的二手摩托。在剪子冷漠的咔嚓咔嚓声中她仿佛看到了小孟的脸。他孩子似的羞怯的笑容在空气里漾开去，慢慢地化成了空气本身。小孟曾不经意地透露过，等有钱了，他想买辆摩托车。他再也不想骑着自行车去乡下跑龙套了，"骑摩托的感觉，就像飞起来了，我不会冻得像只脱毛的火鸡了"。脱毛的火鸡。这只脱毛的火鸡竟然和前妻做那样的事……"可我还能找个什么样的?"王小丽感觉到一双手正在爱怜地摸着她的头发，剪子的咔嚓咔嚓的声音淡了，有人在激动地喘气，她并没在意。"他们做那样的事情，至少说明他不是阳痿，"王小丽看着那个姑娘蹲在墙角里面无表情地嚼着胡萝卜想，"我明年就能有自己的孩子了。"

那个白痴突然比画着指着王小丽身后。王小丽在意识到有点异常时，一双柔软的手已肆无忌惮地盘住她脖子。这个男人的手心是潮湿的，黏糊的，盐水的涩浸着皮肤……小孟最喜欢这么心不在焉地抚摩她。她和小孟还没有真正做点什么，他们有的是机会，可是他们并没有做，也许两个人都有些过于羞涩……王小丽察觉到那双手顺着脖颈的汗毛次第下滑，痒痒的快感不着边际地蔓延开去……她激灵下睁开眼睛。

这不是小孟的手。她惊讶地扭过头去看南方人。她这才发觉自己的身体已经悬挂半空中。这个瘦弱的南方人气力如此之大，王小丽不知道他想做什么。他又能做什么呢？她的身体被推到那张吱呀着的木床上，臭球扑鼻的气息很快将王小丽身上劣质香水的气味掩埋了。王小丽这才尖叫着挣扎起来。她终于明白他到底想做什么了。男人焦灼地拽着她的裤子，她的双腿则拼命地蹬踹，在慌乱的撕打中她听到男人喘息着召唤那个白痴："你过来！扳住她的手腕！我给你买毛衣穿哦！听话哦。"

他的声音听起来还是那么柔和，只不过在语速上稍稍发生变化。那个白痴嘴里叼着胡萝卜，嘻嘻着跳上床铺，双手死死地按捺住了王小丽的手腕。王小丽瞅着这个白痴倒悬的脸，身体里的冷一颤一颤地从尾椎骨迫上眼睛。那块不知道何时堵进嘴巴里的抹布让那种冷变得具体起来。很快她的双腿被劈开，紧接着下身传来一种更为刺心的冷，那是一种她从来没有体验过的冷，这冷在瞬间变成了一种干涩的疼痛。她瞪着屋顶上粘贴的五颜六色的报纸，听到南方人唠叨了句"还是处女呢"。她的眼泪哗地涌出来。这个拐着条腿的男人，匍匐在她身体上每冲刺一下就唠叨句鸟语，后来她方才听清，"二十块……四十块……六十块……"在他那五百块钱尚未花完之前，王小丽疯狂地挺抖着身体，"我只想买辆摩托，"她想，"我要结婚了。我只是想要个好点的嫁妆……"

也许那个白痴对这项妨碍咀嚼胡萝卜的游戏已然厌倦,她嘟囔着放开王小丽的手腕,在男人的叱呵声中跳下床铺。王小丽哽咽着顺手抓住窗帘,稍稍用力,房间就倏地明起来,一把亮丽的白在瞬息间染满王小丽的瞳孔。在男人越来越疯狂的喘息声中,她没有喊叫,只是抠出嘴里的抹布,然后恍惚着摸摸胸脯。那五百块钱还在硬扎扎地暖着心脏,她的心就放下了。这样,她一只手摸着男人上下涌动的头发,一只手箍着乳房,眼睛木木地盯着窗外臃肿的雪。像小时候看到的雪一样,它们旋转着,轻盈地扑到玻璃冰花上。

良　宵

一

　　她刚搬到麻湾时,村人并未觉得有何异样。或许在他们看来,这只是位干净的老太太,衣着素朴,脸上一水褶子,梳了低低的发髻,站在樱桃树下,束手束脚,竟有几分与年岁不相称的羞怯。隔壁的妇人偶来瞅几眼,闲聊几句,这才晓得是村里王静生的远房姨妈,怎么想起要到乡下住上段时日,这才劳烦她外甥在村西租了三间瓦房。行李也不甚多,几床被褥,一只泛黄的皮箱。随行的还有一只白鹅。白鹅也老了,翼羽暗淡,喙上的肉瘤失了色泽,在屋檐下恹恹卧着。若是人来,她就从包裹里掏栗子、榛子类的坚果,笑着塞进人家掌心,慢声慢语地催促道,吃吧,吃吧。她的牙齿大抵是假牙,白如玉米,笑时几乎不见牙龈。

　　翌日,鸡没叫上三遍就早早爬起,绕村子转了半圈。四月初,清冷了一冬的村子,难免透些活泼。樱桃就不消说了,顶一树雪,招了细腰蜂,单说荒地里大片的紫云英,于风中凝敛成水晶,流出光和蜜来。后来她走累了,坐上块青石歇脚。不时有村人牵着黄牛、骡子从她身旁撵过,难免都瞥上两眼。她呢,但凡有人瞅她,都要笑一笑,嘴唇被暖阳打成瓣蔷薇。

也不喜欢串门。村子里的妇女,如果不是农忙季节,屁股底下是安了陀螺的。尤其是此处的女人,舌头都要比别村的长两寸。就有那好事的,借串门的名义来,吃几枚老太太的坚果,喝几盏老太太泡的茉莉花茶,再打听些该问不该问的话,想传与旁人听。可这老太太,就是安静的一只猫,村妇们在炕沿上东拉西扯,她也舍不得插嘴。问她退休前是干哪行的? 她说,当教师;问她儿女几个? 她说,两儿一女;问她多大年岁? 她说,忘了;问她老伴是否健在? 她说,去世二十多年了。人家问她话时,大眼珠子瞪得溜圆,而她呢,只眯眼盯着墙旮旯,有一搭没一搭地应着。有时那只老鹅摇摆着肥硕的屁股踱进屋,她就顺手抓了脖子拎上炕,箍在怀里,榆树皮手细细摩挲着。那鹅也不吭声,闭了眼,仿佛在她怀里死去一般。

闲妇们就渐渐没了兴致,不怎么来往。只有一个诨号“刘三姐”的,时不时跑上一趟,倒比王静生还勤些。蒸了野菜馅的饺子趁热端一碗来,炖了排骨趁热送几块来,亲闺女似的。老太太推辞几句,就接了,也不见有言谢的套话。“刘三姐”似乎也不在乎。在村人眼里,她本来就是个有点缺心眼的“女光棍”。所谓“女光棍”,是周庄、夏庄、马庄、麻湾一带独有的叫法,专指那

144

些性情如男人的女人。哪个村不出一两个"女光棍"？譬如夏庄,最有名的"女光棍"是周素英,专跟男人赌钱闹鬼;譬如马庄,最有名的"女光棍"是刘美兰,整日里蹬着大头皮靴,领了帮唢呐手跑红喜白丧之事;麻湾呢,若说有"女光棍",大抵就是"刘三姐"了。"刘三姐"其实长得还算英俏,只是脾性躁,嗓门粗,肠子直,有事没事喜欢扯着铁嗓子唱两句。

二

老太太过了五六日,将麻湾村周遭咂摸透了。这个叫麻湾的村庄,地处冀东平原,西行百里是燕山,东行百里是渤海,怪的却是靠山不吃山,靠海不吃海,反倒以植棉闻名。据说老辈子,宫里用的棉花全由此处沿京东北运河载去。不过现下却是荒了手艺,年轻的跑到城里做泥瓦匠,只有老农人种几亩棉花。麻湾呢,除了村西有块方圆百米的土岗,全然是平地。若是站荒田里环顾四周,便是由地平线草草勾勒的浑圆。现下清明才过,麦子返青不久,作物都还归仓,除了野花草,只有柳树顶了绿苞芽,飞着些酱色的七星瓢虫。

那天她从村西的土岗下过。虽走得慢,还是呼哧带喘,就顺势找了一块干净的地角坐下。屁股还没热,便听到不远处传来孩子们的叫骂声。手搭了凉棚去瞅,却是一个孩子在前边跑,一帮孩子在他身后疯追。那孩子蹽得比野兔子还快,转眼就从她身边旋风般刮过,直刮到那黄土岗上。那帮孩子呢,也就不再穷追,只在岗下叽叽歪歪骂个不休。这麻湾的方言倒也有点意思,平心静气说起来时,三拐五拐地犹如唱评戏,骂起人来时则脆生利落,简直京戏里的念白一般。那帮崽子兀自咒骂一通,这才快快散去。

老太太瞥了瞥他们的背影,又去斜眼瞅那土岗。不会儿,土岗上便隐约探出个圆头,小心审视着岗下。大概看是孩子们走了,这才约略着直起身抖抖索索矗在那儿。这孩子套件过了膝的破夹克,晃荡晃荡的,鸡胸脯裹件漏眼的长袖海魂衫。见老太太望他,竟俯身捡起块土坷垃扔过来,不偏不倚冲她额头上。老太太倒是吭也没吭一声,只顺手摸了摸额头,又朝那岗上望去。孩子就不见了。

晚上,老太太蒸了锅馒头,干嚼了半个,就披了羽绒服拎了马扎坐院子里。夜晚的村庄静得早,偶有耗子钻垛草鸡闹窝。墙头似有野猫出没。老太太定睛瞅了瞅,拎了马扎进屋,打开戏曲频道,正演白玉霜的《木兰从军》,忍不住把睡着的老鹅抱上炕,揽在怀里,摸它温热的羽,摸它冰凉的喙,再闭了眼细细听戏。须臾,过堂屋传来轻微的脚步声,侧耳听,倏尔没了,过了会儿,脚步声重隐约响起,老太太就问:"谁啊?"话音未落已是一派沉寂。心想这双耳朵,真是一天不如一天了。

晨起时,发现锅里的馒头少了几个。心想不会是被野猫叼走了吧?出了院子,又想不起到哪里溜达,就念起了昨日那个野孩子,这么想着,吃喝了老鹅,慢慢悠悠朝土岗走去。她这院子靠村西边,离岗最近,不过三四百米,可若真一步一步量起来又无比漫长。想当年,她能一连串翻百十个筋斗云。

土岗矗眼前时,她叉着腰大口大口地喘息起来。岗也不高,只不过人太矮了;岗也不长,只不过人的胸腹太窄了。土岗四周除了杂生的几株野榆钱,便是蒲公英,蒲公英密密麻麻洇成一片,远看仿若一块安静的黄金,近看则是朵朵小向日葵。鼻子里涩香之气渐发浓烈,她从兜里掏出枚榛子,嘎嘣嘎嘣嚼起来。人老了,牙掉了,馋虫还活着,吃了一辈子的坚果看来是戒不掉了。后来她想,何不去岗上看看?就绕到那条斜坡前仔细端详,这一看先就心虚。斜坡虽不是很长,却陡峭得很,别说是她,就是十五六的愣小子也会发怵。断了念想,捶着腰眼慢慢悠悠回了家。

这一晚,老太太做的炸酱面。饭后照例躺炕上看电视。说是看电视,不如说是听电视。眼皮子磕磕绊绊时睁时闭,只耳朵支棱着听胡琴声咿咿呀呀。待听到过堂屋传来"吸溜吸溜"的声响,这才骤然醒来,轻咳两声,声响就淹没在无涯的黑暗中了。她把电视声音调大些,轻手轻脚穿了鞋子下炕,猛一挑门帘,就见一团矮小黑影蹿到院子里。那晚夜空无月,她只瞅到影子晃荡着爬上矮墙,倏地下就不见。转身将过堂屋的灯打开,却见剩下的炸酱面没了，只碗边粘了硬邦邦几根。似乎就明白了。如果没有猜错，这偷食的人，除了岗上那野孩子，大抵也不会再有旁人了。心里难免嘀咕起来，这孩子是如何的一回事？为何吃不上饭？爹娘去做什么了？村里就没旁的亲戚了？便寻思有机会了，定要问问那"刘三姐"。

这"刘三姐"倒是好几日没来。听村子里的喇叭，好像麻湾村家家要签什么合同。自己这房子是租来的，倒也没往心里去。炕上坐了会儿，便又愣愣想起那野孩子的小眉眼，心格外绵软，竟隐隐盼起夜晚的降临了。翌日，未及晌午，老太太就盘算着晚上煮何饭菜。这几天不是干馒头就是稀面条，那偷食的孩子估计也吃不饱。思来想去，便要做"菠萝酱鲫鱼"。

小卖部里倒是有鲫鱼，可却没有菠萝，老太太就买了几根芹菜。芹菜味冲，又有股异香，虽不及菠萝，想必也不会差到哪里。回了家就刮鱼鳞剖鱼腹，将肠子肚子喂给老鹅。又将空鱼肚塞上姜片、葱段和豆瓣酱，才用铁锅小火炖起来。这是个岑寂的午后，同往常一样，只听得细春风拂过老屋檐，只听得嫩叶拱出苍树皮，只听得邻居猪圈的约克猪懒懒呻吟……这样闲坐了很久，这才把火关了。光一寸一寸缩，夜一寸一寸胀，她草草喝了碗稀饭，将过头屋的灯打开，早早猫进被窝，照例看电视。

孩子又来了，先是锅盖碰锅沿的清脆声，然后是电饭锅被揭开的吱啦声，再是不当心被热气熏了手又不得不强忍着的哎呀

148

声,饭菜入嗓猛然吞咽的咕咚声……最后,是窸窸窣窣的衣裤和门帘摩擦声。不过五六分钟,声音就消散在夜里,又是漫漫的静。她披上衣裳蹑手蹑脚踱到庭院。月亮大而黄,孩子正在翻墙,不晓得是如何了,这回翻了几次都没翻上去。后来,他从猪圈旁搬了块石头,探着身子踮着脚才够住墙头。怪的是他没立马跳过去,而是骑矮墙上,双腿耷拉着呆坐了良久。后来,老太太看到孩子的肩胛骨在月光下一颤一颤地抖索起来。

老太太没敢惊扰他,默然看了片刻回房,靠着门闩愣神。

三

翌日清晨便早早出门。老鹅在她身后摇摇摆摆尾随着。她知道村里有家小卖店,专卖冷鲜肉。那天,小卖部人倒不少,有人在扯成匹的帐子布,看来是村里有人过世了。老太太戴上花镜,观瞧半天,这才吩咐店主从猪背腿上割了一斤,而后带着老鹅回了家。中午时,忍不住一个人跑到黄土岗下坐了个把时辰。风比昨日暖些,吹得骨头酥痒,荒田里的紫云英被阳光照成一团紫雾。可孩子却没出现,她愣愣地盯了会儿野榆钱树,这才走了。及至下午,老太太切姜剥蒜,又配了红椒、桂圆、八角、茴香和十三香,用高压锅将肉焖了,肉香不久弥漫开来。

其间倒是有几个闲妇过来串门。她们有阵子没来了,进了屋先耸动着鼻子问:"咋这么香呢?"见是老太太炖肉,又夸她厨艺高超,接着喟叹起如今的儿子媳妇们,全是金贵命,虽然都是土里刨食的,却连饺子也包不好,年三十煮破了一锅,简直成了馄饨片汤。老太太只缩在炕脚听,一句话也不插。又听她们说,县政府的人来了七八次,看样子村子搬迁是避免不了的。老太太这才问了句:村子搬到哪儿啊?干吗要搬啊?她们的兴致就被勾起来了,哄嚷着说,麻湾和附近的周庄、夏庄,据科学家们检测,地下埋着大量铁矿。大量是啥概念呢?就是储存量位居全国第三。全国第三哪,可不是闹着玩的!这些人四五年前就来勘探,折腾了几年,据说明年就要动工采矿了,这不,镇上天天逼着签拆迁合同。用不了多久,麻湾就消失了,取而代之的,将是一个巨大的地下采矿场。老太太咦了声问道,你们搬到哪儿啊?没了田地,日子怎么过?她们就扬着眉角嬉笑说,我们巴不得搬到县城,当城里人呢。钱嘛,不是有赔偿款吗?这世道,有了钱,啥都不用怕……

　　可算是走了。老太太捶了捶腰,不禁去看锅里的肉。其实本想跟她们问问那孩子的事,可话到嘴边又咽了下去。这帮长舌妇,定会好奇她为何问询。何况,又何必非要知晓孩子的事?她跟他,只打了个照面,闲话也没说上过一席。他要是饿了,就来这里吃两口,填饱肚子;他若是有了下家,不再来偷食,自当没有过这回事。老太太眯眼在炕上打起盹来。等睁开眼,天已大黑,蹒跚着去过堂屋看看炖的肉,明显是吃剩的。孩子吃了不少,看来很对他胃口呢。老太太竟有些隐隐的得意,方沉沉睡去。

次日早早就起来,栽了两垄韭菜。韭菜根是王静生送的,顺便捎了一粪箕子猪粪。这个远房外甥,跟她并不亲近,反倒有些罅隙。老太太也并不介怀,送了他一双自己绣的棉拖鞋。王静生接了,又闷闷地抽了一袋烟,这才趿拉着鞋转身离去。等外甥走了,老太太就坐到屋檐下晒太阳,晒着晒着有些恶心,想必是这几天受了风寒,随口吞了几粒药片,倒头睡起来。中间醒来几次,只觉得骨头酸软喉咙胀痛,喝了口热水又渐渐迷糊过去。其间闻得老鹅嘎嘎乱叫,想必是饿了来讨食,却没气力爬起来喂它。醒来时太阳已爬上屋檐,就拌了糠菜去喂,却发现老鹅没了。

这老鹅,跟了她十三年,是她从小区门口捡的。肯定是谁家的孩子从宠物市场买来,养得不耐烦随手扔掉了。城里的孩子,就是没耐性。她小心翼翼地把它揣兜里带回家。当初也只是小小一团鹅黄,睁了惊恐的眼动也不敢动,谁承想竟长成偌大一只呢?儿女们是极少来的,通常只有她和它,晨起去中山公园散步,中午吧唧吧唧嚼着青菜,听收音机里唱着老戏,傍晚呢,窝在沙发里打盹,半夜醒来时方将电视关掉,日复一日,年复一年。想说话了就和它唠叨两句,生气了就踹它两脚,它不记仇,依旧

151

影子似的随着她,贴着她,腻着她。

老太太难免心慌起来,颠着老寒腿在院子四周搜寻一番,仍没得踪迹。猛然想起那孩子,心就咯噔了一下。该不会夜晚来时不见吃的,索性将它逮走炖了吧?

那晚,灶冷灯灭,她早早在过堂屋候了,大气也不敢喘一口。果不其然孩子仍是来了。当他在灶台上翻寻时,她冷不丁一把就攥了他胳膊。他胳膊如此干枯,挣了两挣竟没有脱开。老太太随手开了灯,这才不紧不慢地问道:"我的鹅呢?"

这倒是她与他头一次如此近地说话。他比前些日子似乎更细瘦了,有那么片刻,她竟怀疑他会不会被过堂风给吹走。他的眼也是红肿的,嘴角生了水泡。老太太又问道:"是不是你把鹅偷走了?"孩子点点头。她想也没想就从他后脑勺扇了一巴掌,"是不是把鹅给吃了?"她颤抖着声音问。孩子又是点点头。老太太哎呀一声,顺势从锅台拎了把刷锅的炊具,捋起他的衣袖就抽打起来。抽着抽着便瞧见他胳膊上全是银圆大小的红斑,一圈连一圈,看得心里麻麻幽幽,索性撒了他,一屁股坐在灶台上,默默盯了他半晌,这才摆摆手说:"你走吧,走吧。以后不要再来了。"孩子一愣,却并没有动。老太太听他嘟囔道:"我奶奶死了……我杀了它祭祀……"老太太不再搭理他,转身回了屋子,和衣躺下。

这一躺就是两天。中间清醒时老太太想,该不会是大限已到吧？然而转念想想，死在这个叫麻湾的村里也没什么不好。这个村子，地上有棉花，地下有铁矿，也算是宝地了。迷迷瞪瞪间又觉得自己化了妆缓步走上那戏台，不承想环顾四周，琴师未来，台下一个人也无，竟怅然起来，旋尔又自嘲，都这把老骨头了，竟还怕没人来听自己唱戏……

等再次睁开眼，屋里的灯怎么就亮了。侧身朝门外望，先看到炕沿上摆着副碗筷，碗里尚冒着热气。老太太爬起来张看，却是碗疙瘩汤，香油花浮着，白鸡蛋卧着，鸡蛋旁是几粒剥好的新蒜。老太太心里热了下，小口小口着吸溜起来。大抵是饿得塌锅了，虽然缺盐少醋，竟觉得格外香甜。就想，会有谁来呢，若是静生或"刘三姐"，断不会悄默声地来了又走，看来，也只有那孩子了。定是他过来找食，见她卧床生病，这才煮了疙瘩汤。看她睡得香，又不忍叫醒，才将疙瘩汤放在炕沿上，睁眼就能看到。小小年岁，心眼倒是不少呢。虽然他将老鹅杀了，心里百般怨恨，可谁没办过蠢事呢？何况一个细脚伶仃、饥肠辘辘的孩子？她突然萌生起拜访他的念头。来了半月有余，她还没正式拜访过谁呢。老太太就拿了手电筒出了院子。

夜晚的村庄，和白日的村庄，气味是不一样的。白日的村庄是属于动物的：属于槽子边的黄牛，属于圈里的约克猪，属于栅栏里的奴羊，属于篱笆里的凤头鸡，属于墙头的野猫，属于麦秸垛里的刺猬，属于草丛里的春蛇……那气味掺在灶坑里，掺在孩子的鼻涕里,掺在男人的尿液里,是重的、冲的、浓的、腥的、烟火气的。而夜晚的村庄则属于植物:属于韭菜,属于樱桃,属于桃花,属于榆钱,属于一切静默生长着的神灵。所以那味道是甜的、淡的、凛的、澈的,是悄然入心入肺的……老太太走在夜里,骨头似乎也轻灵起来,平时十来分钟的路,只走了七八分钟。到了黄土岗才想起,那条斜坡太陡了,以她生锈的腿脚,白天攀爬上去已是不易,何况繁星漫天的夜晚?快快地在岗下站了会儿,蒲公英的甜涩又隐约着扑进鼻孔。

还好,病又隔了一夜就痊愈。上午,就接到了大儿子的电话。她没想到儿子会给她打电话。他说话向来简洁。他在电话里说,妈呀,你生日快到了,还记得吧?有个香港大公司的老板,做了你一辈子的戏迷,专门从香港飞过来,要给你隆重地庆祝一下,光赞助费就掏二十万。你过几天拾掇拾掇,赶快回省城吧。

大儿子五十多岁了。他秉承了他父亲的一切:暴躁、酗酒、打老婆。他早把她盘剥得只剩一具衰老的身体。每到发工资的日子,都会带兄弟来分钱,此后一月不见踪影。说她手头没攒下钱谁信呢?去年跌了一跤,路也走不了,孩子们谁都不吭声,也没带她到医院看病,如果不是几个戏曲学院的弟子出了手术费,她剩下的日子怕也只是瘫烂在床上。如今她好不容易偷偷跑到乡下,不承想还是被他找到。她轻声轻语地告诉他,她是不会回去的,她喜欢这个叫麻湾的村子,她要在这里老死。

"那你就死那儿吧！永远别回来！"儿子在电话里咆哮起来，"反正这辈子你的命比草还贱！有福也不会享！"

命比草贱……命比草贱……她的眼眶就湿了……

"老太太啊，发啥愣呢？"

她抬头，却是"刘三姐"推门进来。"刘三姐"手里捧着碗懒豆腐。

"我用黄菜叶跟豆腐渣熬的，闻闻，闻闻，比猪肉都香！""刘三姐"边说边咂摸着嘴，"趁热吃了吧，世界上最好吃的懒豆腐，就是我'刘三姐'做的。"

四

那天晚上，老太太炖的清水排骨汤。喝完了汤，天方擦黑。她觉得有点热，就脱了棉衣在院里给韭菜浇水。浇着浇着，耳畔便传来谁家的收音机声。有人正在唱《春闺梦》，是张氏与丈夫王恢互诉衷肠那一场。听声音不是王缺月就是赵恒秋。毕竟是晚辈，功夫还是有些稚嫩。听着听着，她不禁将水桶缓缓放下，轻声轻语唱将起来：

去时陌上花如锦，今日楼头柳又青。

可怜侬在深闺等，海棠开日我想到如今。

门环偶响疑投信，市语微哗虑变生。

因何一去无音信，不管我家中这肠断的人。

她恍惚又站在偌大舞台之上，金丝绒帷幕拉开，司鼓开始打倒板头，倒板头打完，胡琴声一响，满场肃静无哗。一瞬间，她仿佛就成了张氏，对着夫君埋怨。虽是埋怨，却是娇憨的、惊喜的、委婉的、意犹未尽的。她窃笑，她颔首，她掩面，她莲步生灭……当她最后佯装拂袖时，她仿佛听到戏台下传来惊雷般的叫好声……

唯有墙边传来咕咚一声闷响，她才猛然梦醒，身子打个激灵，木木地朝墙边看去。这一看竟忍不住笑出声来。却是那孩子从墙头跌了下来。看来没什么大碍，他慌里慌张地拍拍身上的灰尘，这才怯生生凝望着她。

"你怎么又来了？"老太太沉着脸道，"你偷吃了我的鹅，这回又想偷什么？"

"我……我……"男孩诺诺道，"我只是来瞧瞧，你的病好了没有。那天晚上，你的头比开水还热……"

老太太眯眼看他。他就支吾着说："我刚才在墙头听你唱戏……一不留神掉下来了，没吓到你吧……"

老太太这才走过，摸了摸他的头，说："以后不用爬墙头了，奶奶给你开着门。"

她领男孩进屋,给他热了排骨和米饭,盛得鼓尖才递给他。孩子大口大口扒拉着,她就问:"你爸妈呢?""全死了。""怎么回事?""病死的……""爷爷奶奶呢?""爷爷早死了,奶奶……奶奶……"男孩哽咽着说,"奶奶前几天心肺病犯了……你那只鹅,我杀了做供品的……""还有亲人吗?""有个大伯……是个瘸子……"

男孩将碗筷放下,呆呆凝望着房梁。老太太说:"人是铁饭是钢,一顿不吃饿得慌。先把排骨都吃了。"男孩快速地瞥了她一眼,又埋头闷闷吃起来。他饭量委实很好。他总共吃了三碗米饭,排骨也啃得精光。

"以后跟谁过呢?"她仿佛问自己,又仿佛问孩子,"这么小,比火旗高不了多少……"

男孩就放下碗筷,径直往外走。老太太伸手拽他,他没动。老太太说:"你喜欢吃糖吗? 柜子上的铁盒里有。有大白兔的,还有金丝猴的。"

男孩说:"我从来不吃零食。"

老太太撇撇嘴说:"哪里有孩子不贪零食的?"

男孩黯然道:"我爸妈活着的时候,也没给我买过零食。"

老太太叹息着说:"以后奶奶给你买……"

男孩瞥她一眼,嘟着嘴转身走了。不会儿,老太太听到屋外关门的声响。这次,他不是翻墙出去的。

随后几日,男孩都过来共进晚餐。家里好像还没如此喧闹过。老太太特意让王静生打集市买了张八仙桌。桌上通常是一凉一热。热的呢,是老北京菜,什么番茄腰柳啊,炸灌肠啊,砂锅狮子头啊,樱桃肉啊,都是最拿手的;凉的呢,无非是萝卜缨子、香葱、新韭,抑或小嫩菠菜,用海天酱油和酸酱细细拌了。两个人,就在炕上面对面坐了吃。孩子呢,通常只闷了头扒饭,很少动筷子夹菜。吃一阵偶然抬头,老太太便往他碗里夹一箸菜,嘴上唠叨着:"十来岁的小子,吃穷老子。多吃,多吃。"孩子也夹了肉丁或腊肠,犹犹豫豫着往老太太碗里塞。老太太就笑。如果两人都不言语,屋内便只听得牙齿咀嚼食物的声响,不过声响又不同:老太太是细嚼慢咽,老牛反刍般半晌才动下嘴;孩子呢,则像猪崽抢槽子般呼噜呼噜,眨眼间一碗米饭就下了肚。老太太说:"你慢些吃,吃得太快,胃哪能受得了呢?可要当心,年轻的时候是人找病,老了啊,就是病找人了。"孩子仍是大口大口地吞咽,仿佛没长耳朵般。那一日,孩子忽然放下手中的碗筷,郑重地对老太太说:"我……我想求你个事……"

老太太故意说:"那可不行,你给我什么好处呢?"

孩子眼神就黯淡下去,老太太这才说:"好吧,我不要好处了,只要你拜我为师,学一出《红拂夜奔》就成。"

孩子仍垂着头,半晌才说:"我估计活不过明年了。要是我死了,你把我跟我爸妈埋一块儿吧。"

这话从一个孩子的口里出来,老太太一时就找不出合适的话来应答。孩子又慢慢说道:"坟就在岗上。我喜欢吃肉,到时候你给我坟头……放一块猪头肉就行了……纸钱呢,多烧些,我好给我爸妈买新衣裳……"说完了又继续埋头吃起来。老太太就强笑着说:"你个兔崽子,小小年岁,竟想些不着边的事儿,就是死,我肯定也在你前头。"

老太太面上挂着笑,心下却不时犯愁。孩子为何要说这番话?不像是睁着眼说假话,难道是得了什么绝症?又想,一个父母双亡的孤儿,如何安顿为好?虽说有伯父,看来也是薄情寡义的人,不然怎会让孩子孤身独住?只是个十来岁的孩子啊,按常理,晚上还赖在娘被窝里暖脚的。便寻思着去找村里的干部,好歹找个人家寄养才安妥吧?实在不行送福利院,也比夜里孤零零守着土岗强,也比被孩子们整日欺负强,起码不至于吓破胆,只到晚上才敢出来。

那天,男孩夜间又来,老太太炖了半只芦花鸡。刚把鸡大腿撕下放孩子碗里,"刘三姐"夹着团棉花就来了。"刘三姐"脸上本来堆着笑,愣眼瞅到男孩,突然一声尖叫,吓得男孩兀自撒腿就跑。男孩跑了,"刘三姐"还抚胸长叹,竟是副失魂落魄样。老太太乜斜着她,冷冷问道:"抽羊角风了吗?"

"刘三姐"说:"我的天亲啊,你咋敢让这孩子跑你屋里头?"

老太太说:"他又不是十恶不赦的人,我干吗不敢让他来?"

"刘三姐"垂头顿足地嚷嚷道:"他可是个瘟神哪!你不知道,他爹妈出去打工,被人骗去卖血,得了艾滋病,去年全死了!艾滋病啊!你老人家可知道这是啥病?你还敢跟他一块吃饭!不想活了你!"

老太太茫然地瞅着"刘三姐",说:"他爹他妈有病,跟孩子有什么关系?"

"刘三姐"急赤白脸地说:"咋没关系?!他妈怀孕的时候就得病了!这孩子生下就有艾滋病!"

老太太不再听她絮叨,开始收拾碗筷。"刘三姐"一把将碗筷夺过,顺势扔进垃圾桶,又匆忙提了垃圾桶快步出屋。显然,这个麻湾唯一的"女光棍"是被彻底吓着了。当然,麻湾唯一的"女光棍"被彻底吓着了,也就说明整个麻湾村被彻底吓着了。

五

老太太翌日起得晚。如若不是敲门声愈发大起来,定会再睡个回笼觉。等她将门打开,倒不禁愣住。房北围站着七八个女人,有相识的,有不相识的,还有半生不熟的。见她迈门槛出来,都不约而同向后退了几步。老太太用手压了压发髻,她们又是碎步挪腾。很显然,她们都知道孩子的事了。看来"刘三姐"

的舌头，也并不比她们的短多少。

那个清晨，这帮子妇女围圈住老太太，七嘴八舌问个没完。譬如，他何时开始到她这里蹭饭的；譬如，他吃过之后的碗筷，她是否用开水烫过？譬如，他有没有跟她讨要钱物；譬如，她以后是否还会叫他来吃饭？显然，他们最关心的还是末一个问题。

老太太目光漠然地越过她们，扫到了房前一棵梨树。梨树也是素白，不过却比樱桃多了份莹润。女人们仍喋喋不休，仿佛她们若不是如此这般盘问她，倒真是对她不起。她后来实在有些厌烦，就说，我筋骨有些受风，要去屋里好生静养一番，你们还是各自忙各自的去吧！

女人们怔怔地盯了她看。她连个招呼也没打就关门回屋。站在过头屋里，耳边还响动着她们嘈杂的议论声。

待到日悬中天，老太太又去了黄土岗。空中飞着乱柳絮和蒲公英，老太太不停打着喷嚏。这样行到岗下，又歇息片刻，这才一点一点向上爬。爬了没几步就腰酸腿疼，寻思寻思又径自下坡，仰头朝岗上望去。

男孩就站在岗上俯视着她。他只穿了那件漏眼的海魂衫，细瘦胳膊支棱着。他看她一眼，她看他一眼，谁都没有说话。老太太哎了声再去瞅他，他仍站在那儿，犹如刚从泥土里钻出的豌豆苗。他的瞳孔与眼白，倒如昼与夜般泾渭分明。

"你下来，"老太太朝男孩摆摆手，"以后别住这儿了，搬到奶奶那儿。"

男孩猛地摇摇头。

"别怕。七十三八十四，阎王不想小鬼至。我都这把年纪了，还有什么怕的？我都不怕，你还有什么怕的？"

男孩仍是摇摇头。

"你晚上想吃什么呀？奶奶给做砂锅白肉吧？"

男孩转身就跑了。岗上又空旷起来。

看来，这孩子是怕连累她，没准这次，恐是最后一次见到他了。老太太蔫头蔫脑回了家，捂了棉被静躺。晌午刚过，王静生就来拜访。王静生来了后并未言语，先是在炕沿上默默卷了支旱烟，咳嗽着抽完才去瞧他姨妈。他姨妈这才从被窝里钻出来，盘腿坐在炕席上。王静生说，关于她跟孩子的事，他听别人说了。别人呢，也没啥恶意。以前他跟父母住岗上，跟村人不怎么来往。去年他父母病死，剩他一个，都是她奶奶送粮送水。前几天他奶奶死了，他还有个伯父。可这伯父是他奶奶的养子，打自初就跟他父亲不和，又是个瘸子，看来指望不上。孩子的病不是好病，别人才不敢跟他往来，怨不得别人。老太太就别瞎掺和了，省得别人戳着脊梁骨说闲话。"姨啊，你这辈子，"王静生顿了顿说，"听到的闲话还少吗？"

这倒是老太太搬到麻湾村以来，头一次听王静生讲这么多

162

话。王静生说完，又卷了支旱烟抽起来。老太太这才转过身说："回去吧静生，我有分寸的。"

王静生就趿拉着鞋走了。

那晚，老太太做好了饭菜，孩子却没来。老太太看着桌子上的卤煮和油条，一口都吃不下。八仙桌就在炕上摆了一宿。半夜老太太睁开眼，盼着那饭菜已被孩子吞咽得精光，不过，油条仍硬邦邦躺在笸箩里，盛卤煮的碗已凝了一层油。叹息一声，却是怎么都睡不着了。

村长是头午来的。这是个有点驼背的中年人，面目红肿，穿双皱巴巴的皮鞋，一说话嘴里就喷薄出酒气。他先自报家门，而后一屁股坐到炕上。他说，他本来早该拜访拜访老太太，可他实在太忙了。他可能是世界上最忙的村长了。这不是他能干，而是他必须能干：谁让他们村地底下有铁矿呢，这个村子不起眼，却埋藏着大把大把的金钱。县里让他们年底前全部搬迁，可要让这帮庄稼人离开住了半辈子的窝，倒真是费力不讨好的事。他忙呀，比奥巴马还忙，这才没顾上那孩子。再说了，这孩子还是少接触为好。"他的事你就别操心了，"最后村长打着哈欠说，"我跟书记会解决好他的事。如果有问题，也只是时间上的问题。"

老太太哦了声。村长似乎很满意，又说："你要是有啥困难，尽管跟我说！我虽然不是骑马的驾鹰的，可毕竟还是一村之长嘛。"

老太太笑了笑。

村长前脚走，老太太后脚就出了门。她手里端着个铝盆，盆里是五六个大馒头。出了院门，村长赫然就堵在门外。他皱着眉头瞥她一眼，又瞥了瞥馒头，铁青着脸说："真是个老古董。你没长耳朵吗？嗯？拿我说话当放屁吗？嗯？"

老太太没吭声，径自朝前走。村长一愣，随即吼道："站住！你给我站住！"老太太仍是走自己的。村长三步并作两步过来，一把扯住她衣襟，"你给我回去！回去！不是说了吗？没你的事！"

老太太站在那里，一声都没吭，只默然眺望着远处的土岗。

六

儿子是第二天上午到的麻湾。

他是坐夜车来的。省城离麻湾不过一千四百里，可除了火车还要倒三次长途汽车。他腋下夹个皮包，走起路犹如身后有恶鬼追赶一般。他连问带打听地找到王静生家，让王静生带他去找老太太。王静生让他连弟喝口水，也被断然拒绝了。看来他真是有十万火急的事。王静生领了他穿街过巷，到了老太太住处。铁门四敞着，院里栽着韭菜、菠菜和萝卜秧子，一群花腰小蜂在阳光下嗡嘤着飞。还有几棵樱桃树，花期已过，葳蕤枝叶上顶着几枚枯花蒂。他们悄悄进了屋。老太太正在炕上收拾皮箱，见了儿子，只是茫然地点了下头，然后继续把衣裳一件一件折叠好，再放进散发着樟脑味的箱子里。

儿子似乎就放了心，擦了擦额头的汗水说："哎，我真是白着急了，原来你已经准备回去了啊？"

老太太看他一眼，将皮箱拉链拉好。儿子埋怨道："你的手机也不开。不开你拿它干什么呀？我昨天找了你一天，都是关机。"又瞅一眼王静生说，"你们家也是，好歹安装个电话啊，有个大事小情的多不方便。是不是？"王静生就赔着笑脸点头称是，又说姨妈住这里的日子，自己照顾得不是很周全，还望见谅。两人又闲聊几句，儿子才对老太太说："你最近还好吧？这个礼拜日就是你寿日，香港的李老板星期六就飞过来，饭店呢，就定在恺撒大酒店。毕竟是李先生面子大，省电视台的还要全程录像呢。快回去吧，窝在这个兔子不拉屎的地方干吗？"

老太太将皮箱从炕上往下拎。拎了几次都没拎动，王静生赶忙伸手接过来。儿子继续唠叨道："破鞋烂衣裳的还要它干吗？给静生老婆好了。人家伺前伺后也不容易。"王静生连忙说他老婆是个胖子，比母熊还肥，姨妈的衣裳肯定不合身。儿子说："算了算了，我们快走吧。出租车司机还在村头等着呢。我们直接打车去市里,好歹还能赶上下午的火车。"

三人就往门外走。王静生帮老太太提着皮箱。等出了大门,老太太把皮箱从他手里接过,抽出拉杆,拍了拍他的肩,就朝土岗那厢走去。王静生咦了声,忙扭头看他连弟。他连弟已然将他们拉开五六米,又狐疑地去看老太太,嘴里喊道:"姨妈!姨妈!走错了!"老太太没应答,王静生只得又朝他连弟喊:"彦春!彦春!彦春!"

儿子这才扭头,蹙着眉朝老太太喊:"妈!你糊涂了啊,出租车在村东呢!"见老太太不语,声音就又挑高些。他嗓门本来就粗大,这下倒真像是用喇叭喊话了:"回来!往这边走!回来!往这边走!"老太太大抵聋了,只顾弯着脊背迈着碎步拉着棕色皮箱一步一步朝前走。儿子大概在王静生跟前有点上火,他小跑着过去,一手按捺住皮箱,另一只手死死拽住她衣角,晃着她身体喊道:"妈!你傻了啊!这是去哪儿啊?!怎么连东南西北都分不清了!"

老太太这才回身默默注视着儿子。儿子虚胖的脸上全是汗水。儿子身后是王静生,王静生身后则是些街坊邻居,"刘三姐"也伸着脖子缩在人群里,几度想踏上前来,又都犹豫着退回去。他们若即若离地环在左右,仿佛是专门来看热闹的。老太太一把甩开儿子的手,继续拉着皮箱西行。儿子倒也不敢再造次,只得跟在母亲身后边走边絮叨:"人家可是给了赞助费的!不瞒你说,说是二十万,其实给了五十万!图个啥?不就图见你一面,听你唱两句《春闺梦》和《锁麟囊》?人家拿你当宝,你可不能把自己当宝,傲气值几个钱呢?"

如果有人从土岗上俯瞰,便会看到一行人以一种奇怪的姿势迤逦前行:最前面是位拖着皮箱、满脸皱纹的老太太,后面是两个神态疲惫焦虑的中年人,再后则是稀稀拉拉、端着胳膊嗑着瓜子的闲人。老太太走了好一阵才到岗下。她再次转过身看着儿子,看了会儿,方才叹息道:"回去吧,你。听话啊。"儿子哭丧着嗓子喊道:"那你呢?你这是去哪儿啊?"老太太伸手擦了擦他额头的汗,扔下皮箱径直朝坡上走去。

这条坡不长,但是陡,爬满了蒲公英和矢车菊。老太太曾在黄土岗下徘徊多次,却从未真正上去过一回。她深吸了口气,这才徐徐弯下腰身,晃晃悠悠往上爬,爬了没几步就有些气喘,冷不丁一个趔趄,险些就栽滚下来。众人在坡下不禁一阵尖叫,她听到儿子劈着嗓子喊道:"妈!下来!快下来!这是唱的哪出戏啊?"她装作没有听见,只是将腰俯得更低,胸腹几乎就要贴上地面,手里抓住花草茎叶,身如脱水的弯狗虾般一拱一拱朝坡上蹭。当眼前蓦然出现一只瘦骨嶙峋的小手时,她不禁抬起脖子瞅了瞅。男孩就站在她上边。他还穿着那件海魂衫,小脸大抵

167

有几天没洗了,灰头土脸的。她就慢吞吞地说:"没事儿,别管我!"嘴上这么说着,手还是颤颤巍巍伸过去。当孩子冰凉的小手紧攥住她榆树皮似的掌心时,老太太身上忽就有了气力,手脚在瞬息都热了起来。有那么片刻,老太太确信双腿其实就踏在棉花般洁净干燥的云朵里,每向上微微跨一小步,就离天空和星辰更近了半尺。

骆驼到底有几个驼峰

周德东和周丽朵是在周庄村东搭的车。周丽朵快热晕了，她撩起布满泥点的格子裙呼扇着，转身对周德东说："五爷，我们几点能到县城啊？"

周德东没言语，只晃着马路尽头。一个人都没有。

"我真的喜欢骆驼，"周丽朵说，"我想骑着骆驼照张相片，你的钱够吗？"

周德东没言语，只晃着马路尽头。真的一个人都没有。

"你不会跟我妈说吧？"她狐疑地盯着周德东，"你为啥想跟我妈说？她昨天送了你二斤猪肉，你就被她收买了？"

周德东摸摸周丽朵的头。这孩子发质稀疏，头发扎成两条麻花辫子，辫梢系着两朵塑料大丽花。这孩子一直以为自己是周庄最漂亮的女孩。

"那我不照相了，"周丽朵安慰他说，"我知道你没钱。你比我还穷。我只要能看一眼骆驼就行。"

周德东又摸摸周丽朵的头。周丽朵不再饶舌。那辆三马子正从庄北驶来，周德东抠出两块钱给周丽朵，周丽朵接了，将钱晒头顶上，对着太阳晃，"咋这么新？你没旧一点的钱？"

周德东摇头。

"我喜欢新钱。我真喜欢新钱啊！"周丽朵说，"上面一点油都没有。"她伸出老鸹爪子，在纸币上蹭来蹭去，又塞鼻孔下使劲闻了闻，"就是有股烟末味。你想抽烟吗？我给你点着？"

周德东的老脸永远戴着面具：无论笑还是哭，脸皮总是那副僵硬的表情。周丽朵便扶着她叔伯五爷上了那辆三马子。开三马子的是个满脸横肉的男人，头也未回地问道："去哪儿？"

"县城。"周丽朵说，"我们去县城。县城来了新疆人，他们牵着骆驼在大街上表演。你不知道？"男人"嗯"了声，周丽朵就问："你说，这些新疆人怎么来的啊？我想肯定不是坐火车来的。骆驼的脖子那么长，会把火车的顶棚撑破的。"

对这个一上车就开始絮叨的女孩，司机师傅保持了大人惯有的沉默。

"该向左拐了，"周丽朵指挥着男人，"从这儿往左拐，就上油漆马路。道两边都是卖泥鳅的。你喜欢吃豆腐炖泥鳅吗？"

男人没吭声，却不时扭头瞄周德东。周丽朵说："我五爷是哑巴。他得了脑血栓，拴住了嘴巴，很少唱歌说话了。"

"你是周德东？"男人把车停了，"你就是周庄的周德东？"

周德东把头压得低低的。周丽朵就说："我五爷皮影唱得可

170

好呢。我五爷可有名了呢！"

男人就说："你们下车吧。这买卖我不接了。"

周丽朵和周德东只好继续等公共汽车。

"你别心窄,五爷,"周丽朵安慰周德东说,"有啥好心窄的呢？他们都说你的心眼比麦芒还小,可我就是不信。"

他们终于等来了公共汽车。周丽朵推着周德东的屁股上了车。车上没座位,周丽朵就死死盯着一个染黄头发的男孩。男孩瞥她一眼,将目光甩向窗外。窗外全是麦田。麦田被风吹着,像大块大块扎眼的黄金。也许他的眼睛被刺痛了,只得将目光从窗外敛回。这样,他又不得不重新面对周丽朵。他听到周丽朵颤着小嗓门说："五爷,你可别把屎拉裤裆里。这么多人,你可要憋着。"

男孩皱着眉头扫了眼周德东,起身就走了。周丽朵赶紧把周德东按在座位上。周德东的嗓子呼噜了几声,周丽朵说："你不会真的想拉屎吧。"周德东没点头,也没摇头。车厢里人多,车厢里很热。周丽朵盯着汗珠一颗颗从周德东长满老年斑的额头滚进脖颈。他的脖子瘦。他的脖子简直就是一只褪了毛、皮肉松弛的火鸡的脖子。周丽朵养过一只火鸡。周丽朵一直认为,火鸡是世界上最漂亮的鸡。她从裙子兜里窸窸窣窣地拽出条手绢,帮周德东擦脖子。周德东的眼就噙着泪。他的眼经常噙着

171

泪。自从他说话不利落后,他的眼睛就变成了他的嘴巴。当他表示厌恶的时候,就把薄薄的眼皮闭紧;当他表示欢喜的时候,左眼角就噙着两滴泪。更多时日,他的眼睛总是恍惚地盯着墙角的裂纹,仿佛一个厌烦了说话的人,总要把嘴角耷拉下来。

周丽朵说:"你的泪珠一点不值钱。"

周德东的嗓子又呼噜了几声。

周丽朵就说:"可是你一掉泪珠,我的心就缩缩着疼。"

周德东闭上了老眼。

周丽朵又说:"你饿吗?我带了张葱花鸡蛋饼。香着呢。刘作福家的柴鸡蛋。"

刘作福在村南、村北、村西、村东开了四家生态养鸡场。也许可以这么说,周庄已被刘作福的公鸡、母鸡、鸡蛋和鸡屎包围起来了。刘作福的鸡都散养,不喂饲料,只吃青草、菜虫和蚂蚱。刘作福的鸡还经常飞上树冠,张狂地跳舞、打斗和交配。刘作福闲暇时爱去周丽朵家串门。周丽朵那只身形粗大的火鸡就是他送的。

周丽朵还说:"你要是老不说话,就会慢慢变傻。老不说话耳朵就会聋,耳朵聋了眼就会瞎。一个又瞎又聋的哑巴,怎么能不傻呢?"

周德东睁开老眼,终于看了看周丽朵。这孩子几乎贴在了他身上。她黑胖黑胖的,腊月冻伤的脸颊依然粗糙干涩。她的眼小,仿佛是张擀好的凉皮被刀轻割了两下。她那条素格子连衣裙也好几天没洗,上面粘着米汤咸菜末。可她不臭,不但不臭,还散发出植物的香。蓖麻叶或荞麦叶的香。周德东喜欢这种香。对一个身体又臭又老的人来说,还有什么比清香芬芳的气味更让他心醉?

当然有。不但有,还有很多。

周丽朵叹口气说:"五爷,县城快到了吧? 我知道心急吃不了热豆腐,可我还是想快点看到骆驼。唉。"

周丽朵想看骆驼是今春的事。周丽朵家是周庄唯一没有电视的人家。她爸三年前去了深圳做工。她爸曾是周庄最好的泥瓦匠。有人说,她爸死了,有人说,她爸活着,可不管死了还是活着,这个男人再也没有回过周庄。那天,刘心心说,过两天他爸会给他买匹骆驼回来。他这么说同学们都信。他爸已经给他买了一只猕猴、一条黄蟒蛇、一只变色龙和一匹矮脚马。他爸再给他买一匹骆驼也没什么奇怪的。关键是,他说,他很郑重地说,他爸买的骆驼只有一个驼峰,为了避免多毛的驼峰扎疼他的臀部,他必须先让兽医给骆驼做个小手术,把骆驼唯一的驼峰用手术刀削平。他会给骆驼买副上好的银马鞍,然后,就能骑着骆驼去上学了。很多同学艳羡地瞅着刘心心。周丽朵没有。周丽朵诺诺地说,骆驼咋会有一个驼峰呢? 骆驼都是两个驼峰。她嘤嘤的声音很小，可还是被刘心心听到。刘心心"哼"
了声说，你懂个屁？你们家连电视都没有。一个连《动物世
界》都不看的人，还谈什么骆驼！就连你们家的鸡蛋，还都是
我爸白送的呢。

刘心心的爸就是刘作福。周庄人都知道，刘作福常给周丽
朵家送柴鸡蛋。

周丽朵就不吭声了。她没见过骆驼，可她相信骆驼有两个
驼峰。如果真的有一个驼峰的骆驼，周丽朵想，那么，这匹骆驼
一定生在火星或冥王星，而不是地球上的周庄。

我们打赌吧！刘心心说，骆驼要是有两个驼峰，我就输了，
我就把那只绿毛龟送你，要是……要是我的骆驼只有一个驼
峰……刘心心想了想，大声说，你就再也见不到你爸爸了！周丽
朵盯着刘心心。刘心心满口四环素牙，张嘴说话时仿若有许多
只小黄蜂粘在牙齿上。周丽朵梗着细脖子嚷：我才不要你那只
绿毛龟，等我爸从深圳回来，我就什么都有了！走着瞧吧！

中午散学后她去找周德东。周德东坐在麦秸垛上晒太阳。
晒着晒着瞌睡虫就飞来了。周丽朵很喜欢她叔伯五爷。她五爷
是县轧钢厂的退休工人，是周庄有名的"经济师"。所谓"经济
师"，按周庄的说法，就是见多识广、城府深厚的聪明人。可惜周
德东自从儿子搬走后就毁了，浇麦子时又跌了两跤，拴住了嘴
巴，不再怎么说话。可除了周德东，周丽朵还能找谁？她跟他

说,他文化高,还老看县城新闻,他那些住在县城的女儿们又常来探望他,他是周庄消息最灵通的人呢。如果县城来了马戏团,一定带她去看看。她想知道,骆驼到底有几个驼峰。

春天那么长,那么长,这些话她每天都对周德东唠叨一遍。春天的周德东比冬天的周德东看上去精神许些。他的眼神不再地窖般阴冷,而是慢慢暖起来。他还常常被扑棱着飞的小蝴蝶、豆娘、蜜蜂和瓢虫弄得有些眩晕。周庄的春天,连母狗都变得格外动人。他盯着这个叫周丽朵的小女孩站在他面前,嘴巴像脱粒机一样翕翕合合,同时把吐沫星子溅到他的鼻尖和额头上。说实话,他这辈子没见过这么饶舌的女孩。他的那些女儿们和这个十岁的孩子比起来,简直就是一群哑巴碰到了一个乐亭大鼓名角。

他们在荣昌街下了车。还是热,可街上的空气比公共汽车里强多了。周丽朵先从车上跳下来。双脚碰到地面后她情不自禁地踮着脚尖旋转了两圈,然后方才搀着周德东慢慢地下了车。周德东下车后掸开她的脏手,朝四周张望一番。

"是在职工俱乐部吗?"周丽朵问,"我们是走过去呢,还是打三轮车呢?"

一辆轿车从他们身边跑过,周德东忙把周丽朵拉上马路牙子。周丽朵觉察到周德东的手抖得厉害。她问你今天吃药了吗？你那些黄乎乎、黏糊糊的药面少吃点，会把你血管糊住的。

周德东伸出手，摸了摸周丽朵的头发。她的头发很少，很黄，很酕。她摸起来就像是一只刚从蛋壳里孵化出来的小鸡崽。他的泪珠几乎就掉到了她的头发上。

"要是不远的话，我就背你去职工俱乐部，"周丽朵说，"你不信我有那么大的劲吗？你可不能瞧不起我。我的肌肉很发达。我觉得我的肌肉跟我爸爸的很像。他是周庄力气最大的人，"她舔了舔嘴唇上死掉的皮屑，不慌不忙地说，"那年夏天，一头疯牛就要把王老太太撞上，我爸一把就攥住了牛犄角……"

"你爸……被牛撞得……股骨头粉碎……"

周丽朵瞪着小眼呆呆地望着周德东，仿佛不信这话是从他嘴里吐出来的。周庄的人很少听到他讲话，周庄的人甚至早把他当成了一个哑巴。可周德东不但会说话，口齿还那么清晰。只是他的语速有些迟缓，也许，真的是那些大把大把的药片把他的嗓子糊住了。

"顺着这条路走……走到头……就能看到骆驼。"

"真的啊？"周丽朵仰着头看他。他瘦得只剩把老骨头，可依然高，犹如一棵垂死的树。

"真的，"周德东说，"你能看到骆驼……"他突然按住胸腹剧烈地咳嗽两声，"还能看到小丑……魔术师……"

"除了骆驼,我啥都不想看。"周丽朵拉住他的手。他的手是块长满了青苔的老磨刀石,没有一点温度。"我真的想跟骆驼照张相片。"她热忱地盯着周德东灰色的瞳孔,"我真的想骑着骆驼……照张相片。我不想看小丑扔棒槌……我也不想看公羊走钢丝……"

"嗯。"周德东点了支老旱烟,吧嗒吧嗒地吸着。自从下了公共汽车,他的眼光几乎就没有离开过周丽朵。

他们到了职工俱乐部。职工俱乐部就像一座硕大的水库。这个水库修建多年,墙体两侧写着年代久远的标语。"文革"时,省城来的剧团来这里演出样板戏;八十年代,小歌星来这里走穴;九十年代,这里放映香港枪战片;现在,这里成了马戏团演出的场所。马戏团的人很喜欢这里,他们常常牵着他们的金丝猴、骆驼、老虎、狮子、大象、腊肠狗走上金丝绒帷幕遮掩的舞台,开始表演他们最拿手的把戏:譬如蟒蛇接吻、大象按摩、鹦鹉算术或裸体美女大战东北虎。

"为什么没人呢?"周丽朵左看看右看看。除了卖冰激凌的老太太和几个清洁工,再也没有一个人。

"你想吃冰激凌吗?"周德东用手掐了掐周丽朵的肩胛骨。她的肩胛骨就像是一块五毛钱一个的烤鸡架。

"不吃",刘丽朵舔了舔嘴唇,"我不稀罕甜的东西。你不知

177

道我在减肥吗?”

周德东想拉着周丽朵坐在俱乐部的台阶上。周丽朵噘着嘴挣开他。周德东就说:“我们先在这里等一个人,那人来了,自会带你去看骆驼。”周丽朵看了看他说:“你为啥骗我呢?”周德东呼噜着嗓子不说话。周丽朵说:“你都这么老了,还骗小孩子,会烂舌头的。”也许她觉得这么说周德东有些过分,马上用一种近乎甜蜜的小嗓门道:“你等的那个人,真的带我去看骆驼?”周德东郑重地点头,然后,他开始细细地抚摸起她的洋葱脸、她的猴耳朵、她的蒜头鼻、她的蜜蜂眼、她的细藕胳膊和她的罗圈腿。他把她全身上下都摸了一遍,摸到胳肢窝时她终于忍不住咯咯地笑出声,望着周德东说:“你的手比榆树皮还刺巴。”周德东点点头,说:“丫头……爷爷想大米呢。”

周丽朵说:“你想他是应该的。他是你儿子。”

周德东说:“我……十三年……没看见他了……”

周丽朵说:“自从你把他赶出家门,他就没回来过。”

周德东说:“唉。我当初为啥把他赶出家呢。”

周丽朵说:“你真是老糊涂了,五爷。听我妈说,你给我老姑买了商品粮,大米媳妇就把五奶奶揍了一顿。”

周德东说:“揍得好哇。揍得妙哇。那个老贱人。”

周丽朵说:“大米回来了,不带他媳妇来赔礼道歉,还指摘你们。你骂他,他就把你揍了。你的肋骨折了两根。人说你趴在地上,像条被剥了脊骨的蛇。"

周德东的泪珠吧嗒吧嗒地掉。

吧嗒吧嗒地掉。

周丽朵说:"你去派出所告大米。他被拘留了。出来后,他就赶着马车,拉着行李和孩子,去丈母娘家了。人说他是只没良心的蝎子。"

周德东的泪珠吧嗒吧嗒地掉。

周丽朵说:"后来,你去找大米。大米就是不回家。你总共找了他九回。人说他是牲口。"

周德东用手去摸周丽朵的手。周丽朵就把他的大手放在自己的小手上,"五爷,你长得很像我爸爸呢。"她用另外一只手疼惜地摩挲着他手背。他手背是黑的。他想儿子想得血都变黑了。

"后来大米托人捎信,要是你在村南给他盖三间北京平,他们就搬回来住。"周丽朵说,"你应他了吗?人都说,你就是把自己的骨头榨出油,也榨不出那么多钱。"

周德东"嗯"了声:"攒钱真是难过又快活的事呢。"

周丽朵说:"听说,我五奶奶不想让大米回,你就想把她毒死?"

周德东"哼"了声说:"是她活够了,自己不慎,差点喝了敌敌畏。"

周丽朵说:"是你把敌敌畏偷着倒进水缸里。要不是鸭子先喝了,我五奶奶真就被你毒死了。你的心倒真是狠,唉,难怪连蹬三轮车的都看不上你。"

　　周德东白了她一眼,叹息声,说:"丫头,那人来了。你马上就能看到骆驼了。"

　　那人长得敦粗短胖,像个尚未成熟就被摘下的倭瓜。他脸上还有块青色胎记。周德东见到他,远远招呼着,仿佛见到了多年未见的故人。那人走路姿势颇为威风,一肩高一肩低,一脚深一脚浅。到了周德东跟前时,他用一种周丽朵从未听见过的口音问道:"你——就是老周吗?"他的声音傲慢中又透露着谄媚,似乎他是在跟两个身份不同的人讲话。周德东的排骨呼扇呼扇起伏,牵着周丽朵的手羊角风患者那样胡乱地颤。他的老喉结也在脖子上来回滚动,脸憋得通红,仿佛一不小心就会把喉结从嘴里吐出。"没错……我就是老周。我真的是周庄的老周。"

　　"哦。那就好。我是武大郎。"

　　叫武大郎的男人朝周德东使了个眼色,两人就溜达到一旁。周丽朵看到他们一个高一个矮,一个胖一个瘦,一个面色红润一个皱纹横生,他们说话的声音极小,远远看过去,就像是一头油光水滑的猪和一只老火鸡在谈生意。后来他们的声音渐渐大了,伴随着咕噜咕噜的争辩声。再后来,他们突然动手撕打起来。让周丽朵惊讶的是,周德东一个大背跨就将武大郎摔在地上,一只脚踏在武大郎滚圆的肚皮上,恶狠狠地对武大郎嘟囔着什么,边嘟囔边扭头看周丽朵。周丽朵尖着嗓子喊:"别打了!我要回家了!我不要看骆驼了!"

武大郎这才从地上爬起,龇着牙朝周丽朵笑。他长了双狐狸眼,煞是妖媚。周丽朵只好也朝他笑了笑。周德东垂头和武大郎又是一阵嘀嘀咕咕,武大郎这才绷着脸塞给周德东一个布袋。

那天的天气好得让人浑身酥痒。周丽朵忍不住打了个哈欠。周德东走过来拧拧她的耳朵说:"去看骆驼吧……丫头……我……去医院卖血。晌午……我们……在这儿……碰头。"

周丽朵喃喃着说:"你……给我五块钱成吗……我还是想跟骆驼合影。"

周德东想了想说:"丫头,你要学会跟人讲价钱,他要五块,你就给他四块。他要四块,你偏给他三块。人都是贱骨头,少吃一口肉,总比没有肉吃强。"他从兜里掏出四块钱,不情愿地塞进她的老鸹爪子里,说:"别让骆驼把你从背上甩下来。"

周丽朵抱了抱周德东的身子。他的身子比高粱秸子还轻。她抱他的样子,像是哀伤的母亲紧紧抱住了一个即将夭折的婴

181

儿。她仰头看他,他的大泪珠掉进她鼻孔。

"丫头,你等等,"周德东说,"你等等,丫头。"边说边掏出五块钱塞给周丽朵。周丽朵畏首畏尾地将钱接过来,将钱币展开,鼻子下嗅了嗅,然后在暴烈的阳光下晃来晃去。

那是条僻静的小巷,连条狗都没有,只有几间黑屋。一个男孩正往两棵槐树上拴麻绳。麻绳又粗又长,男孩吭哧吭哧地拴好,这才跳上麻绳。周丽朵的下巴都掉下来了,她方才发现,这个男孩只有一条腿。一条腿的男孩倒背着手,在麻绳上小跳着行走,边走边吹着响亮的口哨。周丽朵忍不住问:"你会轻功吗?"

男孩站在麻绳上撇了撇嘴:"如果掉下来,就会三天没饭吃。"

周丽朵这才扭头去看武大郎。武大郎点点头,说:"朵朵呀,你喜欢走麻绳呢,还是喜欢降落伞? 花花出来吧!"

叫花花的孩子就从黑屋里鬼魅般闪出。不过是个六七岁的女孩,胡乱扎着两个羊角辫。武大郎说:"给新来的朵朵表演跳伞!"花花仿佛只野猫轻盈地蹿上屋顶,还未站稳就从裤腿里拽出把小花伞,将小花伞撑开,就从屋顶径直跳下来。很显然,她还没来得及成为一个优秀的伞兵,落地时她"哎呀"了声,扑通一下坐到地上,似乎崴了脚。武大郎上前踹了她两脚,又给了她一记响亮的耳光。这时从屋子里跑出个小男孩。他捧着硕大的玻璃瓶,玻璃瓶里浸泡着黑乎乎的东西。他利落地将液体涂抹在花花脚上,然后抬起头朝周丽朵说:"杂技演员跌打损伤总是难免的,老师傅用藏红花、生川乌等四十多种藏药和金环蛇、五步蛇、眼镜蛇等八种毒蛇泡出了杂技演员损伤专用药,每瓶本来价值四十八元,我们现在只收每瓶二十元。抹上这种药水三到五分钟就能见效,对跌打损伤、风湿、关节炎、牙痛、脚气、烧烫伤等二十多种疾病有神奇疗效,是武馆、杂技团和患者争相购买的灵丹妙药。"

武大郎对这个男孩无疑很满意,拽了把椅子坐下,说:"这是朵朵,以后你们要好好教她。"男孩"嗯"了声,爬过去给武大郎捶腿捶背。武大郎闭着眼对周丽朵说:"你要是不想学走麻绳和降落伞,还可以学上刀山。"

周丽朵嗫嚅地说:"武大郎,我不是来拜师学艺的。我是来看骆驼的。你们的骆驼在哪儿?"

武大郎嘎嘎地大笑起来。他好像很多年没这么笑了,眼泪都挤了出来。等他笑够了,这才嘿嘿着说:"我们确实曾经有过一头骆驼,不过,那已经是四五年之前的事了。后来它难产死了,我们就把它肚子剖开,把没出生的小骆驼剥出来,用胡椒粉、丹桂、冰糖和孜然粉炖着吃了。小骆驼肉,当真是世界上最香最嫩的肉哪。可惜,你是没有这个口福了。花花啊,去把爸爸的药水拿来,我要给朵朵打一针。"

那一针打在周丽朵舌头上。医生都是在她的屁股或胳膊上打针,还从来没有人给她的舌头打针。她被那几个孩子死死按捺在床上,眼睛也被他们用馊臭的黑布蒙住,她只感觉到舌头一阵刺痛,然后就麻了,不但麻了,连一个字都说不出。她听到武大郎说:"我晓得你是个话痨。你最好给我先当几天哑巴。"他把宽阔的大嘴抵住她的尖耳,用慈祥的声音呢喃道:"乖,哦,乖。"他又给她左手的小拇指打了一针。在她渐渐迷糊之前,她听到武大郎漫不经心地道:"先把小拇指割掉吧。然后是无名指、中指、食指和大拇指,每个礼拜割一个……一个月后,你的左手就只剩下了光秃秃的手掌。哦,一只完美的、没有一根手指的手掌。爸爸要把你训练成中国最出色的无指神偷……"

半夜醒来时,周丽朵还以为是在家里。她喊了声"妈",没人应她,她就坐起来,坐起来时才觉得手掌钻心地疼。她胡乱往身边划拉几下,这才发现身边躺着几个孩子。他们睡得很香,他们白天一定累坏了。那个个子最长的,一定是独腿少年,他的鼾声最响,仿佛全世界的梦都被他做了。她想,她一定是遇上坏人了。这是多倒霉的一天啊,她不但没有看到骆驼,还遇到了坏人,不但遇到了坏人,小拇指还被人割掉了,不但小拇指被人割掉,还把周德东给弄丢了。那个可怜的、没有了儿子也没有了老婆的老头,那个好几年没怎么说过话的老头,现在一定还在深夜的大街上找她,边找边喊着她漂亮的名字。他的胡子肯定沾染了晶莹的露水,他的脚趾肯定沾染了可恶的灰尘,他的泪珠肯定把整个县城的街道都淋湿了……周丽朵想着想着,又迷迷糊糊睡了过去。

翌日醒来,她发现自己被捆在床头。叫花花的孩子正睁着大眼凝望着她。

"你醒了,"花花说,"你饿不?你长得可真丑呀。"

周丽朵说:"我可是我们周庄最漂亮的女孩!我一点都不饿。可我还是想吃一只炖鸡,像我们班的刘心心一样,只吃大腿和双翅。"

花花说:"爸说,你会成为最厉害的贼。"

周丽朵:"我不是来当贼的,我是来看骆驼的。我想知道骆驼到底有几个驼峰。"

花花:"爸说,你成了贼,你才能吃香的喝辣的。"

周丽朵:"我知道骆驼有两个驼峰,可是我还想亲眼看一下。等我亲眼看到了,我爸爸才能从深圳回家。"

花花:"爸出去演出了。爸真好。"

周丽朵:"我好几年没看到爸爸了。我好想他啊。他不知道我真的好想他吗?"

花花:"长大了,我也要当个爸那样的乡主。多威风啊。想砍谁的手指就砍谁的手指,想砍谁的大腿就砍谁的大腿,想挑谁的脚筋就挑谁的脚筋,想跟谁睡觉就跟谁睡觉。警察都怕他呢。"

周丽朵:"花花,你把姐姐放了好吗? 我要去真正的马戏团看骆驼。"

花花:"不好。爸会打我的。"她把衣服撩起。她的后背全是疤痕。有一道新的还在流脓。

周丽朵:"你要是不放了我。我就不吃东西。你知道什么叫绝食吗,花花? 绝食可不是减肥。"

周丽朵真的好几天没吃饭。不但没吃饭,连一滴水都没喝。起初,武大郎似乎并没有往心里去,他嚷嚷着说,你他妈是我的人了,要听我的话! 别拿绝食吓唬我! 我他妈还没怕过谁! 过了三两天,周丽朵还是一口饭不吃,一滴水不喝,武大郎就有些焦躁,派独腿少年做周丽朵的思想工作。可是周丽朵根本不听独腿少年的话,一方面可能是听不懂他的鸟语,另一方面可能是不想听懂他的鸟语。总之,独腿少年因为没有让周丽朵进餐,被武大郎用绣花针刺了三十下大腿根。过了四五天,周丽朵还是饭不吃,水不喝,武大郎就给她注射葡萄糖。他好像还从来没有遇到过这样执拗的小女孩。他看着浑身恶臭的周丽朵躺在木板床上,爆皮的厚嘴唇不停地嘟囔着:"骆驼……骆驼……爸爸……骆驼……骆驼……爸爸……"

……

当周丽朵醒过来时,她发现黑屋子里一个人都没有。或许他们都上街去表演了? 她惊异地发现,她的双臂和双腿也没有被麻绳捆绑。当她意识到这一点,她从床上迅捷地爬起来,二话没说跑到屋外。屋外正下着小雨。这个夏天好久没下过雨了。她就在屋檐下伸着脖颈,咕咚咕咚地灌了半天雨水。她还不晓得原来雨水如此甘美,就像是放了白砂糖,而且还有种植物的芬芳。她本来想找把雨伞,可是又怕耽搁了时间,碰到演出归来的武大郎,就急匆匆跑出这条巷子。到达巷口时,她忍不住回头望了望。那条巷子和千万个别的巷子没什么不同,黑魆魆的,犹如怪兽体内一根没有光亮的盲肠。

她想,当务之急是要找到周德东,他们已经分别多少天了啊? 他会不会还在县城里等她? 极有可能,还在职工俱乐部等她。那天,他说先去医院卖血的……他缺的不是药片,而是钱……周丽朵也不认识县城的路,就胡乱地走呀走呀走呀,半路上也没遇到什么人,偌大的县城,仿佛就她这么一个孤零零的女孩。可是再长的路,也架不住两条会弯曲的腿呢。后来,在职工俱乐部,周丽朵真的看到了周德东。周德东坐在职工俱乐部高高的台阶上,往下眺望着马路。当他看到周丽朵时,他突然哇啦哇啦地号哭起来。周丽朵就小跑过去,把他搂进自己怀里,柔慢地拍打着他日渐枯萎的肩膀。她听到周德东说,他找她找得好苦啊,找不到她,就来这里等,可是左等她不来,右等她不来,她怎么这么调皮呢,难道不晓得要回家吗?他已经好几天没吃过食物了,他已经半步都走不动了。周丽朵就说:"五爷呀,你别心窄。不是还有我吗?我背着你走。"

半路上,周丽朵什么都没说,没跟周德东说武大郎,没跟周德东说独腿少年,更没说会跳伞的花花。周德东趴在她的脊背上也并不太沉,或者说,他简直像一张草纸那么轻、那么薄……那是怎样的一条路呢,那么长,那么长,仿佛永生不会走到尽头。可周丽朵有的是力气,而且她把路记得无比清晰。奇怪的是,半路上他们也遇到马车、三轮车、公共汽车和小轿车,他们也朝他们拼命摆手,可那些司机就是不停车,这真是没办法的事情。周丽朵说,五爷呀,这些人怎么心肠都这么硬?他们连一分钟的时间都舍不得匀给我们。我们就这样慢慢走吧。周德东安慰她说,这一次没看成骆驼,还有下一次呢。下一次马戏团再来的话,我还会带着你来看。不就是想看看骆驼吗,不就是想知道骆驼有几个驼峰吗,这算什么屁毛事呢?别说是想看骆驼,就是想看裸体美女大战东北虎,也是囊中探物般简单的小事……

当他们终于到达周庄时,隐隐约约听到唢呐声。两个人不约而同地舒了口气。周德东说,丫头,你把我放下来,要是村人看见你这么个小丫头片子……背着我这把老骨头,会笑掉槽牙的。周丽朵说,好吧,那我先回家了。周德东说,且慢,你这么多天没回来,你妈一定是火烧眉毛,要是用灶火棍打你,你不也得挨着?周丽朵说,那你也去我们家,我妈向来听你的话。周德东就陪周丽朵回家。离家门越近,唢呐声越是嘹亮。周德东说,谁家过寿呢?周丽朵侧着猴耳朵说,咦,怎么像是从我们家传出来的?禁不住将脚步加快。到了家门口,却一个人都没有,唢呐声越来越响。推门进去,看到她妈正抱着一个人放声大哭,心想,她抱的谁呢?哭得这么伤心,哭就哭了,还哭得这么不体面。

她想偷摸着溜进里屋藏起来,免得遭母亲一通臭骂,不承想一回头,看到爸爸也在哭。爸爸还像三年前那么精神,只是眼睛红得像兔子……爸爸啥时回来的呢?爸爸,爸爸!她大声地喊了两声。爸爸,爸爸!她又大声地喊了两声。可是爸爸却没理她。这是咋了?周丽朵就蹑手蹑脚地站在爸爸身后,双臂紧紧揽住了他精瘦的腰身,良久都舍不得松开。她听到她妈哼哼唧唧地哭,哼哼唧唧地哭,很是厌烦:"丽朵和她五爷……命咋这么苦呢?一个死在黑屋里,一个死在医院门口……我的苦命的丽朵呀!我的苦命的丽朵呀!"

周丽朵就愣愣地看着她爸,又看着她妈。周德东不晓得什么时候也进了屋。他犹豫了半晌,方才朝周丽朵走过来。走到她身边,也没有吭声。后来,后来,这个老头摩挲着她的肩胛骨,沙哑着嗓子,一字一顿地说:"丫……头……你……还……没……明……白……吗……"

周丽朵只是盯着她爸,良久才嗫嚅道:"五爷,其实我早知道,骆驼有两个驼峰。我只是想亲手摸一摸呢。"

雨天书

一

张宝林还是找到了房翠芬的家。她家的门口有棵樱桃树。树是老树了,龟裂的枝皮在雨天格外油亮,素白花朵亦没了晴日里的皱巴,水淋淋地丰腴着。有只细腰大马蜂在枝丫间嗡嘤着乱飞,金翅将细碎的雨水打得四处迸溅。还有两只肥硕的芦花鸡,在樱树下刨着团松软的稻糠。他将三轮车倚了墙旮旯,犹豫着敲了敲铁门,便听到有人哑着嗓子喊,谁呀?谁呀?!接下去是响亮的打嗝声。张宝林知道这更没错了。房翠芬有个怪癖,那就是每隔三两分钟,便会习惯性地打个悠长、嘹亮的饱嗝,几米开外俱能听到。张宝林就慌着嗓门喏喏道,是我啊,是我啊,我是张大傻……房翠芬开了门,枯黄的头发用黑发卡绾在脑后,边系裤子边啐着浓痰,一双浮肿的眼泡让她看上去有些不耐烦。后来她抠着眼屎说,原来是张大傻啊,你这么早来干啥?你还没去捡垃圾?张宝林支吾着说,捡垃圾不着急……我有个着急的

191

事,倒是想跟你说上一说。

他哆嗦着从裤兜里掏出盒精装"北戴河",半天拽出两支,一支自己叼了,另一支慌忙着递给房翠芬。房翠芬接过去,仔细看了看牌子,顺势塞进宽阔猩红的嘴巴。张宝林就急急地蹭了根火柴替他点着。房翠芬鼻孔里喷出的乳色浓烟,很快在凌乱的雨滴中消散开去。张大傻,你能有什么狗屁事?嗯?说吧。

张宝林嘿嘿地笑了两声,说:"我能有什么正经事呢……"

房翠芬拿眼睛觑着他。房翠芬除了爱打嗝,除了爱抽烟,还长了一双白眼仁多黑眼仁少的桃花眼。张宝林就讪讪地说:"王一等……两天没吃饭了。"

房翠芬咯咯地笑了两声,将烟掐了,用脚踩得粉碎,这才说:"他绝食跟我有啥关系?我不是他妈,也不是他老婆。"

张宝林就不晓得说什么好了。房翠芬虚掩着门转身走开,片刻抱出盆绿萝出来,塞张宝林怀里,说,张大傻啊,这盆花快死了,送你吧,你不是最喜欢养花弄草的吗?张宝林就把花小心地搬进三轮车。房翠芬就又说话了。她说话的声音很温和,仿佛她不是说给一个五十多岁的老男人听,而是说给自己的孩子听。她说:"我的命够贱了,我怎么还能找个比我的命还贱的人呢?"

她的话倒是没错。王一等命不好。他以前在粮站当会计,下岗后在新华书店看仓库。他老婆几年前得了抑郁症,上吊死了。他儿子上高三,去年春天,突然也疯了,就住在桃源镇上的

192

精神病医院。王一等还酗酒,他终日穿着中山装和金猴皮鞋,可他的酒糟鼻让他看上去更像是个马戏团的小丑。

"我还要睡个回笼觉呢。"房翠芬打了个嗝,又打了个哈欠,将门关了。

张宝林佝偻着腰,推着三轮车缓缓地走。车里堆着从垃圾箱里捡来的烂水果、废电池和易拉罐。如若运气好,还能捡到剩了半瓶的白酒,或者一两棵根茎腐烂的植物。张宝林喜欢白酒,张宝林更喜欢植物,不管这植物开不开花他都喜欢。他通常把它们拉回家,一棵棵种在庭院里。大多数能活下来,叶子繁密油亮,夏天的时候,叶子的汗毛上面满是露水,根须下是蝉蜕的黄壳,还有细腿的小绿螳螂,在枝间匆忙着蹿跑。

王一等其实就住在房翠芬家那条胡同的对面。他住在新华书店的一间破库房里。库房又暗又潮,墙壁上除了爬着忧伤的壁虎,还粘贴着几张奖状。这奖状是十几年前的,毛边破了,字迹也模糊难辨。他没掌灯,他好像正在倾听着雨打屋檐的滴答声。张宝林留意到前一日的饭碗尚堆在简陋的灶台上,一群黑头苍蝇在上面舔来舔去。张宝林叹了口气,把饭盒递给王一等。王一等直挺挺地卧在床上看也没看地接了,随手放在褥子上。张宝林又掏出叠皱巴巴的零钱,就着吐沫星子数了,总共是六十块零两毛,攥王一等手心里,王一等的瞳孔方才亮了一亮。

张宝林说:"一等啊一等,听哥的话,先把小米粥喝了吧。"

张宝林还说:"妈活着时常念叨,早饭淡而早,午饭厚而饱,若能常如此,无病直到老。"

张宝林又说:"我待会儿去扔钢镚儿,你去不去?今天老段肯定要来的。"

张宝林就不说了。他再不会说旁的话了。张宝林哑了,王一等这才道:"张大傻,你说,房翠芬她有什么好?"他坐了起来,不停地用手挠着胸脯,他胸脯上全是被蚊子叮咬的暗包,不时渗出惨黄的汁水,"张大傻,她凭啥看不上我?脸蔫得像萝卜干,眼角一水的褶子,手上还全是老年斑。"

张宝林说:"老话说得好,牙不剔不稀,耳不掏不聋,鼻不抠不破,眼不揉不红。你别老想她了。哥再给你找个好的。天下寡妇多的是。你先把小米粥喝了。"

王一等说:"我活腻歪了。哪天我光着屁股,蹲到大街上去要饭。张大傻你说,人活着有什么劲呢?嗯?有什么劲?"

张宝林说:"这是去年的新米呢……早起熬了个把钟头。你听不到米的……香气吗?""听"就是闻的意思,在桃源镇,人们总是把"闻一闻"换作"听一听"来用,也许在他们看来,耳朵是比鼻子更灵敏的嗅觉器官。

王一等不屑地说:"我从来都听不到植物的香味。我有鼻炎。"

张宝林诺诺地说:"我也有鼻炎,可我就能听到。"

194

二

屋外还滴答着雨。

张宝林喜欢下雨。下雨了,村庄的空气里就满是庄稼和牛粪的味道。张宝林的地早没了,他的地被镇上的轧钢厂买走了,张宝林也有十多年没下过地。以前下了雨,张宝林就拿把铁锹,戴顶破凉帽,光脚披蓑衣去玉米地里放水。玉米地里的蒲公英、紫云英和矢车菊在雨后散发出一股寡淡的药香,张宝林就蹲蹴在玉米地里抽烟,间或有白色小蛇从脚趾边游走,还有蟾蜍缓慢地从垄上爬向不远处的池塘……那样的日子,倒比霜后收割玉米还要甜美。没了地可种的张宝林后来就爱上了植物,园子里除了种点高粱白菜,全是大丽花、美人蕉、菖蒲、萱兰啥的。更多的花草,是他从垃圾箱里捡来的。那些枝叶枯黄、浑身是红蜘蛛和蚜蛉的植物,被他郑重地栽到院子里,敌敌畏一撒,大雨一拍,寒雪一冻,来年就生得葳蕤翠绿。

如果王一等是棵植物就好了,张宝林会把他像医植物般医好。他干吗喜欢上那个势利眼的寡妇?张宝林知道王一等和房翠芬有一腿。王一等给她买了一台电风扇,还买过一盒四十多块钱的安利牌牙膏。寡妇的大腿跟说书人的嘴一样,都是靠不住的,王一等以为睡了寡妇,寡妇就会嫁给他?张宝林盯着房翠芬家那条胡同,愣神的空当,便见有男人从她家晃悠着踱出来。男人生得蠢,关门转身时,那棵樱桃树顶到了他肚囊,男人一把将樱桃枝子捋了,甩到红墙另一头,边走边将树下的老母鸡踢得咕咕乱叫。

原来是老袁。老袁是财政局的门卫,做了几十年光棍,最好赌钱闹鬼,舌头比女人的还长。张宝林匆忙垂了眼睑,推了三轮车疾走。老袁腰板糠了,眼神却没糠,远远地大声喊叫着张宝林的大名。他身上有股水果溃烂的气味,张宝林不禁捏了捏鼻子。老袁告诉张宝林,老段今天会来扔钢镚儿。看来这消息大伙全知晓了。老段退休前是县委书记,工资不消说了,他儿子闺女又都在芝加哥,每月会邮美元和高级香烟回来。跟老段一辈的人差不多都死绝了,老段便喜欢跟这些看大门的、卖红薯的、掂大勺的、蹬三轮的老哥们玩。老段来了,大家都会赢钱。老段得了脑出血,没拴住嘴巴和耳朵,却拴住了胳膊。在扔钢镚儿游戏中,最大的赢家除了要有一双犀利的鹰眼,还要有条结实的臂膀。

"下雨了他也来,你信吗张大傻?"老袁将嘴巴咬住张宝林的耳朵,身体倾斜着就要压到他身上。张宝林说信,老爷子最大的乐子,就是将钱输给人家,让人家舒坦心宽。老袁看他反应平淡,隐隐有些不快,就说:"你老婆还跟你分居吗? 你老婆跟乔先生还搞鬼吗?"不等张宝林回话就嘎嘎地笑将起来。张宝林也嘿嘿地应了两声。老袁又说:"听说,王一等想娶房翠芬呢。是不是?蜂蜜不是用来喂驴的,王一等怎么能娶到房翠芬?我呸!听说他还绝食了!真他妈丢人!"他看张宝林有些郁闷,就安慰着拍拍张宝林鸡肋似的肩膀,说,"不过话说回来,也不是没有可能。这年头有啥不可能的事?操他妈的,连猪肉都十三块钱一斤了!"他咂摸了咂摸烂舌头,仿佛嘴里正嚼着块香腻的猪头肉,"房翠芬最喜欢的是啥?不是男人的肉棍子,是这个,"他爆皮的大拇指和中指捻一块用力搓了几搓,"钱呐!我不信王一等要是给她五千块钱,"他眯缝着肿胀的眼睛说,"她会不嫁给他!"

张宝林心一动,就想到了老婆,想到了老婆就顾及不上老袁了,蹬上三轮车就往家里赶。他家离县城也就四五里地,一袋烟工夫准到。等到了北门口,他看到一个健壮黝黑的小伙子蹲在房檐下发呆,雨水将他的头发淋得精湿。张宝林说,你咋不去屋里头避雨啊?小伙子乜斜他一眼没吭声。张宝林讪讪地笑了,说你也喜欢下雨天?小伙子说喜欢个屌!一下雨浑身黏糊糊的,蛇要蜕皮似的!张宝林说我就喜欢下雨,下雨多好哇,下雨了,房顶冲得干净,土地冲得干净,花草也冲得干净,精神气就全不一样。小伙子白他一眼,说你个蹬破三轮的,讲什么情调?切!乔先生怎么还不出来?让我六点半来接他,现在都快七点了。他不是昨天晚上就过来了吗?

乔先生是县城有名的大仙,眼瞎了,心却生了七窍。他最拿手的本事有三件:卜仕途、驱狐仙、看妇女病。常有公司老总深夜风尘仆仆来占卜,桃源镇附近找他看邪病的女人比泥坑里的蝌蚪还要多。乔先生不但在县城买了两栋商品楼,还娶了个二十八岁的老姑娘。那个淋雨的小伙子是他新雇佣的司机,每日拉着他去外地行医。张宝林老婆被狐仙迷了好些年,又得了子宫肌瘤,这些年全凭乔先生悬壶济世免费医看。昨天晚上乔先生就住在了张宝林家,不仅住在了他家,夜间还要亲自帮他老婆驱逐邪气。

"你去看一眼,乔先生完事没有!"小伙子朝张宝林嚷嚷道:"四十多的人了,怎么对床上那点事还这么腻歪!"说完挑眼去看张宝林。张宝林笑嘻嘻地开了屋门,西屋的门闩还插着,乔先生估计尚在酣睡。张宝林就去了院子。院子里的美人蕉开得正肥艳,马兰花的紫花瓣沾着雨水,晃来晃去仿如逝者的眼。张宝林脱了黄胶鞋扔上窗台,将屋檐下的鸽子惊得一通乱飞。过了片刻乔先生就推门出来了,他戴着一副漂亮的墨镜,拄着拐杖笃笃地上了小伙子的面包车。

老婆衣衫齐整地盘腿坐炕上,张宝林连忙放了八仙桌,将小米粥和咸菜摆好,看她恹恹地吃。窗棂的细格子印她脸上,让她气色愈发灰颓。张宝林寻思着说,给我两千块钱吧……他声音弱弱的,话还没说完先就没了底气。老婆眼皮都没抬,大声地咀嚼着块咸菜疙瘩。张宝林接着说,我想给王一等娶个媳妇……

再不娶媳妇他就废了。老婆的眼睑耷拉着,嘴里吸溜吸溜的喝粥声让张宝林垂下头,垂下头的张宝林并没闭嘴,"一等是个有文化的人呢,他八二年上过粮校,又当过会计……"老婆将粥碗一推,向后缩了缩靠住被褥。张宝林说,他又不是外人,他是我弟弟啊……老婆咳嗽了两声,顺手从炕席掏出盒药丸,抓了把撒嘴里,一伸细脖咽了,这才说,咋啦?你还想让榆树结梨啊?

　　张宝林沉着脸退出屋子。屋外的雨小多了,他伸出舌头,雨针就静静地洗着他生了苔藓的绿舌头、他参差不齐的黄板牙和他硕大的鼻孔。他心情好多了。他想起来,今天大老王有报纸要卖。他披了蓑衣,蹬了三轮车去环保局。半路上,漫天清澈的雨水将他肺里的植物涤荡得既伤感又青翠。

三

　　大老王以前是当兵的,说话办事一是一二是二,从不食言。他是办公室的修理工,负责修理个锅炉、下水道、电线啥的,平日里看的报纸他也攒下来,专门卖给张宝林。张宝林的收购价总比别人高一毛钱。等张宝林进了环保局,大老王正在传达室候他。报纸堆得有一人高。大老王说雨下得不小,我还有些废铜烂铁,你一并先收了吧。遂带张宝林入了仓库,装了满满一麻袋,帮他扛三轮车上,说,张大傻啊张大傻,这些破烂就送了你吧,不算卖的。张宝林低头哈腰地不知如何是好,后来就说,大老王啊,我请你去喝酒吧。大老王看了看天,说,下雨天最痛快的事有两件———一件是床上睡觉,一件是酒桌上喝酒,好吧,我们喝酒去。

两个人就找了个偏僻的小吃部。晨起只是些稀粥油条,掂大勺的师傅根本没开灶,只有个满脸雀斑的小丫头在厨房前前后后忙活,大老王就点了盘韭菜炒鸡蛋,两个咸鸭蛋,又一人拎了袋两块钱的"东北三宝"酒,你一口我一口饮将起来。张宝林喝酒没什么本事,就是敢喝,大老王就不一样,喝酒有本事,还敢喝。两个人也没什么话,半袋酒就下了腹。张宝林的头就有点乱了,他盯着屋外的向日葵。向日葵还没生出妖艳的金色花盘,宽阔的麻棉叶子被风拂着,竟生出荷叶般的娉婷出来。雨似乎歇了,不远处的人行道上,老段他们的投掷游戏已经开始了。张宝林看到老袁手舞足蹈的样子,知他是赢了钱,老段呢,老段的胳膊抬起来,比木偶的动作还僵硬刻板,一枚银白色镍币在半途中就落了。他没看到王一等。王一等知道老段来了,竟然也不来参加诱人的游戏。那碗小米粥他喝了没? 他是不是还躺在草席上慢慢把自己饿死? 或者像他自己说的那样,光着屁股到街上去乞讨?

张宝林的眼就潮了。他对大老王说:"王一等绝食了。"

大老王说:"是啊,听说他想娶房翠芬。"

张宝林说:"他给她买过一个电风扇。"

大老王说:"老寡妇只认钱眼,不认心眼。"

张宝林说:"王一等是我兄弟。"

大老王抬起头。大老王无论喝多少酒脸都不会红,只头发湿漉漉,好像那些酒精不是从他膀胱里尿出来,而是从他发根上流出来。他用餐巾纸擦着花白头发,说道:"朋友有远近,亲戚有厚薄。何况他是你妈收养的孩子。操那份闲心,干啥?"

张宝林说:"王一等是我们家最体面的人。读过书,当过国家干部。"

大老王说:"你想怎么着?"

张宝林说:"我想借些钱,帮他娶了房翠芬。"

大老王说:"倒是忘了,你们家卖过地,有些积蓄。"

张宝林说:"那些钱是我老婆的,不是我的。"

大老王就不说话了。

张宝林说:"你妹妹不是在医院吗?我想去卖血。"

张宝林卖血颇费了些周折。以前有个血霸,是个患白癜风的老头,每日带些人去卖血,从中抽成。现下医院好歹正规些,卖血买血的勾当都暗处操办。大老王的妹妹是个严肃的中年妇女,她长着两颗暴出的大门牙,有一个向前翘的尖下巴,看上去不像是一般的护士。她帮张宝林卖了六百毫升的血,给了张宝林两千块钱。卖完血已是晌午,张宝林看大老王忙得直出虚汗,就要请大老王吃涮羊肉。张宝林身子有些麻冷,大老王就让他坐在三轮车上。大老王劲大,三轮车骑得也好,张宝林坐在上面,只觉得心肺上长了枝叶,贪婪地呼吸着雨气。那些路两旁的植物,无论合欢、木槿、龙舌兰,还是凤仙、臭菊和大丽花,都被欢亮的雨水冲刷得鲜艳喜相。

涮羊肉很贵,张宝林还是点了四盘,又要了瓶十几块钱的好酒。本来早晨喝了不少,这时酒就有些难咽。大老王帮忙奔跑了半天,肉下得快,张宝林眼瞅着四盘羊肉瞬间捞不着底,隐隐心疼起来。心疼归心疼,想想大老王的好处,咬着牙又上了两盘。大老王酒话也多将起来。他开始跟张宝林诉说起他的难处,譬如他的女儿大学毕业了,去哪里上班却没得一点着落;譬如他的甘油三酯已经达到了 21,血液里飘着层厚厚的油脂;譬如他的战友跟他借了五千块钱,都三年了还没有还……“我他妈现在是十三岁娶媳妇,硬挺,”大老王茫然地盯着筷子上猩红的羊肉,呆呆地问,“张大傻,世上快活的事怎么越来越少?”

张宝林点点头,他觉得大老王这话说得对极了。他用汤匙盛了一碗羊肉汤咕咚咕咚地喝起来。他已经连续喝了五碗。当他抹掉嘴唇边的汤水时,才发觉有个姑娘站他身边。这姑娘脸色黯灰,狭长的鼻子让她的脸庞显得短小局促,而那张比樱桃大不了多少的嘴巴远没有她的鼻孔肥大。她怀里抱着把掉漆的吉他,笑盈盈地看着他们。

"大哥,点首歌吧!"她的口音一听就是南方人,"你们喜欢听戏呢,还是喜欢流行歌?"她声音嫩嫩的,舌头发出的卷音让人心里贴妥又温润。大老王醉醺醺地问,你会唱黄梅调不?女人讶异地说,大哥,我是徽州人呢!以前就在黄梅戏剧团,好歹也是个角儿!大老王说,我在黄山当过兵!女人说,我们真是有缘分呢大哥,这样吧,我免费送首《夫妻双双把家还》,好不?说完弹着吉他唱起来,吉他断断续续的伴奏将她干涩的声音劈成两半,扎着张宝林的耳朵。一曲作罢,大老王鼓起掌来。女人竟嫣然一笑,说,我再来段《李三娘推磨》。

咿咿呀呀唱毕,大老王就佯装掏零钱,女人说,着什么急啊大哥,我最拿手的还没唱,你们听《槐荫记》还是《女驸马》?

女人是怎么着坐到板凳上的?张宝林实在记不起,兴许是大老王邀的,兴许也是他邀的。她稳稳坐在他们身边,不再唱歌,而是小口喝起茶水。张宝林看她额头上全是汗珠,觉得她委实可怜,就问,你吃饭了没?女人说,我们饥一顿饱一顿的,吃饭没个准点。张宝林说,要不……你在这儿凑合着吃两口?女人说真是谢谢大哥了。张宝林狠狠心,又要了两盘羊肉和一盘面条。他觉得自己吃饱了,就不能让别人饿着。

女人的脸色被雾气笼罩得渐渐红润起来,狭长的鼻翼也生动起来。大老王又让这女人喝点酒暖暖心肺。女人也不推辞。她喝酒时翘起兰花指,指尖散发着茉莉花的清香,间或用眼角的余光瞥一眼大老王,眼里满是晶莹的笑。张宝林的头慢慢就晕了。

等他醒来,屋内灯火通明,屋外一片漆黑,只听得见大雨毕剥巨响。大老王和女人不见了,酒店的服务员正忙着招呼晚上的客人。张宝林打个哈欠,将头伸到门外张望。街上全是雾气,见不到拉钢轨的大卡车,也见不到人影。王一等两天没吃饭了。再不吃饭他就饿死了。在他饿死之前,必须先帮助他把房翠芬娶过来。卖血的钱虽然不多,但好歹能抵挡一气。张宝林去摸兜里的钱。这一摸不要紧,腿肚子就打起颤来。

卖血的钱不见了。

四

大雨将张宝林浑身浇得湿透。他没找着大老王。他想问问大老王有没有见到他的钱。他想问问大老王是不是那个女人在他身上动了手脚? 可大老王到底去了哪里呢? 单位没有,家里也没有。张宝林在饭店转悠了两圈,又蹬着三轮车顺着前往医院的马路搜了一遍。夜渐深,雨也歇了,伶仃的高脚路灯发着晕黄的光芒,将苗圃里的植物照得暖而翠。张宝林就在马路牙子上坐下,随手摘朵丁香,放鼻下闻闻,然后号啕大哭起来。路上的行人很稀少,可张宝林粗壮的哭声还是将他们吸引过来了。

后来有人从他肩膀上重重捶了一拳,骂道:"张大傻,你在这里哭谁? 你爹妈不早死了吗?"张宝林抬起头,见是老袁。老袁一双牛眼流里花哨的。张宝林就说,我的钱丢了,你见到大老王没有? 老袁说,钱丢就丢吧,块儿八毛的有啥可心疼呢,大老王我也见了,他刚才在铁四家玩牌,输了一千多块呢。

铁四是开加油站的老板,喜欢打麻将。张宝林就急急地问,那大老王现下去哪儿了? 老袁嘿嘿一笑,说,前些日子,大老王不晓得从哪儿勾搭了个女人,也金屋藏娇呢。这女人今儿后晌,一直随他在铁四家要钱来着,这会儿刚走。张宝林揪住他衣领道,你知道他们去哪儿了吗? 老袁一把挣开他,龇着牙说,张大傻啊张大傻,你说他们能去哪儿? 找地方打炮呗! 你不知道大老王最喜欢南方妹子吗?

张宝林就问,他们去哪儿打炮?

老袁努努嘴,半晌说,知道隆鑫宾馆不? 那妹子就住在 101 房间。

张宝林就骑了三轮车去隆鑫宾馆。所谓宾馆,也只是镇上的住户辟了几间厢房,供那南来北往的生意人小憩。张宝林猫悄着绕过一条笨狗进了院子。院子里只一间屋亮着灯。他蹑手蹑脚临了窗往里观瞧。这一瞧还真就瞧对,里面不就是大老王和那女人吗? 大老王坐炕沿上,那妹子正在给他洗脚。她竟然在给他洗脚,张宝林心里竟热乎起来,仿佛坐在炕沿上的不是大老王,而是他张宝林。他跟他老婆结婚二十多年,别说洗脚,连口饭也很少给他做,整日里病恹恹,随时要断气的模样,只有乔先生去了,脸色大抵会红润些。大老王和那妹子倒不像是新相识,只听大老王叹息一声:"跟你说,我心里头,老觉得对不住张大傻呢。"

妹子说:"可不,他是个好人。哎,就是心眼不周全。"

大老王说:"我跟他,认识也有十多年了。这十多年里,我骗过我老婆,骗过我闺女,骗过我们主任,也骗过我们局长,可从来没骗过张大傻。"

妹子哼了声说:"我跟了你,也有两个月呢。"

大老王说:"我们这样糟蹋他,骗他的钱,心里总不落忍。这可是他卖血的钱。"

妹子给大老王擦脚,大抵力道重了些,大老王哎呀了声,张宝林听她说:"我容易吗? 我跟了你,闹了什么好处? 总共给了我五百块钱,平时在我这里吃着,住着,还让我伺候着……"

大老王忙说:"我知道你不易,四处卖唱,还要给家里的丈夫孩子寄钱。"

妹子说:"我知道你也不易,你老婆可是镇上最凶的母狮子。"

大老王捋着她头发："要不我辞职,跟了你去卖唱？好歹我年轻时,也在部队当过宣传干事呢。哎,我都这岁数了,从来没这么稀罕过一个女人。为了你,我都能弃了我爹妈。"

妹子说："你有这份心,已是我几辈子修来的福。你人憨憨的,说起甜蜜话来,却是一筐一筐的呢。"

灯就灭了,里面传出窸窸窣窣的动静。张宝林站在窗外,不晓得该离开还是该破门而入。有那么片刻,他的手几乎就要摸到门把手了,可是,一想到女人为大老王洗脚的样子,他的心先就柔软起来。他甚至忘记了王一等。后来,屋里传出的呻吟声让他越发不自在,他拧把鼻涕,出了庭院,蹬了三轮车,打算先去看看弟弟。

王一等的仓库在一片橘红色灯火中格外幽暗。屋里没掌灯,满是旱烟呛人的气味。张宝林小声着招呼王一等的名字,却只听得床下传来的蟋蟀的两三声欢叫。张宝林急了。王一等床上躺了几天,粥米汤没沾一滴,能有气力去哪里？该不是寻了短见？额头的青筋就乱跳起来。路过房翠芬家那条胡同时,他顺势拐了进去。胡同里也暗,他趄摸半晌方才找到那棵老樱桃树。樱桃树的枝干在夜里黑黑的,只有点点白色花朵凭空盛放,像半空浮游着的萤火虫。张宝林将三轮车停墙旮旯,犹豫着敲了敲房翠芬的门。敲了两下无人应答,就轻声喊了起来。喊了两句还是无人应答,也没听到房翠芬打饱嗝的声响。他不禁推了推门,门原来是虚掩的,门闩并没插死。他就壮着胆走了进去。

房翠芬家竟也没光亮。她家的庭院很大,又没盖偏房,院子里种的全是樱桃和桑葚。张宝林不敢乱走,又轻声细语地喊房翠芬的大名。过了会儿便听到有人问:"是张大傻吗?"

张宝林惊喜地问:"是一等吗?"

王一等说:"是我。"

张宝林说:"你缩在墙角做什么?"

王一等沉默半晌:"没做什么。"

张宝林走了过去。近了才看清,王一等手里拿着把铁锹正在挖坑。

张宝林说:"这么晚了你还来献殷勤。房翠芬请你来挖地窖吗? 她想秋后囤白菜吗?"

王一等说:"不是囤白菜。是埋人。"

张宝林说:"你是不是饿晕了说胡话?"

王一等说:"我清醒得很。我要把房翠芬埋了。"

张宝林说:"埋她做什么?"

王一等说:"她死了,难道还让她睡在炕上?"

张宝林哆嗦了半天。他眼睛好歹能看清一些了。他真的看见房翠芬静静地躺在王一等脚下。她身子蜷缩着,像条睡熟了

208

的野狗。张宝林俯下身去,用手探了探她的鼻息,又摸了摸她的身子。她上半身套着件老头衫,下半身却是光着的。

王一等说:"张大傻,快来帮帮我,我累了,挖不动了。"

张宝林说:"她这是怎么了?"

王一等说:"我给了她六十块钱。可她只让我摸了两把奶子。我让她退给我三十块钱,她不肯。我就用铁锹打了她的脑袋。就死了。"

张宝林没动弹,继续看王一等挖坑。那个坑还很浅,王一等挖得也不是很用心。这孩子从小干活就喜欢偷奸取巧。他为什么喜欢偷奸取巧呢?因为他比别人聪明。张宝林还记得1963年他们哥俩给生产队收红薯,王一等总能偷许多红薯,他把红薯藏在鞋子里、腋窝里。张宝林也偷,但不是被护秋的逮着,就是偷得没王一等多。有一回,他们两个都被逮着了,红薯被没收了。可到了家里,王一等还是变魔术般拿出块小红薯屑子,分了一半给张宝林吃。张宝林问你把红薯藏哪里了?王一等一字一顿地说,藏、在、裤、裆、里。

王一等好像真累了,他把锹往边上一扔,说:"张大傻,快过来挖。我困了,我想先睡上一会儿。张大傻,帮帮忙。"

张宝林就接了锹,佝偻着身子挖起来。挖了没两锹就歇了,蹲在坑沿上抽烟。雨是何时飘上的,鬼才晓得。他用肮脏的大手抹了把皱纹横生的老脸,随手从身旁的樱桃树上拽了几片叶子。樱桃树叶跟旁的植物叶没什么区别,也就是说,全是那种青草被阉割后清爽的味道。张宝林翕动着鼻孔贪婪地吸了几口,将叶片塞进潮湿的嘴巴,老牛反刍一样嚼着。嚼着嚼着,他自己就变成了一棵枝干龟裂的老樱桃树,脊背、头颅和心脏生出些枝丫,那些枝丫安静地快速地生长着,恣肆地吞咽着漫天雨水,同时盛开出许些细碎的、麻冷的花朵。

我们去看李红旗吧

一

像往常一样,那天我们吃了冷锅鱼,喝了白酒。喝着喝着老周来了。老周来后我们从酒店里又拿了瓶老白干。老周跟四哥头次见面,两人咋呼着碰杯,刘荣就又要了瓶。等四瓶白酒下肚,我张罗着喝啤酒,他们没反对也没赞同。他们已经不会反对或赞同了。

那天喝酒的情形无非是这样:谁也没想多喝,结果谁都喝多了。刘荣下午要来一个青岛客户,签笔不小的订单。四哥更忙,他跟人约好去哈尔滨进道轨。可是老周,这个广告商说,我们下午哪儿都别去了。我们去看李红旗吧!

四哥问,李红旗是谁啊?

刘荣说,一个女的。

四哥看我,我说,女的? 不认识。

四哥问,漂亮吗? 没人吭声。四哥又问,是不是很丑?

老周斟酌说,李红旗怎么会丑呢? 他似乎想具体描述一下李红旗的面孔,却一时找不到恰当的词语。他比鞋底还厚的上嘴唇颤了两颤……还好,他只是把东西吐进了火锅,而没有吐到我们身上。他呷了口茶,胡须上粘着片绿油油的莜麦菜叶说,李红旗是个大美女啊!

四哥问,你们都熟吗?

刘荣没说话,我没说话,老周就说,我们经常一起喝酒。

四哥问,她是不是特能喝?

老周说,李红旗滴酒不沾,淑女嘛! 她只喝茶,茶只喝铁观音。

四哥哦了声,说,你们真想去?

刘荣笑了,说,不是我们想去,他指着老周,是他想去。老周说,扯淡! 你跟李红旗才般配! 你跟她……他沉吟片刻后大笑起来,不就是在同一座庙修行的和尚跟尼姑吗? 刘荣呸了口,绷着脸说,你再乱嚼舌头,我把你扔火锅里涮了,水煮诗人一定好吃!

争论越来越无聊。老周开始攻击刘荣和我,说写诗的比写小说的干净。现在这社会,还有谁比诗人更干净? 诗人吃的是食物,拉出来的是钻石;诗人喝的是泥汤,尿出来的是优质白酒……接着他试图论证诗人的高尚性。为了让他的论证更具说

212

服力,他只好拿他自己举例子。他是这么说的,他说,有一天他去赶集,他路过那些卖牲畜的,路过那些卖盗版黄盘的,路过那些卖布匹的,路过那些卖粮食的,路过那些卖金鱼的,最后路过一棵树。树上盘着一条白色小蛇。他看着小蛇,小蛇也看着他。后来他差点哭了,一条蛇在凝望着一个诗人。这么想时他靠住那棵树,张望着赶集的人。偌大的小镇上,来往的白丁中,竟然走着一位诗人,而别人完全不知道这是一位诗人,这是多么隐秘的快乐!

我和刘荣干笑着。我们知道老周疯了。他一喝酒就这德行。当然按他的说法,他喝多是有缘由的,他喜欢和我们一起喝酒。这个狗屁理由让他老婆一直憎恨我们,仿佛是我们这些狐朋狗友把她男人培养成为一个酒鬼、一个说话不着边际的大舌头诗人、一个失败的小广告商。

我们走吧,四哥结了账,说,我们走吧,我们去看看漂亮姑娘李红旗。我很长时间没有看到过漂亮姑娘了。

二

我们打算走沿海公路。从桃源镇到浅水湾只需一个半小时,也许一个半小时也用不了,这条高速大概是中国最安静的一条高速,即便大雾弥漫,把车开到时速一百五十公里也不用担心会发生追尾事件:整条路上可能只有我们驾驶的这一辆车。现在我们一身酒气,我最担心的是在收费口遇到麻烦,测酒仪曾让刘荣差点进劳教所。但四哥说,没事的,我们只是去看看李红旗嘛。在他看来,不做亏心事,不怕鬼敲门。为了表示对交警的蔑视,他又给我们念了一条关于交警的黄色短信。我们都信了他的话。或许,让三个醉鬼相信另外一个醉鬼,就像女人拿大乳房吓唬小孩子一样简单而从容。

在上高速前,我们看望了四哥的儿子。这是四哥的第二个儿子。本来他想要个女儿,可他老婆给他生了个儿子。他老婆骨瘦如柴,满脸沟壑,他们就给孩子找了个保姆。我们要去海边游泳了,四哥对他老婆说,把孩子给我看好,他要是老哭,你就给他嘴唇上涂点蜂蜜。他顺手扒拉着窗台问,蜂蜜还有吗?

他的借口无疑蹩脚,七九河开,八九雁来,现在刚过八九,而我们就要去游泳了。他老婆只顾给孩子换尿布,没搭理他。后来我们就真出发了。四哥的车开得很稳。像没喝酒那么稳。半路上老周又和刘荣吵起来。起因是刘荣劝诫老周不要在酒店谈论诗歌,这是件丢人的事,而不是光荣的事,也就是说,如果让另外一些食客,听到酒桌上衣着光鲜、神态正常的几个男人探讨诗歌,会怀疑自己不小心进了精神病医院。这样做非常不好。老周反驳说,那我们谈论什么? 我本来就是个诗人! 刘荣开导老周说,你不光是个诗人,还是个商人啊,你本来就是个不错的广

214

告商嘛。我们为什么不能探讨一些生意上的事？老周就不说话了。老周经营着一家小公司，专门给人做广告牌、灯箱。刘荣是开锹厂的，在他们村一百多家锹厂里算是小户，不过每年也有四五十万进账。他们村是个非常奇怪的地方，他们村最穷的人家，可能就是刘荣他们家了。

好了，你们别吵了，四哥说，我一个朋友马上来了。你们这样吵来吵去，多掉份儿啊。

后来，是的，后来，我们真就在高速收费路口见到他朋友。是个女的，长得不丑，也不靓，不年轻，也不是很老。她很像某个镇政府上的女干部，衣服粉艳，嘴唇糜亮。不好意思啊，她笑着说，我来晚了，你们去浅水湾看谁啊？

看李红旗啊，四哥说，我们去浅水湾看李红旗。

她问，李红旗是谁啊？

四哥想了想说，哦，李红旗是我们的朋友。

她嗯了声，朝着四哥笑了笑，然后坐到我身边。

车里就安静下来。只有刀郎憋着嗓子唱什么雪。刘荣就说，老周你把歌换换，这么恶心的歌，听了会便秘的。老周就坐在副驾驶的位置上，他摆摆手说，你让四哥换好了，我不知道怎么换。刘荣就说你他妈会干什么？收短信不会收，发短信不会发，你除了会写几首破诗，会做几个灯箱，会吃饭，会跟你老婆睡觉，还会干什么？一个男人，怎么能这么笨？老周头也未回，他

215

嘟囔着说，春天到……了，你爱上了……睡眠，我爱上了……奔跑……女人扑哧笑了，说，春困秋乏夏打盹，春天人就是爱犯困，她慢声慢语地说，我们计划生育办公室的，春天最忙了，庄里人就喜欢这时候怀孩子。刘荣说，你们镇上的人也是，人家想要孩子就要呗，交罚款不就行了？何必天天追着那些傻×老娘们上环？女人就点点头，不说话。刘荣又问四哥说，你怎么不给我们介绍介绍这位妹子啊？她是不是就是你的初中同学王小花？

女人很惊讶的样子，说，我就是王小花啊。天！怎么，你认识我？

刘荣说，常听四哥念叨你，不过，见你倒是第一次，你面善，看着怪眼熟的。

四哥就说，王小花你听他胡嘞嘞，他看着所有的女人都眼熟。

刘荣憨厚地笑了。王小花也笑了。我也笑了。只有老周没笑。他睡了。

李红旗是做什么的？王小花盯着四哥后脑勺，是那个轧片厂厂长吗？

四哥和刘荣是同行，也同村。在四哥那些朋友里边，百分之九十都从事着和钢锹相关的行当：从俄罗斯倒卖道轨的、用卡车从矿区拉铁精粉的、用轮船往肯尼亚拉锹的、卖锹模的、卖木质锹把的……四哥说，那个锹厂厂长叫张卫星，张卫星不在浅水

216

湾,在廊坊。

王小花哦了声,问,那李红旗是干什么的?

四哥说,这个……这个……她以前是摇滚歌手吧?是不是?他眨眨眼,扭过头问刘荣,她是不是以前在北京组过乐队?叫"盲肠"还是叫"条纹昆虫"?刘荣笑着反问,是吗?四哥说,是啊。我听过她的歌,叫什么来着?九三年我在北京打工那会儿,买过一盘磁带,全是摇滚的,其中就有李红旗,对了,叫《我的二分之一的身体》。王小花就说,这名儿挺怪。比我们村的王福还怪,他刚得个闺女,他媳妇叫母翠芬,你猜他给孩子取了个啥名?叫王母。我们笑了,继续扯淡。已走了近二十分钟。这二十分钟里,高速公路穿过了无数块麦田和一大片紫色洼地。洼地大概是废弃的农田,那些紫色植物无疑是紫云英。我从来没去过浅水湾,从来不知道去浅水湾的路上,要经过这么一大片紫色植被。我打算叫醒老周。平日里他见到墙角里爬行的一条蜥蜴,也能做上十来首诗。可他睡得很香。我想找人说说话,可我不想跟四哥说,也不想跟刘荣说,我想跟个女人说。

我把头歪向王小花。王小花目视着前方。她鼻子有点塌,嘴唇爆着丝缕白皮,右耳垂上还坠着个米粒大的肉瘤。这种肉瘤有说法,叫"拴马桩",长在女人耳上,就是用来拴男人和钱财。看来她是个有福分的女人。我刚想赞美她几句,她突然皱着鼻子说,你们听到煳味儿没?胶皮烤焦了的味儿?她把脸扭向我,你闻到没?

我说我有鼻炎,什么味儿都闻不到。她又问刘荣,刘荣说我鼻子里除了酒精味儿,就全是麦子味儿。这时四哥什么话都没说,将车停了,打开前盖,然后扒着车窗对我们喊,你们快下来,水箱都烧干了! 车里还有矿泉水吗? 拿出来!

我们仓皇着跑下车,四哥已钻至车身底下,他吩咐我们,将矿泉水全部倒进水箱。我们说已经没有矿泉水了。矿泉水全被老周喝光了。四哥在车身底下泥鳅一样钻来钻去,边钻边叮嘱我们,跨过高速的栏杆往下看,可能会有水沟,水沟里可能有水,用空矿泉水瓶子灌几瓶! 我们就跨过护栏,真就有水沟,水已解冻,边上拱着蕺菜。只有两个空瓶子,刘荣就和老周一人拿一个跑那边小心着灌水。这样跑了几个来回,水箱安静了,保险丝接上了,我们也坐到车里了。刘荣问,老周呢? 老周呢?

我们只好下了车,大声喊着"老周老周"。一会儿老周就从高速路下冒出头颅。使我们惊讶的是,他怀里抱着条硕大的黑鱼。是的,一条硕大的黑鱼。我从来没见过这么粗壮、黝黑、老实的黑鱼。它躺在老周怀里,鳞片在阳光照耀下仿佛一把把刀片。老周讪讪地说,他在灌最后一瓶水时,这条黑鱼就游过来了。他一开始不相信它是条鱼,而且是条如此庞大的鱼。可它真是一条鱼啊! 它游到他手边,身体将水草和芦苇秆挤得东倒西歪,他没有别的选择,只好把它逮住了。当然,如果它挣扎了,哪怕是轻微地挣扎了，他也断然不会逮它，他是素食主义者，信仰佛教已经多年，他怎么会贸然逮一条游到他手边的黑鱼呢？

我们面面相觑。刘荣说，也好也好，晚上我们可以接着涮鱼啊，要不就红烧，李红旗炖鱼很拿手的。王小花问，李红旗还会烧菜啊？四哥你真该向人家李红旗学习学习，男人要是会烧一两个拿手的菜，馋女人就被香味吸引来了。王小花说完很妩媚地笑。老周就说，李红旗又不是男的，拿四哥跟他比干什么？

王小花一愣，说是吗？听名字以为是个男的呢。原来是个女的啊？结婚了没啊？

老周说，结婚了。王小花很惋惜地叹息一声，真可惜……老周说，不过已经离了。王小花用手拨拉着老周怀里的鱼说，为什么离啊？嗯，也难怪，歌手有几个神经正常的？老周就说李红旗不是歌手，是诗人，诗人，懂吗？王小花说，诗人有什么不懂的？李白不就是诗人吗？我闺女都会背"窗前明月光"了！诗人和歌手没啥区别，离婚也很正常。老周说，你这么说就不对了，我也是诗人。我老婆一瞪眼，我可是要尿裤子的。王小花就说，那你不是诗人。老周问，那我是什么？啊？你说我是什么？我不是诗人，那我是个什么东西呢？我是个什么东西呢！

老周喝了酒，无论跟谁，都会变成个不折不扣的杠头。王小花知趣地笑了笑，没再接话。我对老周怀里的那条鱼已丧失兴趣。刘荣直勾勾地盯着前方。每个人都安静下来。四哥将车提了速,我只感觉到道路两旁的枫树一根根地急速倒退,那些打在树芽上的阳光一片片碎掉,又一片片诞生。那群绵羊何时出现的? 我记不起来了。车速太快了,杂生的葳蕤野草、不时打在车窗上的七星瓢虫、冲向天空的云雀以及不时从老周怀里掉到车座上的黑鱼让我有种眩晕的感觉。我方才察觉到我确实醉了。不光我醉了,老周、刘荣他们肯定也醉了。所以当王小花的尖叫声响起时,我们只是感觉到车身晃了晃,动物的惨叫声在车身摇摆的空隙扎着我们耳朵。

我们都出了身冷汗。

当我们围圈住那三只绵羊时,一只已经死了。

三

按照我的推测,这群羊的来历应该是这样的:有这么个羊倌,要么是个孩子,要么是个老人,在高速路边的荒地里放羊。羊吃饱了,羊倌的觉睡足了,他们就打算横穿高速公路回家。他们的家也许就在附近的村庄,因为这条路车辆稀少,他们已经习惯把它当成了一条没有任何危险和意外的乡间小路。

死掉的是只小羊羔。它的一条腿被轮胎压住,没有流血,但是它连一点挣扎的意识都没有,在我看来,这只小绵羊像是团洁白柔软的棉花被人塞到车轮下。它甚至没有发出"咩咩"的声音。它已经不会叫了。另外两只绵羊，一只被撞出三四米，一只撞出七八米。那只稍远些的正试图站起来，连续站了四五次，每次都瘫在那儿。

我们都围住了稍近的那只。我们都围住它是因为它浑身是血。

怎么会这样？王小花说，怎么会这样呢？你喝酒了就不能开慢一点吗？

我开得不快，一点都不快，四哥点支烟说，死了就死了，我们走吧。是它违反了交通规则，又不是我们。你说是吧？他朝刘荣嘿嘿地笑了两声说，要是人的话就糟了。我觉得四哥真喝高了，我觉得他不该在这个时候将动物跟人进行比较。他或许已然忘记了前几天刘荣工厂发生的事。刘荣只是低头，用粗糙的手指小心拨弄着那只羊的犄角，间或翻翻羊的眼皮。我从未在阳光下看一双将死的动物眼睛。它眼睛黑圆硕大，仿佛随时会从眼眶中滚出。

它流泪了，刘荣说，它竟然流泪了。刘荣的声音有点颤抖，他说，原来羊也会哭啊……

它真的哭了，王小花喃喃地说，它一定很疼。她说这话时似乎感受到了羊的抽搐，她的身体象征性地哆嗦了下，然后她试图去抚摸羊的嘴巴，当她的手即将触摸到时，却迫不及待地抽回。她果敢地从书包里掏出条手绢，将手指一根根擦了个遍。当她站立起来时,她这才发觉她的长筒丝袜怎么就染了血迹,她夸张地尖叫一声,一把抓住四哥的胳膊。我看到她耳朵上的肉瘤有节奏地跳着。她是真怕了。

我们别在这里耽搁时间了,四哥说,我们走吧,我们还要去看李红旗呢。老周呢?他嘟囔着,老周呢?我们走吧。大家上车!我说老周在做祈祷,也许在做法事,我们等会儿吧。四哥狐疑地环顾着四周。他太不了解老周了。他看到老周跪在马路边时突然放声大笑,他在干什么?四哥问,他不会真有毛病吧?我说他没毛病,他正在超度那只死掉的小羊羔。

老周的样子很虔诚,现在虔诚的人越来越稀有,我对他跪在那里一点都不感到滑稽或者突兀。前几天我们去刘荣家,我们去刘荣家是因为刘荣家出了点事:他家的一个雇佣工人,由于违规操作被电死了。我们去安慰刘荣老婆。他老婆是个心地良善的女人,他们给了死者家属八万块钱抚恤金,但他老婆仍夜夜做噩梦。就是在刘荣家,我第一次看到老周做法事。也许称不上法事,他的仪式简单明了,缺少一场正规法事应有的肃穆和烦琐。他只是在刘荣家的院子里,朝东南西北各磕一个响头,然后跪在那儿,撅着肥硕的屁股,弯着他永远直不起来的水蛇腰念念有词。我们都不敢上前阻止他。他一直在那里跪了十分钟,后来他从容地站起来,对面色苍白的女人说,你们家那个整天哭的鬼,已经被我劝走了,他再也不会来了,他已经被我送到天上了。

而现在,老周的举动让四哥厌烦起来,他对我们喊,不就是几只羊吗? 不就是几只羊吗? 大不了赔放羊的几块钱,至于这样吗? 你! 他指着跪在路边的老周说,给我站起来! 你! 他又指着蹲在那里观察绵羊的刘荣说,给我站起来! 他迅速地瞥我一眼,我只好笑笑。他继续嚷道,我他妈推了正经事,陪你们去看李红旗,你们却在这里穷酸磨叽,真不是东西啊! 他话音未落手机就响了。他迅捷地将手机放至耳边,对着手机吵,孩子哭了就给他喂点蜂蜜! 我不是已经告诉过你了吗! 蜂蜜在哪儿? 蜂蜜就在冰箱里! 没了? 没了就去买啊! 又不是没长腿!

他颇为气愤地关掉手机。他满脸通红。他本来是个个子高大、斯文有礼、思路清晰的商人,但他似乎确实对周遭人的行径感到愤怒。当然,他的愤怒并不能影响什么,老周仍跪着,刘荣仍蹲着,只有我跟王小花,颇为恐慌地盯住他。他叹了一声,皱皱眉头,说,我……我没喝多。你们别那样看我。

也许吧,他没喝多,喝多的是刘荣。他从绵羊身边站起来,直接奔向老周,然后他抬起右腿,朝老周的腰身猛地踹了一脚。在去看李红旗的半路上,在初春无聊的下午,我们看到老周在刘荣腿下倒了下去,他动作缓慢,有点像一个心生胆怯的学生在老师的胁迫下做了半个东倒西歪、颇为勉强的一跃前滚翻:老周的身体最后被高速护栏卡住,头朝下腿朝上,倒立的眼睛死鱼样绝望地望着我们,而他的双手依然保持着合十祈祷的姿势,另外,

223

他皮鞋带没系紧,所以在猥亵着捅向天空的两只脚中,一只穿着皮鞋,另外一只穿着袜子。刘荣踹完之后后退几步,呆掉,仿佛不清楚自己刚才做了些什么。在众目睽睽下,老周艰难地又做了半个前滚翻,这样,他双脚重新回归土地时的姿态是这样的:他背对我们而跪,跟事发前他跪在那里祈祷时一样从容淡定。

四

后面的事有点出乎意料,老周若无其事地站起来。他脸上满是尘土,嘴角滴答着血,我想一场只有两个男人的武力冲突就要无可避免地发生了。我一点不明白为什么会这个样子。我们只不过喝了点酒,我们只不过想去看看一个叫李红旗的漂亮姑娘。

老周嘴唇上的胡子动了动,他没单瞅刘荣,而是像一个即将布道的牧师一样审视着我们。他说,你们不要不理解我,我只是想说,难道我为一个刚死掉的孩子祈祷两句,也错了吗?

我们不知道他要说什么。我们一致认为他疯了。

你什么意思?四哥问,什么孩子?

你们真的不知道?老周诧异地问,刚才一个孩子,就是放羊的那个孩子,被车撞飞了。我想他现在一定是死了。

你别胡说八道!王小花说,你别吓唬我们!你有病啊?你怎么能这样呢？刘荣只不过踢了你一脚而已。

我没吓唬你们，老周说，我根本就没喝多，车上也没睡，一直醒着。那个孩子就在羊群中间来着。我很清楚地看到他被撞飞了……就像弹弓里的煤核儿那样飞出去。我猜他……他可能被撞到高速公路下面了。可我刚才绕着周边走了走，没找着。你们说，他会去哪儿了呢？他能去哪儿了呢？他总不能像日头下的雪人那样融化掉吧？

我们都看着四哥，他是司机，他应该最清楚。四哥沉默了会儿，说，我觉得这完全……不可能，你们不是不知道，我喝酒从来就没喝多过……就算喝多了，也从没出过事！你们别这么着瞅我！干吗啊你们？你们别这么着瞅我！你们都疯了啊？不过……你们要是不相信我，那么，还是四处找找吧。一群疯子……

我们分成两组，对高速公路百米之内进行了搜查。像我们冥冥中期盼的那样，我们没有发现任何人。我们发现了另外一只被撞到斜坡上的绵羊，发现了一只野鸡早已腐烂的尸体，发现了一辆生锈的自行车，发现了从紫云英里蹿出的兔子和一箱康师傅方便面，但没发现所谓的孩子。

我真没撒谎，也没跟你们开玩笑……老周解释说，我……我说的是实话啊。他说他说的是实话，但是他没敢跟我们对视。毫无疑问，只有心虚的人才不敢正视他人的眼睛。大家的神经这才松懈,四哥说,虚惊一场,虚惊一场,幸亏是虚惊一场。要是真出了人命,我们就看不成李红旗了。你们都说李红旗漂亮,四哥的腔调油滑起来,她漂亮到什么程度? 有没有台湾的名模林志玲漂亮?

林志玲漂亮吗? 刘荣说,她只是长了两条嫩腿而已。人家李红旗可是真正的漂亮。漂亮到什么程度? 他看了看王小花说,都快赶上我们王姐了。

王小花的脸色就不好起来。她说,你们甭拿我开涮。拿我开涮有什么意思呢? 我只不过是个乡镇干部,天天跑着给妇女上环,挨着村发避孕药具,比不了人家,是诗人……她开始只闷着头,摆动着脖子上的纱巾,后来她抬头看着四哥。她说,原来你来浅水湾,只是要看这个叫李红旗的女人啊。

四哥笑着说,是又怎么了? 不是又怎么了? 你还吃醋了?

王小花说,是啊,现在我也只有吃醋的份儿了,不是以前了嘛,现在你有的是钱,几千万也有了吧? 甭说什么美女诗人,就是找个明星什么的,人家也会愿意。谁管你是不是农民呢……

四哥咳嗽了两声,刘荣碰碰我,于是我就说话了。我是这么说的,我说,王姐你还当真了啊? 他们逗你玩呢,李红旗是一男的,我的好哥们,北京的导演,他带老婆来浅水湾度假。他可真是个好人。我从来没见过这么好的人。跟四哥一样好,嘿嘿。你看过电影《好多大米》没? 那就是他拍的。

王小花哦了声说，是吗？是男是女，晚上不就知道了？

我觉得这个王小花有点傻，不是一般的傻。她又嘟囔了句什么，声音小得像来自一只蜜蜂的嘴里。不管怎样，现在我们的心里应该都踏实了，除了老周仍在伤心外，我们都不由赞美起今天的天气来，后来由天气谈到地里的庄稼，尽管四哥刘荣他们现在没有地了，但这不妨碍他们怀念种庄稼时的美好时光。四哥吹嘘他是个点种子的高手，而刘荣则怀想起他在水稻田里写小说的往事。他说那个时候浇稻秧缺水，村里的人要排队等候，等轮到他们家，已是夜里十二点，在漆黑的夜晚灌溉庄稼是件枯燥的事，于是他就趴在垄上，打着手电用铅笔写小说，鼻子里全是稻叶的香气，耳朵里是水泵哗啦着抽水的声响和青蛙呱呱的叫声，虽然手臂和小腿被蚊子叮得红肿，但一点都不觉得困乏……我不明白他们说这些话是什么意思，我觉得他们完全没有必要回味那些"陈芝麻烂谷子"，我打断他们说，我们该出发了，再这样磨蹭下去，李红旗会等得不耐烦。

四哥说，我们等了这么半天，放羊的人还不来，说明这群羊可能是偷着跑出来吃草的。我们把这些羊搬到一起，放些钱，就算是尽了我们的一份心意了。除了老周，我们都对四哥的这个建议表示满意。在搬那些绵羊之前，刘荣对老周说，他为他刚才的鲁莽和暴力表示歉意，他也不知道他为什么会做出如此不可思议的行为……他还没有说完，老周突然放声大哭起来。他的哭声悲怆而饱含着无尽的忧伤。于是刘荣继续安慰他说,他动手其实也是有缘由的,老周到他们家做法事之前,他老婆只是偶尔做些噩梦,而他做完法事之后,他老婆则是接力赛跑一样整夜做噩梦,后来他老婆不得不吃大量的安眠药以保持必要的睡眠和精神上的清醒……说着说着刘荣抽噎起来,我从来没见过这个扎着马尾辫的男人哭,他不停地擦拭着眼睛,同时双手抓住老周的身体不停摇晃,有那么片刻我甚至害怕老周会再次被他不留神推到高速公路之下。还好老周并没有对他这种道歉方式表示反感,相反,他又开始唠叨他老婆了。

当然,我知道他要说些什么,他已经无数次在酒桌上提到那些令他头疼的旧事,他会因这些旧事更加仇恨他的老婆,并且促使他做出惊天动地的举动:他要和他老婆离婚……果然,他又提到"体检事件"了,所谓的"体检事件"就是有次他喝多了,和衣而睡,他老婆怀疑他在外边搞过小姐,就伸手摸他下体,摸了会儿没反应,这更加坚定了她的怀疑,那天恰好停电,他老婆就拽下他的裤子,用手电筒来回照他的生殖器,照他的胸脯,照他的脖子和耳朵,照他的嘴唇和胡子,照他的屁股和大腿,他老婆把他彻底检查了一遍,却不知他还清醒着……还有更多的诸如此类令人难以启齿的事情,都发生在诗人身上,所以诗人在五年前就下定决心离婚,但每次说出来,都被他老婆抠得满脸开花。而诗人是从不打女人的,这正是他屡遭伤害的重要原因。

你们这样,多没意思啊,多大的老爷们了还哭啊?王小花说,我们快点走吧,我还等着看看那个导演李红旗呢!她说话的口吻让我很不舒服,四哥已经去高速的斜坡上搬后来发现的那只绵羊,于是我主动提出,和她一起抬那只满身是血的绵羊。她犹豫了下就爽快地答应了,看来她真的想快点离开这个地方。本来我想抬绵羊的腿,让她抬绵羊脑袋,可她说,她怕看到绵羊的眼睛。我只好同意。走了没几步,她突然停了,她说,她看到绵羊的肚子在动,不是一般的动,而是动得很厉害。我们就把绵羊放下,仔细看了看,这一看不要紧,王小花脸色煞白,她说,这只绵羊马上要分娩了!我说多可笑啊,怎么会呢,它都死了。王小花说,我干了这么多年的计划生育工作,虽然不跟牲畜打交道,但这种事还看不出来吗?你没看见吗,小绵羊的头马上就露出来了……我没看绵羊,我只看她。她大抵被吓到了,她大声地呼喊着四哥的名字,声音像被马蜂蜇了似的。等四哥过来,乳羊的头真就一点点探出来。刘荣和老周也都跑过来看。于是我们就围着这只正在分娩的绵羊抽烟。母绵羊连叫都不叫,那只小绵羊动弹得倒是厉害。后来也不动了。我们看到的情形是:一只死掉的绵羊瘫在高速公路上,两只后腿间夹着一只小小的羊头。

四哥拎起这只绵羊,把它甩到另外一只绵羊身上。他笑着说,操他妈的,今天遇到的都是些什么狗屁事啊。真邪乎。

你干吗那样扔它啊？王小花问。

怎么扔不一样？一只死羊嘛。

你怎么这么说呢？羊崽还没生出来。

生个屁！死人能生出孩子来吗？啊！四哥大声说，我们不要管那么多了！我们走吧！我已经烦透了！

王小花说，你怎么这么浑！她睁着一双小眼睛，不相信似的看着四哥。

我就是浑，怎么着吧？四哥把那只绵羊重新拎起来，一下子扔到高速公路下的水沟里。

王小花突然哭了。这是今天下午我看到第三个人哭。毋庸置疑的是，王小花哭得最伤心也最为得体。为了避免将自己的衣服弄脏，她一直伸着脖子哭，后来可能觉着不雅，就坐在马路上一心一意地哭，她哭得那么认真，让我也忍不住伤感起来。偶尔有轿车和拉铁精粉的大卡车从我们身边呼啸着奔驰而过，司机在呼啸的风声中探出头颅回望下我们。再后来，王小花就不哭了，她对四哥说，她终于明白十二年前他为什么不陪着她去医院了。她也只说了这么一句，然后她就跟跄着穿过齐整的灌木丛，走到高速公路的那一边，很明显她是在往回走。她想一个人走回家？她不想跟我们一起去看李红旗了吗？

刘荣、老周和我都想过去把她央回来，天马上要晚了，她一个人很不安全的。然而四哥厉声喝住了我们，他说，她想走就

230

走！我不相信她敢一个人回家！她那胆量我还不了解！你们谁要是去央她，我他妈就跟谁断交！你们听到没？你们没长耳朵啊！

我们意意思思地走两步又停两步。有风吹过，将压在绵羊身下的钱吹跑了，老周就转身跑过去捡，刘荣看了四哥一眼，又着腰看着渐行渐远的王小花，我呢，我什么也没干，我看到老周逮的那条黑鱼不知怎么从车里蹦跶出来，在路面上不停挺动着身体。后来，是的，后来，我觉得好困，我觉得如果再不睡上一会儿我可能马上就死掉了，于是我在高速公路边躺下，伸个懒腰，望着头顶上大海般的天空，睡了。

草莓冰山

一

　　新搬来的拐男人,天气若是好时,总要抱着孩子去井边玩。那是口废井,水还旺着,水面杂生着碎叶睡莲,有时能听到青蛙和昆虫的嘶鸣。孩子喜欢跪在井边的倭瓜秧里逮蝈蝈,蝈蝈青绿肥硕,她把蝈蝈的翅膀掰下,圆肚塞进嘴巴,然后盯着别人,老牛反刍似的咀嚼。她好像长期处于某种饥饿状态。那个夏天,这个被男人称为"小东西"的小女孩,时常套着条裤衩,光着胸脯,被她父亲用右臂揽住腰身,站在午后的大街上,张望着行人。

　　如果来我的商店,男人通常把小东西搁在店前的沙堆上,自己寻了凳子坐,透过玻璃晃着她。有时一个顾客也没有,房东的狗卧在屋檐的阴影下,恹恹地啃着骨头,而我,也没心情翻那本侦探小说,就点支香烟,有一搭没一搭地和他闲聊。他的瞳孔是棕色的,乙肝患者那种,得体而机警地目视着我,点点头,要么含混地摇头——类似大多数北方山区的农民,他也是个嘴拙舌笨的人。偶尔他眼神游离,去笼小东西。小东西捧着沙子,手合成沙漏,沙子便没有声息地流。有时她扭了头,咿咿呀呀地和男人说话。她属于那种说话晚的孩子,我听不懂她嘟囔些什么。

那个夏天暴雨连绵。我一点不喜欢夏天。下雨的时候,我也得套上雨披胶鞋,蹬着辆"金牛蛙"牌破三轮车,赶学校接孩子们。两个男孩和一个女孩,我没问过他们的名字,也许问过忘记了,我的记性是越来越糟了。他们都白白胖胖,是那种典型的营养过剩的孩子。跳上车后,他们大声地吵个不停,厨房里的蟑螂一样放肆,即便下雨了,也龟缩在雨衣里,坚持互相咒骂。也许,他们认为这是最愉快的功课吧。我怀疑两个男孩都暗中喜欢女孩,这样,他们的争论让我隐隐厌恶起他们的早熟。

把他们挨个送回家后,我敞开店门,等着快下班的工人,来买便宜的杂货。"你真勤快,"男人说,"现在,像你这么肯吃苦的小伙子,不多了。"

心情好时,我告诉他,我其实是个懒鬼,衣服生了虱子也不洗的那种人。我现在这么勤快,只是我想攒笔钱,"不是为了娶老婆,"我解释说,"我需要一笔路费和生活费,我想离开这地方……"

他会盯着他女儿说:"哦。"良久才转过头,机械地扫扫我,再去看他女儿,同时喃喃着叹息道:"哦……是这么回事……哦。"

233

尽管我们是邻居,但我很少去他家。偶一次替房东大妈收电费,才发觉他租的这两间房子,远不如我租的那两间敞亮,由于是面西背东,都夏天了,还那么阴。斑驳的墙壁上爬着肉乎乎的潮虫,竹节蜘蛛在水缸沿编了密网,网上粘着死掉的苍蝇和蜜蜂。我拿碗去水缸里舀水时,碗里游着条红褐色的蜈蚣。

"你们这样,会很容易生病的,"我警告他说,"你要是生不起病,最好在屋里喷些杀虫剂。"

"好的好的,"男人慌乱地说,"你们家……有杀虫剂吗?"

他借走了我的杀虫剂,再也没还我。他还经常来借些似乎不该借的东西,譬如粮食,"半袋就行,"他喏喏地说,"这阵子手里紧……没钱买米了。"除了大米和面粉,他借过的东西还有:汤匙、麝香壮骨膏、一双再生底的塑料拖鞋、半瓶山西老醋、一台我祖父留给我的"牡丹"牌收音机。气温高达 39℃ 的那几天,他从我的店里顺手搬走了几个西瓜,"你记账吧,"他说,"等我有钱了,马上还给你。"他说话的时候脸有些红。我很少看到成年的男人脸红。

"好吧。你缺什么就拿什么,"我说,"不过,你老婆要是回来了,别来跟我借避孕套啊。"

"好的好的,"他说,"我老婆就该来看我们了啊,"他有点得意,"你没见过我老婆。她在城里上班。她……很漂亮呢。就是有点黑。"

234

我觉得他是在撒谎。也许他根本没老婆，没准这个小东西也是个弃婴，被他抱来收养的。谁知道呢？我对别人的兴趣不是很大，除了那个每天从我商店门口经过的姑娘。

二

这姑娘在清水镇的手套厂上班。她眼睛近视，总是眯缝着眼睛骑自行车，下午六点，太阳光很柔，她还是戴着顶宽檐的白色草帽。我怀疑她上学时练过铅球，她裙子下隐露的小腿粗壮光滑，蹬起自行车来肌肉一绷一弛。她不怎么会打扮，有天她穿了条蓝色花点裙子，脚上却套着双红白相间的厚短袜。

"她真像匹斑马，"我对男人说，"精神啊，真他妈精神。"

男人对我的赞美不发表意见。

"听我说，她们家离这里肯定很远。信吗？她骑自行车总是这么快。她妈肯定在家等着她吃晚饭呢。"

男人有时候听腻歪了，就说："你要是喜欢人家，找个媒人介绍介绍。"

我会嘻嘘着问："她漂亮呢，还是你老婆漂亮？你老婆什么时候来看你们？"

"快了，快了。"他说，"她要是没时间来看我们，我们就坐着火车去看她。"

后来的某个清晨,他真的带上小东西去看他老婆了。他说他老婆在青岛。我知道青岛离我们这里很远,但是我不知道远到何种程度。男人出门之后我曾找了张《中国地图》,用食指比画了。北京离我们这里是一指,青岛是一指半,而我知道,北京离我们这里足有一千里地。那天他隆重地向我辞别,并且跟我借了两百块钱。他显得很不好意思,"你是个好人,你放心,等我回来,我会连本带息都还给你。"我说利息就算了,"那哪行呢?"他坚持说,"利息是肯定要付的,而且要比银行的利息高。"他振振有词的样子让我觉得他有些啰唆。

　　当然,更啰唆的好像不止这些。他犹豫片刻说:"你能再借给我双袜子吗?"他脱掉鞋,脚趾便从袜子里露出来,"我……我穿着双破袜子去看她……会被她……笑话的。她是个喜欢干净的女人。"

　　我只好又借给他两双袜子。我这辈子最幸运的事,应该就是碰上了这么个好邻居。他颇为激动地攥着两双袜子,想说点什么,但也只是伸出舌头舔了舔嘴唇。这样,在那个夏日清晨,这只老袋鼠,揣着小袋鼠,坐着火车去找他们的母袋鼠了。我开始后悔借给他两百块钱,他真要是不回来了,他的那些账,还有我的两双袜子,找谁要呢? 可是我想想更倒霉的是房东,那个退休的老太太根本不晓得男人走了,估计房租要泡汤了。

　　早晨、中午和晚上,我还是定时定点接送三个孩子。只不过那个箍着牙齿矫正器、本来就患多动症的男孩,创造了一个危险性游戏:他让另外两个孩子按住他的脚踝和大腿,上半身倒仰着,像一扇被剖了胸膛的猪肉,从三轮车里骄傲地摊出去,同时他的胳膊模仿着各种动物的舞蹈动作。因为他这个高难度的游戏,我被十字路口的交通警察罚了十块钱。之后我就把这孩子的活儿给辞了。傍晚时,斑马姑娘仍要路过我的店铺,不过她从没瞥过我一眼。我想我的好日子什么时候才来呢。我总是对我自己说,我要离开这个小县城了。我要离开这个穷地方,去城里走走。我一身的腱子肉,怎么都不会饿死,我的理想是到城里的工地上做个建筑工人,开着吊车运钢筋和水泥板,要是做不成建筑工人,我就去当演员。我长得比我们县的那个男播音员强多了。演员做不成,我就去唱歌。我的嗓门比电视里那些唱美声的胖子们还亮。当然,如果连歌手也做不成,那么,我想,在饿死之前,我就再回到清水镇。

三

我没料到半个月后,男人就带着小东西回来了。看来他确实交了好运气,腰板挺得直直的,那支椿木拐杖换成了不锈钢的,虽然刚下火车不久,还能瞧出来头发是打了发胶的。小东西鼹鼠似的尾随他身后,穿着双花里胡哨的新凉鞋。远远地他和

237

我打着招呼。他还了我的两百块钱,并且执意付我十块钱的利息。"你不能不要,不要就是看不起我们。"他说话时使用了"我们"这个词,说明他好像真的找到了他的老婆。看来他老婆在城里混得不错。

使我惊奇的是,小东西说话突然清晰了许多。她坐在沙子上,抠着自己的新凉鞋,说:"草莓……冰……山。"

"草莓"两个字她说得无比清脆。草莓冰山?大概是一种冷饮的名字了。

"你老婆好吗?"

"好的,好的,"男人说,"就是瘦了。"

他说话时没什么表情,眼睛愣愣地盯着小东西,小东西吮吸着手指说:"草莓……冰……山。"

她的瞳孔在烈日下保持一种贪婪的淡黄色。她好像胖了点,头发黑了点,她还换了条新裙子。这些好像都是情理之中的事情。另外她多了个新玩具,一头毛茸茸的狗熊。她把狗熊抱在怀里,时不时伸出柔软的舌头,舔它的圆鼻子。她好像已经学会了如何亲吻别人。

男人手里有了钱,便很少来我店里闲坐,他比以前更为沉闷。隔三岔五来店里一回,买一块五一袋的东北三宝酒。这酒是用人参、枸杞泡制的粮食酒,喝起来就跟用刀子割喉咙似的,刚喝下去没酒劲,过半个时辰胃里就像倒了瓶硫酸。"你少喝点,小心胃溃疡。"男人不回答,只是用手点着零钱。

"我要去看我老婆了。"半个月后他说,"小东西想她妈了。她想吃草莓冰山了,她连做梦都舔舌头。"

这次他没和我借钱,他租了辆夏利,直接把他们送到百里之外的火车站。我帮他把一个破行李塞进出租车的后备厢,又把从小东西手里掉下的狗熊捡起来给她。她蜷在男人的怀里,小得像只早产的猫。"一路顺风啊!"我对他们父女俩大声地嚷嚷。

他们是十天后返回的。如果没有记错,这次和上次没什么明显区别。只不过小东西的狗熊不见了,怀里紧紧地搂着天线宝宝和樱桃小丸子。她头上戴着维吾尔族的花帽子,很多条假辫子将她的额头衬托得小了些。她好像还认识我。

四

这个燥热的夏天,青岛变成了我最熟悉的城市。当然,他们频繁的旅行并没有让我对青岛这座城市了解得更多。我想象着他们一家三口在街心花园散步,想象着他们一起到冷饮店吃冰激凌,到烧烤店吃烤鱿鱼和烤蚕蛹,或者到海边逮海鸥,我对城市的向往便会更强烈。我已经做好准备,等明年开春后,也像我的邻居那样,坐着火车,去城里看看。我长这么大,还没坐过火车。

我对男人的老婆没好印象，每次都是男人拖着瘸腿和小东西去看望她，她却一次不回来。男人很少提及她，即便提及，也只是概括性的描述，譬如"她漂亮着呢""她有点黑""她喜欢吃椰子""她抽烟""她带小东西去吃汉堡包"，诸如此类模糊而又高度抽象的话。随着频繁的青岛之旅，男人的脾气暴躁起来，也许，是对女人的想念让他有些焦躁？有天早晨我听到隔壁摔盘子的响动声，接着小东西纤细的哭声尖锐起来。我过去的时候他正朝着小东西叫嚷："吃吃吃！吃屎啊你！你除了吃还会干什么！"

看到我他就噤了声。我把小东西抱起来，她嘤嘤地抽泣，排骨胸脯小心伏着，我听到她说："妈姆，我吃冰山……妈姆……妈姆……妈姆……"

我抱她出了屋子，给了她支草莓雪糕。在日头底下，我发现她的胳膊上全是瘀伤，红一块紫一块的。一定是男人动手打她了，而且不是那种简单明了的殴打，是用手指掐的。这种打孩子的方式明显是女人式的恶毒。我不由愤怒起来。男人坐在门槛上抽烟，我对他破口大骂的过程中，他比哑巴还哑巴，最后我威胁他说："你要是再打小东西，就把从我店里赊的账全还了！妈的！把我的收音机也还我！"

他的头快要埋进裤裆里。后来他真就把头埋到裤裆里了。

我的警告和劝阻并没有发挥多大作用,我仍常听到他咒骂小东西。兴许他是个好面子的男人,尽量把声音压得很低,可歇斯底里的咒骂声仍不可避免地通过劣质墙板清晰地传过来。他掌握的脏话有限,他的吼叫声显得陈旧而缺乏新意,"贱货!婊子养的贱货!""你妈早把你忘了!"……这些言辞经常在深夜伴随着小东西尖利的哭声,在我的房间里蜜蜂似的颤抖着嗡嗡乱飞。

他和我的关系淡薄起来,很少来我店里闲逛,甚至也不来借东西。我倒觉得这样有些不妥。那个斑马姑娘也有阵子没从门口经过了,我很少看到她戴着性感的墨镜和帽子,海豚一样游过我的眼睛。我怀念起她粗壮大腿的同时,对邻居的歉意也萌生出来,有天我买了只南京斑鸭,给小东西送过去。在门口,小东西正独自玩。她拿了把破工具刀,割樱桃小丸子。她已经把樱桃小丸子的肚子剖开了,撕扯着肚子里柔软细琐的海绵。

"叫叔叔。"

她面无表情地乜斜我一眼,继续去割樱桃小丸子的脖子。然后她一把就将樱桃小丸子的脑袋拧了下来。

"叫叔叔啊。"

她盯着我,半晌才缓缓地、一个字一个字地说:"贱……货……婊……子……"

"你说什么?叫叔叔啊,叔叔给你鸭子吃。"

她用手撕扯着海绵，盯着地面上自己的影子说："贱……
货……婊……子……"

那只鸭子被我自己吃掉了。我对邻居的态度恢复了那种鄙
夷的状态。这个猥琐的家伙，什么时候搬走呢？

五

男人的脾气变好的同时，手里的钱似乎也宽裕起来。从第
一个陌生女人踏进他们的厢房，陆续有些日子了。我很纳闷男
人是如何联系到这些廉价夜莺的。

这些鸟都长着鲜艳的羽毛。有时她们顺便来我的商店里买
东西，譬如香烟或者汽水，还有个女人问我店里卖不卖避孕套，
而且要那种双层加厚外带水果味的避孕套。我喜欢盯着她们
看。我看不出她们的年龄，在夜晚不太明亮的光线下，她们的脸
型和眼睛都差不多，我只是恍惚闻到一张张红润的嘴唇散发出
苹果糜烂的香气。通过她们的口音我才敢断定，她们并非是同
一个人，而是很多的人，或者说，是很多只卖肉的鸟。我想男人
是疯了，不是他疯了就是这些女人疯了。

男人遇到这种情况，会把小东西支到我的店里。我们就坐
在板凳上看电视。她喜欢爬到我的腿上，双臂吊着我的脖子打
秋千。电视里通常放映着一些清宫戏，我看不太懂，孩子也没有

兴趣。有时候看着看着，我们的眼睛就互相对视，我朝她笑笑，她只是望着我，脸上肌肉僵硬。她的眼睛越来越大，深陷的眼窝像投到屏幕上的黯影。实在没意思，她换上我的大拖鞋，在屋子里跳格子。跳着跳着她就发呆，盯着身后的格子动也不动，我在她木偶般晃动的影子里，时常听到隔壁的叫声。我知道那是什么声音，我感觉到我体内的一些不安分的因素在萌动，我真想拿把镰刀阉了这男人。小东西什么都不懂，玩得腻了，就爬上我的床睡觉。她从不和我说话。她睡觉的时候眼睛是半睁着的，我总是怀疑她其实是醒着的。我甚至怀疑她什么都懂，和大人一样懂。她只是患了自闭症。

我去他们家拿我的扑克牌的那个晚上，月光很白。男人这段时间迷上了占卜，白天的时候经常和房东大妈用扑克算卦。门虚掩着，我挑开门帘，然后我看到了另外一些我意料外的事情。没开灯的屋子被月光映得很亮，男人的身体像尾草鱼扑腾着，同时伴随着哗啦哗啦的水声。女人的喘息声并不明显，细细的，从喉咙里一丝一丝挤出来。男人嘴里不时冒出一两句脏话，恶狠狠地，牙齿似乎都咬碎了。他们并没有发现我。

我突然想撒尿。我觉得我必须撒泡尿。我转身逃离房间时，脚底下似乎绊到了什么东西，我以为是凳子，小心着用手去扶，然后，我摸到了一只温软的小手。是小东西。我蹲下身时几乎要踩到她。原来她就蹲在墙根下。我看不清她的脸，我只是

243

摸到了她的头发,水淋淋的,后来我摸到了她的眼睛,也是水淋淋的。我把她抱在怀里,她的身体一直哆嗦着。好像很冷。

在我的房间里她也不说话。她只是瞪着一双眼睛。我等着男人做完事后把她抱走。她在我怀里一直哆嗦着。我真怕她就那么着死了。

六

好歹天气爽了。是一下子爽起来了。除了接孩子们上学放学、开商店,我在一家"爱心服务中心"接了份新活:用那种坚硬的麻花钢丝,通上电源,帮居民楼的住户通堵塞的下水道。我还算喜欢这工作,钢丝在隆隆的躁响中钻进黑暗中的洞穴,下水道就汩汩涌出淤泥、头发、糜烂的避孕套和香烟头。这种连轴转的状态让我没时间去琢磨别人的事情,我甚至淡忘了斑马姑娘。我很少在吃饭时扒着柜台等她下班。晚上也通常早早睡了。我的梦很脏。有天我梦到和女人做爱。令我焦急不安的是,我看不清女人的面孔,只是和一双修长饱满的大腿纠缠,这让我口干舌燥。在一阵麻冷的涌射中我突然惊醒过来。原来有人敲门。

是个女人。店里有些黑,看不清模样。她在食品架上搜寻着,最后怀里堆得满满的,凑到白炽灯泡下问,"你……有雪糕吗?"

她要了两支草莓味的雪糕。她说话的声音有些奇怪,很明显是蒙山一带的,有些艮,可不是纯正的蒙山话,她的舌头似乎打了卷。付了钱后她没着急走,而是从身上摸索出盒香烟,抽出一根,在掌心戳了戳,皱着眉头说:"哥们,借个火。"我递过去,她划了两根才点着,点着后她猛吸了两口,烟雾从鼻孔里徐徐地喷出。然后她走开了。我这才看清,她穿着一件勒腰的网衫,银白色的,后面露出一大片浮白。

　　第二天,我在房东的院子里看到了她。房东的院子里栽了好些向日葵,刚暴出黄色的花盘,房东的孙女和小东西围着那口井追逐,她和房东就站在一排向日葵下,抱着胳膊说话。后来房东进了屋,她就把小东西招呼过去,在井沿边坐了,唱歌。说实话,她长得还没有斑马姑娘漂亮,皮肤黑,眼窝凹陷,个子矮矮的。她唱的歌我没听懂,大概是另外一种方言了。声音也有些沙哑,像是迟钝的玻璃刀滑过石灰墙壁。

　　如果我没猜错,她应该就是隔壁男人的老婆了。

　　我没想到,晚上的时候,男人拎着两瓶酒过来。他有阵子没和我交往了。他扔了拐杖,拖着条腿自己寻了两只瓷碗,把酒倒满了。"我老婆回来了,"他的眼睛像快要熄灭的烟头,轻轻一吸就忽闪着明灭,"她……来看我们了,"他小心着咳嗽两声,把碗端平,"今天我请客,喝吧。"那个晚上,我们把他老婆从青岛带回来的两瓶洋酒喝得精光,我们的舌头都大了起来,他是何时哭起来的,我也记不清楚。他哭的样子有些奇怪。他蜷缩在墙角,双臂紧紧地箍着他的瘸腿,肩膀一颤一颤,偶尔他抬起脑袋,捏着发红的鼻子擤鼻涕。擤完鼻涕,就把手在鞋帮上蹭蹭,埋了头继续哭。我劝他快去睡觉,他半晌盯着我说,"她明天就走了,"他说,"她都不让我碰她……"

我说也许是旅途劳累没有心思吧。男人晃着头说不是,"你不知道……你怎么会知道呢……她是我花了两万块钱买来的,"他伸出食指和中指,摇了摇,"两万块啊……两万块。我这辈子就攒了两万块……生完小东西……她就不让我碰她,跑城里打工了。"我说她在城里混得不错。男人哭的声音愈发大起来,"我担心她再也不会回来了……她连普通话都说不好……她总也记不住我们村子的名字……我真怕哪天把她丢了……你说我们爷俩要是把她丢了,我们活着还有什么意思呢?可我恨她……我找女人是因为我越来越恨她……"

我想他真的喝多了。我也喝多了。酒喝多了,眼里看到的东西就破碎起来,声音也会变得破碎起来。我把他搀扶到他家。屋子里的灯还亮着,他老婆怀里抱着小东西,似乎就那么着睡了。

七

女人是第二天早晨走的。她拽着一个硕大的皮箱拱进汽

246

车。太阳还没出，天空很干净，街上飘着起猪圈的粪味。男人抱着小东西站在门口，不住地朝汽车摆手。小东西好像还没睡醒，头枕着男人的肩膀，闭着眼，手里抓着一只长颈鹿玩具。随着男人大幅度地摆手，长颈鹿一荡一荡地磕着男人的腰。

我是越来越不喜欢这个小镇了。我已经攒了八千块钱，准备随时离开。我辞退了接送孩子的零工。两个孩子的父母为我的行为感到惋惜，他们叮嘱我要是重操旧业，一定先想着联系他们。"爱心服务中心"的活儿我还接着，和在商店里日复一日地站柜台相比，我更喜欢接触那些不同的面孔。盯着黑色的污垢从下水道流淌出来，我会暂时忘记斑马姑娘和我的邻居。

女人回了青岛后，天气若是好时，男人总要抱着小东西来商店里坐坐。女孩对门前的那堆沙子失去了兴趣，她更喜欢钻进草丛逮昆虫。她把逮到的蚂蚱、瓢虫、金铃子和螳螂关进一个玻璃瓶子，然后搬了凳子，和她父亲并排坐着，看着路上不多的行人。他们仿佛两只布满灰尘的玩偶，在太阳底下暴晒着，我隐约能听到他们的骨骼噼啪噼啪轻响着。有时我出去了，便让他们父女俩帮忙看着商店。他们对售卖商品很感兴趣，尤其是小东西，最喜欢从货架上拿东西。作为回报，我允许她随便吃冰箱里的雪糕和冰激凌。她和他父亲一样不爱说话，和她讲话时，她只点头或摇头，也许她真的变成一个哑巴了。

他们是在秋天搬走的。他们的行李不多，总共装了两个纤维袋。男人雇了一个人,帮忙送到汽车站。女孩拖着件过膝的黄毛衣,像是新的,手里攥着几件肮脏的玩具。男人把借我的东西统统还了回来,再生底的拖鞋、"牡丹"牌收音机,包括一瓶快用完的"枪手杀虫灵"。还这些零碎的东西时他没说话,只是撅着屁股,一件一件整齐地摆到地板上。

"我们要走了。去青岛。"他说,"小东西大了,我一个人哄不了,"他递给我支香烟,"你放心吧,我们找到她妈后,就在郊区找处房子。"他拍拍我的肩膀说,"你哪天要是来青岛,记得到我们家喝酒。"后来他热忱地握住我的手,似乎想说些什么。后来他真的说了,"你别追那个斑马姑娘……"他的声音很小,"……你不知道,我和她睡过,很便宜的。这样的女人,怎么能做老婆?"

我没说话。我的胃里很不舒服。我轻轻掐了掐小东西的脸,"和叔叔说再见。"男人对我的反应似乎有些尴尬,他咳嗽了两声继续念叨:"是她主动的……不是我……我知道你喜欢她的。"

小东西走过来,把玩具扔到地上,犹豫了片刻,然后,掐了掐我的脸。她的手指还是那么瘦。

"叫叔叔。"

她的指尖滑过我的耳朵、鼻尖、脸颊。

"叫叔叔。叔叔给糖吃。乖哦。"

她的指尖再次滑我的脸颊、鼻尖,耳朵。后来她的手指蹭着我的耳郭。她的手指在我的耳郭处停了十三秒。我想我以后再也看不到她了。

"和叔叔说再见吧。"

她转身离开我。一句话都没说。后来她又走过来,搂着我的鼻子亲了下。也许,她把我当成她的狗熊玩具了。

八

他们走后,我再也没有他们的音信。秋天很冷,我不知道他们在青岛混得如何。男人能做些什么呢,好像是个笨拙的人,不会修电器,不会修钟表,也不会像盲人那样走街串巷替人算卦,单靠女人,应该也不容易的。我做好了随时准备走的打算。我对斑马姑娘也不抱什么想法了,也许,我根本就从没对她抱过什么想法。我不相信她是那样的人,打死我也不信,那只是男人意淫而已。她怎么会看上他呢?即便他给她钱。我最后一次见到斑马姑娘是一个午后。皮肤黝黑的卷发小伙来我店里买香烟,还没来得及找零钱就走了。我追出去,然后,我看到斑马姑娘正跨在一辆金城摩托车上等他。斑马姑娘抱着他的腰,和摩托车一起消失了。都是无所谓的事情。我学会了喝闷酒,喝得晕乎乎了,就猫进被窝睡觉。对于即将到来的冬天,没有什么比睡个暖和觉、做个春梦还重要的事。那天接到陌生人电话时,我已喝得头有些炸疼。我拿着电话揉眼眶。

是个女的,声音很急促。

"告诉小东西她爸,我出事了……他们送我回国。让他小心,别让小东西到井边玩!"

女人呜咽的声音淹没了一切。电话很快挂断。我觉得事情蹊跷,按来电显示的号码打了回去。我听到有人问,你好,这里是青岛××公安分局,请问找谁?我说我找刚才那个打电话的女的。那边沉默了会儿问:"你是她男人?"我说不是,我是他们邻居。那边"哦"了声说,"那你找一下你邻居,让他接电话",我说他们搬走了。那边说:"哦。那就没办法了。他老婆在这里卖淫,被我们的人抓了,查她身份证,她说没有。后来被我们查出,她是几年前被人从境外拐骗过来的,卖给了一个山区的农民。她连男人是哪个镇哪个村的都不知道,除了蒙山话,她既不会写汉字也不会说普通话。你把她男人的地址告诉我们好吗?"

我说我也不知道。我只知道他是蒙山县的,几个月前,他就带着孩子去青岛找他老婆了,他们没找到她吗?那边显得有些不耐烦,我说,我能再和她说两句话吗?后来我再次听到她的声音,她只是哆嗦着说:"别让小东西去井边玩,会掉到井里的……会淹死的……别让小东西去井边玩啊,掉到井里……淹死的……"

电话里传出争吵的声音,电话也在嘈杂的哭声和尖叫声中挂断。我握着电话有些懵懂。男人早就去了青岛,难道他没找到他老婆吗?他老婆怎么知道我的电话号码呢?我后悔没问得清楚一些。我再次拨电话过去,那边已经没人接了。

九

那年冬天我终于离开了小镇。我没心情再等下去,再这么窝着,恐怕一转眼,我就老死在小镇了。我去了北京,是坐火车去的。是慢车,每过半个小时,火车就哐当着在不知名的小站卡住三两分钟。小站会涌上些像我这样的年轻人,扛着行李,靠着车厢的厕所门猛劲抽烟。

由于是冬天,大部分建筑工地都停工了。我的一身腱子肉并没有给我带来意料中的好运。我曾经去一家影视公司推销自己。这家影视公司在地下二层的一间仓库里。他们盯着我乱糟糟的头发、干裂的皮鞋和军大衣,似乎有些忧伤。也许,他们这辈子,还没碰到过我这样的农民工。他们不清楚,我其实连个农民工都不是。那个冬天,北京下了无数场大雪,北京在我印象中,一直是臃肿的、银白的、冰冷和绵软的,像一盘硕大的冰激凌。我的钱很快花干净了,在饿死之前,我想我最好还是离开这里,去别的地方。

那天我在木樨园地铁入口看到个拐子,正坐着乞讨。我知道他不是我的邻居,他身边没有小东西,而且,这个乞讨者比我的邻居多才多艺,他弹着把吉他唱歌。我远远地瞥了他眼,揣着手在附近转悠。后来我发现了家冷饮店。原来冬天也是可以吃冷饮的。我钻进去,找了位子坐下,"给我来份……草莓冰山吧,"我说,"有吗?"

"先生,请您先付钱。"服务员是个可爱的姑娘,戴着顶圣诞老人的红帽子,圆圆的鼻子让人感觉很温暖。

我把玩着塑料勺,盯着桌子上的食品。所谓的草莓冰山,也只是冰激凌上浇了些草莓酱而已。我舀了大大的一勺,目视着玻璃窗外流离的车辆和寒冬夜行人,塞进嘴巴,然后卷动舌头,大口大口地、机械地咀嚼起来。

曲别针

一

　　这个冬天的雪像是疯掉了，一场未逝，另一场又亢奋地飘上。"雪终将覆盖大地/就像新婚之夜/男人终将覆盖女人。"志国半躺在客厅的沙发上时，想到了多年前的一首诗。无疑他对这些突然冒将出来的诗句略微有些吃惊，只好歪头窥视着那个收银小姐。她还在接电话。这孩子生得浓眉大眼，额头镶嵌的几粒青春痘，被灯光浸得油腻斑驳。志国觉得把她安排在收银台是酒店的失误。她的嘴唇一直水蛭那样蠕动，她的上唇和下唇，一分钟内碰了六十九下。志国觉得难受极了，如果手里有把勃朗宁手枪，他会用枪膛轻柔地抵紧她的口腔，辨别一下她是否比别人多长了一条舌头。

　　身边的大庆不时打着呼噜。他这个人最大的优点便是即便在狗窝里也能睡得像死猪一样。浓烈的涮羊肉的膻气让志国险些呕吐起来。志国只好站起身，径自踱出酒店。肥硕的雪打着旋迷着眼睛,他只好又退回去。就在这时,手机的音乐响了。电话是苏艳打来的。他看了一眼号码就关掉了。这几天她疯了似的找他。他把手机揣进兜里,大声地对那个女孩子说:"小姐,先把账给我算了。"

女孩子有些不情愿地放下手中的电话,拿着账单,开始按计算器。她皱着眉头的模样更丑了,志国突然发现,他还从来没有和这么丑的姑娘打过交道。

"吃巧克力吗?"志国掏出一板"德芙",在她眼前晃了晃。

女孩子的脸上没有任何表情,她目视着他说:"叔叔,把钱结了吧。"

她管他叫叔叔。志国问:"我那两个客人,什么时候完事啊?"

女孩子怏怏地说:"我怎么知道? 他们身高体胖的……"女孩子的话让志国吃惊。他没料到她会如此作答。他突然对她厌恶起来。厌恶来得如此猛烈,以至于他的手机再次响起时,那种古怪的铃声他丝毫没有察觉。

"先生,你的手机响了,"女孩子说,"你的音乐真好听,是王菲的《你快乐所以我快乐》。"然后她有些忧伤地说:"王菲下个月要在红磡体育馆开演唱会呢,我什么时候能坐着飞机去香港听她唱歌就好了。"

你快乐所以我快乐? 多么像是在总结男女做爱。那两个客户和那两个小姐快乐吗？他们去包间已经快三十分钟。他想起了其中的一个。这个倒卖道轨的小伙子虎背熊腰，左臂文着一条蜥蜴，右臂上文着那个经常被人咬掉耳朵的拳击手霍利菲尔德。志国想，如果他有第三条胳膊，没准他会把本·拉登文上。

"我签字。"志国说。

"我们这里不赊账的。"

"你是新来的吧？我是李志国啊。去叫你们老板，"志国说，"把你们老板给我叫出来。"

女孩子舔舔嘴唇说："老板的孩子生病了，他正在医院呢。"

"我找你们老板娘。"

女孩子一边按电话号码一边说："我们没有老板娘。"

志国没说什么，付了钱。他想，那两个人，那两个坑蒙拐骗道轨的人，那两个脖子上套着项链、满口爷们爷们的人，什么时候能折腾完？他忧心忡忡地看了眼睡得像孩子似的大庆，咳嗽了一声。就在这时，那个男人和那个女人，从门外走了进来。那个男人很年轻，女人也不老。他们瞥了眼志国，又扫视着收银台附近的摆设。然后，他们朝大庆旁边的沙发走了过去。他们从志国身边蹭过时，那个女人身上的香水味道让他觉得很舒服。他特意瞥了女人一眼。她身上的香水味道是那种橘子的清香。张秀芝用的也是这种香水。满脸终日疲惫的张秀芝每天上班之前，都会把橘子香水赌气似的喷到自己的脖子、头发、腋窝、皮鞋、戒指和裙摆上。然后她夹着那个样式老套的坤包,骑上自行车去上班。在她多年的修饰性气味里,志国一点一滴感受到,她正像一只新鲜橘子,慢慢地被日子风干了。

二

来酒店之前,苏艳已经快把他的手机打爆了。对于这个脾气急躁的女人,志国早就磨炼出了一副好耐性。"紧锅猪头慢锅肉",志国经常教育她,遇凡事都急躁不得。他教育她的时候,手一直不停闲。他的衣服里经常装着几枚银色曲别针。很多时候,他一边注视着别人讲话,一边把曲别针掏出来。多年前他曾在一本杂志上看到一幅精美图片,上面是个叫路易斯·裘德的美国艺术家用曲别针弯曲成的小玩意,比如:一个沙漏,一只女人的乳房,一位单腿直立、伸展着手臂跳芭蕾的女孩,一棵树,一只小号。他佩服极了,他想他从来没有这样佩服过美国人。那一段时间,他对此简直是着迷了,有事没事就拿根曲别针练。他并不想做路易斯·裘德那样的艺术家,但他希望自己有那么一手。

可是那种冰凉的、坚硬的细铁丝在他的手里如此僵硬,他没能把它弯成他想象的小东西,哪怕是最简单的玫瑰也好,哪怕是那种抽象主义的小房子也好,相反,摊在手心里的那些半成品,

256

是那种什么都不是的东西，或者说，至少他看不出它们像什么东西。还好，在经历过诸多次失败后，他好歹成了一个末流的曲别针艺术家：他能在几秒钟内将它弯成一把铁锹，或者一个女孩子的头像。

那次他和苏艳做爱，他的手没有抚摩这个臃肿肥硕的女人，而是闭着眼睛，在苏艳的喘息声中，把那根冰凉的曲别针弯成了一把铁锹。在最后的喷发中，他的手死死抓住那把在黑暗中闪烁着银色的铁锹一声不吭。苏艳匍匐在他身上，轻声抽泣着。她说她知道他早不爱她了，她为他生了个儿子后，她就成了一堆垃圾。"你总是这么心不在焉，你是不是又有别的女人了？"她最后去触摸他的手掌，把那根变形的曲别针扔了出去，"上次那个堕胎的姑娘，难道还缠着你？"

当他的手在衣兜里习惯性摸索时，他的眼睛一直审视着那个男人和那个女人。他终于看清了他们的模样。女人好像很漂亮，也就是说，她的五官挑不出任何毛病，妆化得很精细。她用的是那种玫瑰红唇膏，听说这种色彩的唇膏有个很好听的名字："热吻不留痕"。这样她的嘴唇远远恍惚着，仿佛一颗尚未成熟即已饱满的樱桃。她坐在沙发上，掏出镜子用眉笔融了融眼线。她修长的双腿和臀部被那条呢子长裙紧裹着，很轻易就吸引了她身边的男人。男人的眼睛不时在女人的身上荡漾，间或说着什么。女人时不时盯着男人微笑。志国知道在这样的夜晚，男人的哪些言语最能打动女人。后来男人朝收银台走过来。这样志国和这个男人几乎并排着靠住吧台。他听到男人问："还有包房吗？"

志国不动声色地摆弄着曲别针想，如果没有猜错，一桩皮肉生意又要成交了。他们无疑讲好了价钱。"我总是喝酒后越来越清醒，"志国想，"我没有喝多，我为什么总也喝不醉呢？"

志国和那两个东北客人喝了三瓶五粮液。在和东北人多年打交道的过程中，他对在寒冷地带长大的人慢慢充满了敬意。他们喝酒的时候从不打酒官司，除了显示了他们天生的酒量，志国体会到，和这些爷们做生意，最好别耍花枪，最好的方法就是胡同里扛竹竿——直来直去。就像这次道轨生意，他们即便喝酒的时候也没提到价钱，但志国知道，他们肯定会出一个最公道的价格。当然他对这次买卖有自己的一套想法，当这想法闪电似的划过近乎麻痹的大脑时，他的身体哆嗦了一下。

"对不起啊，我们这里的包房已经满了。"那个收银小姐放下手中的电话，"你们先在这里坐会儿吧。估计十来分钟后就有空房。"

这家酒店位置很不错，远离闹市区，幽静安全，很多客人都是冲这点来的。志国听到男人叹息一声，对那个女人说："我们去别的地方坐坐啊？你也知道，这里生意一向不错，又他妈满员了。"

女人除了笑好像就再没别的表情。小姐们最拿手的把戏就是永远蒙娜丽莎那样弱智地微笑。志国的手指一直在不停地运动着。他的手指修长白皙,无名指比中指还要长一截。谁也看不出这曾经是双钢铁工人的手。他用这双手在一家企业铸造过成千上万把"狼牌"铁锹,抚摩过九个女人的身体。现在他用这双手算自己的账。虽然最近他的锹厂生意冷清,但他还是相信自己能把那笔价值不菲的生意摆弄得得心应手。拉拉的药费永远是一只饥饿的胃。他只有不厌其烦地往这只胃里灌溉纸币。他除了灌溉纸币还能做些什么呢。

当大庆打着哈欠醒过来时,首先是对坐在身边的一对男女有点吃惊。他直着嗓子嚷道:"小姐!来壶茶水!靠!渴死我了!怎么?他们还没完事啊?"

志国没有搭理他。他把那只曲别针放在手心里:这是个女人的头像。女人的鼻子优雅地旋转,嘴唇启着,似乎在呼喊着最动人的语言。可是她的下巴有点突兀,像刀子打开时刀身与刀鞘形成的生硬弧线。

这个女人是……张秀芝?苏艳?还是这位沉默寡言的小姐?

谁也不是,志国想,她是他的女儿,拉拉。脸色苍白、终日拿药喂着、患了轻度抑郁症和自闭症的女儿拉拉。拉拉。可怜的拉拉,十六岁的拉拉。喜欢吃"德芙"巧克力和"绿箭"口香糖的拉拉。得了先天性心脏病、左心房和右心房血液流速缓慢、左心室和右心室时常暂歇性停止跳动的拉拉。拉拉。唯一的拉拉。拉拉。拉拉。

三

大庆的茶水还没上来，楼上突然就响动起脚步声。一个女人从楼梯口跌跌撞撞地跑下来。在众人不知所措的注视中，这个女人的哭声显得悲怆绝望。他们看到她的皮裙尚未拉上锁链，腰部的赘肉闪着白色腻光。"没见过你这么变态的！"女人的声音颤抖着。她踢拉着松糕鞋，趁机拽了拽露脐紧身背心，然后麻利地将一件大氅裹在身上。她这才注意到那些好奇的眼神，"我先走了，"她拢了拢披散着的头发对收银姑娘说，"等玛丽下来，你告诉她我先回去了。让她小心点。真不是人养的！"

她慌里慌张着推开门跑了出去，然后志国看到那个客人走了下来。他脸色通红，朝志国挥了挥手，又向大庆递了根香烟。大庆接了，点着，愣愣地问："怎么了？发生什么事情了？"

"没啥，"客人狠狠地吸着香烟，"我还没见过这样的。"他扒着大庆的耳朵说着什么。大庆尴尬地笑了两声，去瞅志国。对于这个温和老练的老板，大庆一直抱着敬畏的态度。他想问问老板是否再找一个，这个客人一直是他们最大的货源。很显然老板对眼前发生的变故有点恼火。他没听清客人和大庆嘀咕了什么,可他仍然很恼火。老板恼火的时候通常会肆无忌惮地笑。大庆盯着老板将一枚闪着亮斑的小玩意擂进裤兜,朝客人咧了咧嘴巴,"再找一个!"志国拍拍客人的肩膀,"心急吃不了热豆腐嘛。悠着点会更舒服,还用我教你啊?嘿嘿。"

这样志国只好再次打扰那个迷恋打电话的收银员。很显然收银员对他们抱了种敌意,她还从没遇到过能把人吓跑的男人。"我们这里没有了,"她低着眉眼拨拉着算盘,"真是对不起,你们去别的酒店吧。"然后她朝那对男女挥挥手说,"现在有空包房了,你们要吗?"

志国的手机就是这时又滴答滴答着响了起来。"你快乐所以我快乐",志国才知道这音乐的名字。这音乐是苏艳挑选的。她能有什么屁事?她能有什么屁事呢?他转身对客人笑笑说:"你稍等。你嫂子的电话。"

那人说:"算了算了,我先回旅馆。这里真他妈没劲。还是俺们那儿的姑娘爽。"

志国拍拍他肩膀,然后去看那个男人和那个女人。他们正在朝这边猫悄着踱步。他关了手机,朝那个女人挥了挥手,女人诧异地问道:"你有什么事情吗?"

志国说:"这位先生给你多少小费?"

女人说:"你说什么?"

志国说:"这位先生出多少钱?"

男人把女人拉到一旁。女人的胸脯剧烈地颤抖着,男人冷笑着问:"你刚才说什么? 有种的话你再说一遍。"

志国寻思着说:"我想把这位小姐给包了……你出了多少钱? 我赔你双倍价钱好了。"

男人朝志国笑了笑,"你以为我们是做什么的? 也好,你给我一千元吧。一千元成交。"

志国觉得他从来没见过这么无耻的男人。志国发现那几瓶五粮液的威力似乎这时才真正发作起来。在酒店的灯光下志国发觉这男人其实已不年轻,他的人中很短,也就是说,他的鼻子和嘴唇之间缺少一种必要的距离。他说话的时候,那种不屑的表情让他厚重的嘴唇仿佛在瞬间无限扩张,让四周所有对称的物体也变得畸形起来,最后志国的眼睛里全是男人肉色的嘴唇了。他身上猎犬般冷清的气味和女人身上橘子香水的味道混淆在一起,让志国有种要呕吐的欲望。

"你有病啊?"大庆朝男人吐了口吐沫说,"你……你他妈的有病是不? 凭什么给你一千元钱啊?"志国拍了拍大庆的头。他从来没有喜欢过这个喝酒后就颠三倒四的下属。要不是因为他们一起在钢铁厂做过十五年的工友,要不是他有个下岗的老婆和瘫痪了多年的父亲,他早把他解雇了。

"也好。"志国掏出一把钱塞给男人,"你数数,"然后他对那个女人说,"你和我朋友去吧。"

女人的脸在灯光下扭曲着。志国没想到这个女人的面部表情如此丰富。他有点不耐烦地说:"怎么?价钱好说,完事后,你要多少我给多少。"

女人的手就是这时甩过来的。志国没料到她的手这么利落地就打在了自己的脸上。干燥的疼痛在腮边隐隐燃烧。还没等他反应过来,一把冰凉的手铐已经铐住了他的手腕。大庆和客人以及那个叽咕着继续打电话的收银员全愣愣地盯着那个男人。那个男人几乎完美的动作让他们大开眼界。他们甚至没留意那把手铐是如何变魔术般抖动出来的。那把手铐像玩具一样牢靠地固定着志国的手。大庆留意到一只弯曲着的曲别针从志国的手指间掉下来,志国没有在意,他只是笑着问男人:"我要告你非法拘禁的。你的玩笑开得太大了。"

那个女人拍拍他的脸庞,她的手指间也散发着那种橘子香水的味道。他听到她骄傲地说:"我们没和你开玩笑。"

四

那两个人的车原来停在酒店旁的胡同口。在他们把志国的身体强行推搡进车厢时,志国还没忘记对大庆喊了嗓子:"把客人招待好!"后来他乖乖地把身体蜷缩在椅子上。屁股底下是一

263

张暖融融的老虎皮毛。男人开车,女人坐在他身旁。车厢里弥漫着那种暖风烤煳了胶皮的气味,志国忍不住咳嗽起来。他的脑筋是越来越清醒了。他窥视到女人的身体向男人倾斜着嘀咕着耳语。志国突然发觉自己倒霉透了。从他们亲昵的表情猜测,这是两个关系暧昧的人。如果没有猜错,这两个人只是出来约会。从他们进酒店的时候起,他们的表情已经证明了他们根本不是在执行任务,他们只是像其他的情人那样,在这个寒冷的夜晚出来约会,他们甚至想要一个包房。志国闻到自己的鼻孔里呼出浓烈的酒香。

车快行驶到市区的一条废弃道轨时,女人推开车门,袋鼠一样地跳了下去,志国听到男人温柔的声音,"你打车回去吧。你身上带零钱了吗?"

女人的脸映在车窗上,显得很清澈。志国看到女人朝男人微笑着。她还拽出一条手绢,在嘴唇上轻柔地抹了抹,她在擦拭唇膏吗? 她的唇膏是玫瑰红,志国想,喜欢玫瑰红的女人,都是愚蠢的女人。

男人开着车在大街上溜达。他好像并不是很着急回派出所。他开始放音乐。当那首《花房姑娘》的前奏响起时志国有点吃惊,他没料到这是个喜欢崔健的人,后来是那首《假行僧》,再后来是那首《红旗下的蛋》。在这个大雪弥漫的夜晚,被押解着去派出所的路上,能听到歇斯底里的摇滚,志国除了觉得荒

264

谬,好像没有别的解释。这样,这个警察和这个亵渎警察的锹厂老板在电吉他、贝斯、架子鼓和唢呐的喧嚣声中开始了似乎是漫长的行程。志国发觉那个最近的派出所已经过去了,但是车子还是没停。然后另一个派出所的招牌也在车子雪亮的灯光下一晃即逝。志国的头越来越疼,他不知道这个人在耍什么花样。当那盘磁带卡带时志国忍不住问:"你是哪个派出所的?"

男人只是回头朝他笑了笑。然后他换了盘带子。这次是外国音乐,志国听到一个女人近乎天籁的嗓音在车厢里像教堂赞美诗那样宁谧地流淌。"喜欢恩雅吗?"男人问,"你应该喜欢恩雅。"

志国摇摇头。

"我认识你,"男人似乎自言自语着说,"你叫刘……刘志国是吗?你的笔名叫拇指。对,拇指。"

志国茫然地点头。他的手腕被手铐拘禁得疼痛起来,他试图去衣服里摸一只曲别针,他总共试了十三次,每一次他的手指在手铐冰凉的桎梏下都摸到了那只小巧玲珑的曲别针,但就是没有办法将它掏出来。

"我真的认识你。"那个男人说,"你以前在轧钢厂上班,还是个诗人,我读过你的诗呢。现在你是个私营企业家。我说的对吗?"

志国的头又开始疼起来,那个男人继续说:"我上高中的时

265

候还买过你的一本诗集。诗集的扉页有一张你的朦胧照,你也老了呢。"他似乎有些伤心地念颂道:"那时每天睡觉前我都会读上两首,不读你的诗我就睡不着觉,可是——"他扭头,志国看不清他的表情,"如果不是那些神经病才读的诗,我他妈早考上名牌大学了!"他似乎商量着问,"如果不上那所警察学校,我用得着深更半夜地来查岗吗?"

志国对这个人的任何行为和言语都不会再吃惊了。"是吗?"他怏怏地回答说,"你这是带我去哪儿啊?"那人没有言语,所以志国的手机铃声清脆地响起来时志国失望地叹了口气。这次肯定是拉拉打来的。拉拉每天晚上十点钟的时候都会给他打手机。志国不回家拉拉就睡不着觉。

"我能接个手机吗?"志国问。

"不能,"那人说,"我不喜欢你接手机。"

志国不吭声了,他发觉这辆行事诡秘的车又回到了那条废弃的道轨旁。这条铁路是解放前修建的,现在再也没有火车从它身上碾过。志国有时开着自己的车从这里路过,总是看到路轨伸展着生锈的臂膀拥向远方。他搞不懂为何不把它拆掉。

现在他更搞不懂为什么那个女人又出现了。她站在马路边上朝这边挥手。后来她进了车子,志国这才发觉她换了身衣服。那条曾经裹着她修长大腿的呢子长裙被一条有点肥硕的西服裤代替。她上身裹着件红色的羽绒服,臃肿不堪。他听到男人问道:"事情办好没?"

女人说:"好了。我们回派出所吧。"

五

志国在这两个人的陪伴下到了路西派出所。看到派出所的牌子时志国嘘了口气。男人和女人把他拽下车,领着他进了一间审问室。屋子里很暖和。志国问:"我可以打手机吗?"

男人蹙蹙眉毛,从他衣服里拽出手机,攥手里溜了两眼,顺手扔到旁边的床铺上。女人面无表情地坐在椅子上。志国发现穿着羽绒服的女人比穿套裙的女人要老很多。她的嘴唇是那种冷静的暗红色。她眼神里那种甜蜜色彩也消失了,相反,她锐利的目光让她看上去像头苍老的鹰。

接下去女人开始问他的姓名职业性别和民族。女人平淡得近乎厌倦的声音让他困顿起来,酒精的威力突如其来地发作了,志国的眼睛突然一跳一跳地疼起来。他舔舔干进的嘴唇问:"我的手机响了,我能接一下吗?"

男人暧昧地笑起来。他笑的时候,颇为肉乎的鼻子像卡通片里的刽子手那样颤抖着。"你现在还写诗吗?"他问。

"我能接下手机吗?"志国说。

"你以前的诗写得真不错,我会背诵不少呢。"

"我接下手机好吗?"志国问。

"让你的泪落在我的脚趾上/让你心室的血/流在我的灵魂上。呵呵,好诗啊,"男人朝女人挤挤眼睛,"为什么诗人也变成这样啊?"

"让我打手机成吗?"

男人和女人对视了两眼,"你还想联系小姐?"男人呵呵笑着说,"这么晚了,小姐早他妈卖掉了。"

"刘强在这里上班是吗?"

女人狐疑地盯着志国,志国就说:"我和他是高中同学。"

志国又说:"我打个手机好吗?"

男人和女人的脸色都有些不好看。很明显他们没有料到志国和刘强有这层关系。男人说:"我给你打好了。不过这么晚了,他好像睡了吧。"

志国听到男人的声音在耳朵旁边绕来绕去。他觉得自己的头快要爆炸了。他听不清楚男人在说些什么。他只是觉得皮肤开始起那种细小的鸡皮疙瘩。他的眼皮也在空调格外暖和的风下渐渐翕合着,恍惚中手机又焦躁不安地爆炸了。那个男人的牵强附会的笑声和女人娇嫩的嗓音被另外一种空旷的、暧昧的声音搅拌着。他最后听到男人说:"那这事情就好办了。我们罚点款就行了。要不我们也不会这么生气,他把小夏当成了小姐!还硬拉着她去陪客!是啊……今天本来是小张和小王值班,后来他们有点事,和我们换班了。谁能想到会遇到这码事情呢。好了⋯⋯好的,我知道怎么办。"

男人放下电话,把志国的手铐卸掉,"我们刘警官说,罚款就不用交了。他叮嘱你快回家。别再喝酒了,"男人讪笑着,"他说,他不想你喝酒后再给他添乱。"

志国没搭理他们。他攥了手机出了派出所。后来他扶着一棵梧桐树呕吐起来。他终于在手机再次响起的时候听到了一个人的声音。他听到苏艳冷冰冰的声音,"你儿子有病了,住了三天医院了,肺炎,你再不来他就死了。"

他没有回答。他关了手机。他从来搞不明白那个叫雅力的两岁男孩到底是不是他的儿子。苏艳当小姐的时候很火,她那时身材苗条风骚万种,是只盛满了各种型号男人体液的温暖容器。她为什么看上了一个四十岁、有点轻度阳痿、手里没有几个钱的小老板呢?她爱他哪一点?他知道苏艳就等着拉拉死。她坚信拉拉死了,他就可以和张秀芝离婚了。

他开始给家里打电话,在打电话时他的手指又开始忙碌起来。他把手机夹在肩膀和头部中间。电话是张秀芝接的。她对他模糊的口齿和颤抖的声音没有吃惊,"你又和那个女人在一起是吧?你到底想怎么样呢?你到底想要什么呢?"她急促的喘息声让她自己激动起来,"要不是为了拉拉。要不是为了拉拉⋯⋯"

"……"

她哽咽着说："我今天又找苏医生了。他说，拉拉……拉拉……"

"……"

"拉拉……可能是过不了这个冬天。你早就盼着她死了，我知道，你是只没有良心的狼，喂不熟的狼。我知道。我什么都知道。我能有什么不知道的呢？"

"我没力气和你吵架，"志国说，"我一点都不喜欢和你吵架。"

张秀芝沉默了半晌。他知道她又在流眼泪，她的泪囊已枯萎多年，所以即便她哭时，也不会有咸湿的液体顺着鼻翼爬上嘴唇。每当他看到她悲伤的面孔，就会想起她年轻时的模样。他还记得在农村插队时，知青们一起割稻子，张秀芝似乎是那种天生的割稻能手。她悄悄地蹭到他身边，挽着裤腿，露出青筋毕暴的脚丫。她那时多瘦啊，还扎着两支"小刷子"。一会儿她就落他好远，然后直起身，呼哧呼哧着朝他笑，胸脯剧烈地高耸着起伏……她笑的时候其实很丑，她从来不知道她笑的时候很丑。她从来不知道他喜欢她丑丑的样子。

"我很累，"志国听到她把嗓子压得低低的，"我就快撑不住了，"她叹息着说，"真的，我真的快撑不下去了。"

他没吭声，手指间的曲别针在瞬间变成了一个女孩子的头像。他瞪着她的嘴唇。她不会说话。他多么希望她能说点什么。这么想时他的眼睛湿润了。

六

志国是在附近的胡同口发现那个女人的。她裹着件棉大衣,在路灯斑驳的光线中靠着墙壁抽烟。她好像朝他摆了摆手,他就犹豫着走了过去。在行走过程中,这个女人的眉眼随着光线的变幻而呈现出各种不同的姿态,有那么片刻,志国仿佛觉得他正在向很多个女人走过去。当他逼到她身边时,他注意到她眼睛很小,嘴唇由于寒冷哆嗦着,他甚至闻到她身上淡淡的狐臭味。她掐掉香烟,一把攥住了志国的下身,"你……冷吗?"

志国和那个女人做了很长时间。他本来想把她带给那两个客人,他相信他们更喜欢和一个女人玩刺激的游戏。但是后来他改变了主意。在他脱衣服之前,那个姑娘佝偻着身体将床单裹卷着塞进沙发。他甚至没有看清她的模样。她褪掉他的长裤和袜子,开始亲吻他胸部的几根肋骨。"你真瘦啊,"她厚实的舌头机械地顺着小腹往下滑。他哼了一声,开始亢奋起来。女人没料到他如此粗暴,他从后面搂紧她,几乎是凶狠地进入她干燥的身体。女人似乎有些厌烦,"我不喜欢这种姿势,我们换个别的,"她命令道,"我不喜欢像狗那样做,真的不喜欢。"他还没

271

有回答,女人已经像个柔道高手把他摔在床上,然后坐在了他的身体上。她好像很陶醉的样子,她的嘴唇是紫色的。她和苏艳多么相像,连喜欢的做爱姿势都同出一辙。他的手又开始不安分起来,他开始抓床单,她把他的衣服甩到哪里去了?后来他拽到了一张报纸,这样把报纸索索着展开时,女人的脸倒映在那些似乎蠕动着的汉字上。他觉得这个女人成了皮影戏里那种单薄的、毫无色彩而言的木偶。她的手臂和她柔软的大腿正被一辆卡车轧成一张皮,没有血肉和骨骼的皮。在这只木偶越来越疯狂的动作和技巧性的喘息声中志国读到了报纸上的新闻:

英特种兵迟了半步　突击搜捕竟与拉登"擦身而过"

伦敦讯,据英国报章报道,英军特种部队士兵较早前突击阿富汗南部山区一处怀疑拉登匿藏的洞穴时,竟和拉登"擦身而过"。

英国《星期日邮报》报道说,英军空降特勤队一小队士兵,近日在塔利班大本营坎大哈东南部山区的洞穴与拉登的同党爆发激烈战斗,有四个英军士兵受伤。

当英军在此次战斗结束并审讯战俘的时候,才得知本·拉登,仅仅在约两小时前离开该处。英军相信,拉登正是在得悉该次战斗爆发后,才匆忙逃走的。

他把报纸翻转过来时手机响了,那个女人似乎才醒悟过来,"你有病啊?"志国看了看她的脸,"你接着做,接着做。"女人恹恹地嘀咕了两声后,又开始摇晃起身体。这样志国的眼睛又读到了那些晃来晃去的字:

超级充气女郎

本品由美国原装进口。它选料独特,仿真人如处女,具有震颤、按摩、震动、抽吸等各种功能组合,犹如身临其境,性感刺激;设计有处女膜,震动按摩频率可以无级调节,直到您满意为止。将其充气后,形象活灵活现,也可放置于房内作为一件精美的艺术品摆设,顿添室内光辉。商品重量:1KG。商品价格:¥1,680.00。

他把报纸揉巴揉巴扔了,问女人:"完事了?"

他这才发现她竟然早穿好了衣服,正蜷在他脚底下打量着他。"你有病,"她安慰他说,"你该去看看心理医生,"她好像真的在为他担忧,"你的东西一直硬着,但它不是你自己的。你没有快感吗?"

"多少钱?"

"你看着给好了。"

志国开始掏钱,这时他才想起来,在酒店里,他把所有的钱都给那个警察了,"对不起啊,我没带钱。"

女人问:"是吗?"

志国说:"是啊。"

女人冷笑起来,"你有病。你是不是从精神病医院跑出来的?"她直起身蹭到他身边,一把揪住了他的下体,然后附着他耳朵说,"你他妈真的有病!"志国没料到这个女人扇了他一巴掌。她竟然扇了他一巴掌。这是他第二次挨耳光,他一天中竟然挨了两次耳光。"我没见过你这么不要脸的人!"她喧嚷道,"我为什么老是碰到这么下流的男人呢?我想过年回家!我只是想过年回家!你们连路费都不给我!"

志国相信这个女人可能患有轻度狂躁症,接下去他发现这个不可思议的女人开始搜索他的衣服,她老练的动作惹得他很不开心。当她把那个透明的水晶珠链从衬衣里拽出来时,他才吼了一嗓子,"别动那个东西!听到没有!"

女人怔怔地瞅着他。后来笑了笑。她把那串透明的链子塞进了自己的袜子里。志国裸露着身体冲过去。当这个女人的笑容还没有结束之前,志国已经卡住了她纤细的脖颈。女人一把推搡开他,他的骨骼并没有她那么粗壮。她在做皮肉生意之前肯定是个优秀的拳击手。当她的第二拳击打在他的鼻子上时,

274

他闻到一股浓烈的酒的香气,他甚至相信那些优质高粱酿制的美酒正从身体的每个毛孔安静地流出来,甚至流到了这个女人身上。这激发了他的骨骼和肌肉的协调性:当他发现女人被自己像玩具在地板上摔来摔去、一摊黑色的血粘着她浅黄色的短头发时,他愣了一会儿。他想,他只是想吓唬吓唬她,结果她真的被吓唬到了。她软绵绵的身体瘫倒在自己的脚趾下,仿佛一条被剥离了脊椎的蛇。她手里攥着那条水晶珠链。他不知道她什么时候把它从她那双香皂气味的纯棉短袜里拿出来的。没人会得到不属于他自己的礼物,哪怕是条价值四元钱的地摊货。他吹了吹链子上的尘土,用舌头舔掉了上面的血迹。这是拉拉送给他的,他想,竟然有人想无耻地偷窃拉拉送给他的礼物……他踢了踢女人的屁股,女人似乎变成了一条吃了安眠药的鱼。

她再也不会扑腾了,他有点伤心地琢磨,也许,她再也不会在那些男人的身体上做运动了。

七

他没料到出了女人房间时,再次邂逅到那个男人和那个女人。也许他们发现了他,志国恍惚觉得那个男人朝他挥了挥手,也许根本不是他们,这么晚了情人是不会出来散步的,这个时候他们肯定正在某个房间里做爱。也许他们什么都没做。谁知道呢?

志国呼口气,他凝视着嘴巴哈出的气息和雪的颜色一样瘦。那两个客人命真大,他本来想今天晚上把这两个五大三粗的家伙干掉。即使干掉也没有人会留意,那个黑社会模样的家伙其实是傻×,他们鬼使神差地路过他的城市,又鬼使神差地和他签了一大笔生意,预付了二十万货款,他把他们埋进这个下雪的冬天应该是个不错的选择,至少不会再有小姐担心被啤酒瓶骚扰。他已经联络好了街头的几个黑社会头目,他甚至已经交了三万块定金……可是他现在什么都不想做了。他想,他真的什么都不想做了,不是做不成,只是不想做,如此而已。

他打开手机,然后靠着一棵秃树,眯上了眼睛。他总是这么累。一辆出租车从他身边缓缓驶过,有人在问什么话。他什么都没听到。他什么都不想听。他的耳朵紧紧贴住手机的银白色盖子,然后,他听到了一声轻声轻语的问候:"是爸爸吗?"

他没吭声。女孩子的声音毛茸茸的,"我知道是你,爸爸。"

他的眼泪流了下来。

"快回家吧,妈妈都睡着了。你觉得待在外边比待在家里舒服,是吗?"

他好多年没哭了,他听到女儿柔弱的呼吸声,"我爱你,爸爸,妈妈也爱你,爸爸,你也爱我们,是吧?"

他嘟囔了句什么,这时他发觉他已经把手机关掉了。他开始搜索衣服的各个角落,后来,他总共摸到了十四枚变形曲别针,有两枚是铁锹,剩下的,全是一个女孩瘦削的头像。"我为什么总也不能把它弯成一枝玫瑰,或者一个跳芭蕾的女孩呢?"他的手指在瞬息间变得灵动起来,他命令自己的手在瞬息变成了路易斯·裘德的手。他相信他的手指已经变成了路易斯·裘德的手指,因为几分钟后那些曲别针似乎真的变成了他想象中精妙绝伦的小玩意:一只狗、一枝玫瑰,还有一个跳舞的孩子。"好了,"他想,"我就是路易斯·裘德。"他嘿嘿地笑了两声。然后摊开手心,仔细盯着那些什么都不像的曲别针。

后来当他把十四枚曲别针塞进嘴巴时,他使用舌头卷了卷,那种冰凉的滋味和亲吻拉拉时的滋味相仿佛,更让他略微吃惊的是,他平生第一次发现,他的牙齿如此尖锐,他以为他的牙齿已经被香烟、烈酒、豺狼一样的生意人、女人的体液、多年前那些狗屁诗歌腐蚀得烂掉了。然而,那些曲别针,似乎真的被他的牙齿咀嚼成了类似麦芽糖一样柔软甜美的食物。当那些坚硬的金属穿过他的喉咙时,他的手指神经质地在衣服的角落搜寻。他相信,如果运气不错的话,当那些玫瑰、狗和单腿独立的女孩在他的胃部疯狂舞蹈时,他还能摸到最后一枚。他的运气总是不错的。

野薄荷

一

　　这个早晨不安生。苏芸正蜷在沙发里涂指甲油,便听到邻居大声喊:"生了! 生了!"随后是噼里啪啦的脚步声。苏芸知道是邻居老婆跑出去张看了。女邻居梳两条歪扭的麻花辫,白日里低眉耷眼,只到了晚上叫得比谁都欢。这对夫妻养了只母鹿犬,不晓得从哪儿偷来的,夏日里鬼祟着配了狗,这几天要生养了。想想狭窄的院里又要多几只小畜生,苏芸隐隐厌恶起来。她打小不喜欢畜生。她信父亲的话,畜生眼里住着死者的魂灵。

　　"要一只不?"女邻居撩开一角门帘,探着脖颈细声细气地问。她眼如席篾,又老怯生生弯着,仿佛无时无刻不在谄笑,"不要钱的,白送的。"

　　"你倒贴钱我都不要,"苏芸懒懒地盯着指甲,"你也不想想,我哪儿有空拉扯那玩意? 又拉屎又撒尿的,浑身都是虱子。"

　　女邻居嗫嗫道:"那我们送给别人,说实话,人都排队等

278

着呢。"

苏芸和这对夫妇从春分起就住在这处租来的房子里。三间平房,苏云住东屋,他们住西屋,中间的屋子两家合用,算是厨房。不过苏芸很少开火煮饭,大都在店里吃盒饭。这夫妻俩就把厨房当成了私有厨房,什么物事都堆:瘸了条腿的手推车、掉了只耳朵的煎饼锅、一麻袋红辣椒、半桶劣质油,还有破鞋烂袜子。夫妇俩在街上卖豫南板面,不过在苏芸看来,他们更像收破烂的。他们似乎对霉烂气味的物品有种天然的癖好。

"你摸摸,你摸摸,"女邻居怎么就进了屋,手里颤颤巍巍地捧着只刚生的鹿犬,"多招人疼啊,小耗子似的。你真不想养一只?"

苏芸探头看了看,确实像皮耗子,浑身湿漉漉,乳眼还没乍开。"要是实在没人要,就扔炕上吧,过两天养肥了,我杀了吃狗肉涮锅。"

女邻居张大嘴,恢恢地盯住苏芸,半晌才转身出屋。苏芸听到她叽里咕噜的嘟囔声。如果没猜错,大概是用他们的家乡话骂人。她把指甲油扔在沙发上耸身出屋。她想,如果女邻居胆敢骂她,她就把这女人的大饼脸抠得满是芝麻粒。

可一到院子,心就不恼了。秋日的黎明,天边满是重叠的灰蓝鱼鳞,日头还没喷跃出层云,空气净是薄荷味儿。满院子的野薄荷,不是房东种的,也不是邻居夫妇种的,就那么着洇了一大片,夏天绿得逼人眼,现下叶子虽打了卷,可味道仍没散尽。苏芸喜欢这微凉的、若有若无的味儿。邻居夫妇还在给狗接生,苏芸瞄了他们一眼,蹲蹴下去,掐了两片叶子塞嘴里细细着嚼。然后,她听到有人喊自己的名字。

丽梅推开锈迹斑驳的铁门闪进来。从看到她的第一眼起,苏芸就觉得不对劲。步行街八十家店铺二百来位女孩不得不承认,丽梅不耀眼,可绝对养眼:她化妆,可你根本看不出她化过妆;她不笑,可你觉得她随时都在笑;她话少,可你总忍不住把她当成最贴心的闺蜜。那日清晨,苏芸看到丽梅的清晨,丽梅的头发根本没有梳,不但没梳头,小脸也没洗洁净。

"进屋,我有话说。"丽梅径自从苏芸身边走过,看也没看她,"你最好快点。"

苏芸把薄荷咽下,边犹豫着走,边佯装没心没肺地问:"我的亲姐啊,咋了? 看你急赤白脸的。"

丽梅转过身,嘟着嘴剜她一眼。苏芸从没见过她用这种眼神瞅人。苏芸抚了抚胸口压低嗓门问:"可别唬我啊姐,我是麻雀心眼儿,小着呢。"

她们一前一后蜷沙发里。丽梅呢小腿圆规般戳沙发上,细长胳膊搂住脚踝,一张枣核大小的脸磕住膝盖。她似乎想让自己静下来,可她的肩胛骨在不停哆嗦。

"咋回事啊?"苏芸去摸丽梅的头发,"这么苦大仇深的。被

280

查了?"丽梅木木地摇头。苏芸心就放下,说:"喊,查也没事。公安局的孙局长,是我的老朋友呢。"说到"朋友"两字,苏芸故意将声调略嫌夸张地上扬。她想让丽梅明白,在桃源镇,没有谁不买她的账。"那你慌啥?"苏芸笑了笑,将那管指甲油从沙发褶皱里抠出,重新涂指甲,"待会儿我帮你美甲吧。孙三从上海买的,叫火烈鸟。你不是巨蟹座吗? 这款最配你,人家书上说了,珠光粉最能体现巨蟹温柔细心的母性气质呢。"

"养汉的生的儿子,"丽梅骂道,"养汉的生的儿子。"

苏芸从没听丽梅骂过人,她骂起人来声音也柔柔的。她歪着脖子问:"你骂谁呢?"

"我操他妈,"丽梅继续骂道,"养汉的生的儿子。"

苏芸不得不重新审视着丽梅。她小脸刷白,眼泪吧嗒吧嗒落膝盖上。

"他……是不是……"

"不得好死!"丽梅几乎将牙齿咬碎了,"没见过这么不要脸的人。"

苏芸叹了口气,问:"郭金弟到底怎么了?"

丽梅这才抬起头看苏芸,看着看着泪珠又滚下来:"不是说好了吗……两千块钱。"

苏芸说:"谁说不是啊? 他郭金弟的吐沫吐在墙上也是枚钉子啊!"

丽梅竖起中指吼了句脏话,觉得不解恨又嘤嘤着哭。苏芸只得捻了捻手指,硬着头皮问:"那……那他……到底给了多少?"

丽梅半晌没吭声,嘴唇翕动几次都未能开口。后来她终于从沙发上近乎勇猛地跳下来,趿拉着红色高跟鞋踉跄着跳出屋子。她连头也没舍得回。透过尘埃遍布的玻璃窗,苏芸看到丽梅几乎小跑着逃出庭院。在关那扇油漆斑驳的铁门时,丽梅扭过脖子朝这厢扫了两眼。那是一只小兽掉进陷阱后方才有的眼神,仿佛随时都会将靠近它的人撕咬下一口血肉。苏芸不禁抠了抠嘴唇,一股寒气从脚底浩浩荡荡逆流至心脏,让她觉得,天还没亮多久,却马上就要黑下来了。

二

苏芸赶紧打郭金弟的手机,打了几遍都没打通。她皱着眉头缩在沙发上,随手拽了条毛毯盖了,愣愣地盯着地板上的一只野蜂。这几天到处飞的都是蜜蜂。入秋了,它们就像那些终年哮喘的老人,一些将冬眠,一些将死去。苏芸蘸着吐沫将蜜蜂粘上掌心,若有所思地盯着它翅膀上的金斑点,当她用指甲将它掐成两截时,一股绿汁细小烟火般滋出,黏糊糊的粘盖住指肚上的纹络。

说良心话,苏芸从没想过自己这辈子会干这一行。初中毕业后,苏芸就混到了桃源镇的步行街。这是县城最闹腾的一条商业街。她先在"黑天鹅"化妆品店站了半年柜台,之后去"冰点"冷饮店,打上腮红戴上红绒帽端冰激凌、鸡腿和炸薯条。再后来,到一家所谓的名牌专卖店当售货员。这一待就是三两年。苏芸头发短,眼白多,爱说话,不光爱说话,还会说话,一条舌头从早到晚涂了蜜。一个人在一个地方待久了,嘴又甜,自会开枝散叶茎藤缠绕,如此就生了自己的根。步行街站柜台的女孩十之八九来自乡下,闲来无事也串着店铺聊天,姐姐妹妹胡闹一番。苏芸一副假小子相,心肠热,人家有什么为难着窄的事都愿奔她来说。步行街没几个不认识她。

　　有个叫"小酸梨"的最喜黏她。"小酸梨"长了双狐眼,见了有模有样的男人就直勾勾盯看。之所以叫"小酸梨",一则家里穷穿得寒酸,二则脾气不好,说话总带着棘刺才解恨。不过跟苏芸倒投缘,她这厢说着旁人是非,苏芸那厢只顾笑听。那天苏芸正和"小酸梨"聊,晃进个中年男人。这男人苏芸认识,他总是买店里最贵的鞋,家里是做铁精粉生意的。他慢慢悠悠兜了几圈,苏芸就陪着他转了几圈。这样的熟客店家最中意。"小酸梨"见她忙,找个借口走了。那男人徘徊半晌,方才朝苏芸招了招手。苏芸狐疑着走过去。男人扒着她耳郭低声问道:"刚才那姑娘……是谁啊?"

那天晚上,她带"小酸梨"去吃男人的饭。"小酸梨"吃得高兴,男人也吃得高兴。"小酸梨"还喝了点红酒,喝了点红酒的"小酸梨"眼睛更不老实了。饭后男人就把"小酸梨"带走了。头上车前,男人用手勾住苏芸的手嘿嘿笑两声。苏芸垂头去瞧,手里却是二百块钱。苏芸蒙了,不晓得是如何道理。等隐约想明白,脸腾地红了。她想,帮男人介绍女人是再正常不过的事,这钱拿得委实玄妙,第二天还是给"小酸梨"好。可到了翌日,那钱就粘兜里了。那时苏芸一个月的工资不外乎七八百。"小酸梨"再来找她,脖子上戴了条纯金项链,见了苏芸只顾傻笑。她本来觉得有点对不起"小酸梨",仿佛自己把她卖了般,可看到"小酸梨"那副没心没肺的样儿,她也随着快活起来。

第二个男人是那男人带过来的。是个毛躁的年轻人,开辆霸道,胳膊上文只黄金老虎。他话不多,只是问苏芸,是否跟"福鑫坊"的吕珠熟?"福鑫坊"是家金店,吕珠前些日子还跟苏芸借过五百块钱,说父亲肝癌晚期,现下只能托人弄脸买哌替啶。苏芸寻思着说,不但熟,还是好姐妹呢……说实话,这男人钓吕珠颇费了心思,苏芸陪他俩吃"海底捞"吃到一见南美虾都反胃,男人大抵才得手。吕珠那几天眼圈红肿,见到苏芸总欲言又止。不过后来也没事儿。本来就没什么事嘛。苏芸常看到那男人开车来接吕珠。再后来,男人也就没出现过。吕珠呢,还是在"福鑫坊"老老实实站她的柜台。这男人比上一个手阔,前后给了苏芸八百块钱。她买了部手机送给父亲。父亲不是盲人，却几乎什么都看不见了。

有了第二次，就有了第三次、第四次……开始，苏芸还怕街上的姐妹们晓得了自己的事，落个不洁的名声。她还没找婆家，也不想当一个一辈子嫁不出的老姑娘。可让苏芸讶异的是，有几个长相出挑俏美的怎么就听到风声，私底下竟偷摸找过她几次，让她帮忙挑"合适的"介绍。所谓"合适的"，无非是时下流行的"高富帅"，婚结没结倒在其次，果结不结更不理会。她们只想手指上能多枚白金戒指，或者肩上多款式样新颖的包。况且这种事，你知我知天知地知，心照不宣，没得风险。她也慢慢想通了：人都说如今未婚同居的越来越多，婚后同居的越来越少，看来一点都不假。这是种现象。凡事成了现象，臭的也成香，脏的也成净，暗的也成明，总会有人蛆虫般蠕爬过去。这样想通了，无疑是快马又加了皮鞭：那些面孔模糊的女孩沙粒般从她指缝间细密有致地流啊流，流向那些不同的男人：有本地商人，也有外来巨贾；有耄耋老人，也有青春少年。男人嘛，总是管不住下身那杆枪……然后呢，沙粒再从这些男人们的指间流回来，一粒粒流向她慢慢长满老茧的手指……

不过这次像是遇到点麻烦。丽梅呢，不是个好对付的主儿。丽梅不好对付，郭金弟更不消说了。只是让苏芸意外的是，郭金弟竟舍不得出那两千块钱。郭金弟家有钱。郭家到底有多少钱？估计连他们自己掰着手指都数不清。除了整个步行街的房子是郭家的，他们还有两家私立医院、三家钢铁公司和若干纺纱厂。在桃源县，年轻点的都知道有个郭金弟，都知道郭金弟开着辆蓝色的兰博基尼。

郭金弟是个聪明人，关机呢，说明他不想跟苏芸说什么废话。可他干吗食言？有钱人不都财大气粗一掷千金吗？不过，他这样的人做任何事都有可能。前段时日他喝醉了，把一个铁哥们的眉毛用剃须刀给剃光了。据说那铁哥们蜂腰虎背麒麟臂，柔道六段，竟连声儿都没敢吭一下。

苏芸皱着眉头走出屋子。日头终跃出云层，灰蓝鱼鳞幻成流淌火焰。邻居夫妇的鹿犬也分娩完了，窝里不时传来狗崽嗷嗷的叫声。女邻居又一次小心着问询苏芸是否想要一只。苏芸懒得搭理她，快步出了院子。这个早晨，苏芸想，首要的事还是要找到丽梅，当面把话问明白。女人不会为难女人，女人家没有说不开的隔夜话；第二件事便是等父亲来访。她要带他到医院做眼部检查。他什么都看不清了。用他自己的话讲，就是这个世界在他眼里再也没有白天，只有老鸹翅般的黢黑。

三

丽梅在一家超市当收银员。超市刚开门，员工们正在打扫卫生。苏芸揪住一位大嫂,问丽梅来了没有。大嫂说还没呢,你打她手机吧。苏芸就一屁股坐在休息区的椅子上。她想,这荒唐事无非有两个结果:要么郭金弟赖账,要么郭金弟还账。可无论哪种,都会让丽梅憋屈。若钱到了手呢,虽然憋屈,可毕竟钱揣进腰包了;若钱没得手,等于白送了郭金弟一个人情。谁愿意白送人情? 谁愿意白白被人睡? 想到丽梅早晨那小眼神,苏芸不禁打个哆嗦。

"把爪子抬起来。你来这儿干吗?"

是丽梅。丽梅穿着超市里皱巴巴的蓝套装,手里攥着把破笤帚。

"我的亲姐啊,我可找到你了!"苏芸尽量使声音谦卑温润,"你一走,我这心拔凉拔凉的。我们姐妹一场,可不能因为这点小事伤了和气啊,况且你生气是应该的……"

丽梅瞥她一眼,两人寻个僻静角落站了,苏芸问:"到底是咋回事? 你倒跟我说个明白,我跟他好好掰扯掰扯……他真的挺稀罕你……"

丽梅没说话,望着旁处。苏芸说:"哎,你要不说实话,那我也没辙了。"

丽梅半晌抬起头,冷冷道:"他说我不是处女。"

苏芸心里咯噔一下。

丽梅攒着眉头问:"我是不是处女跟他有关系吗?"

苏芸咬着牙根说:"没有,狗屁关系都没有!"

丽梅说:"他有钱又怎么了?有钱就能上嘴唇顶天,下嘴唇支地吗?"

苏芸摇摇头说:"不能。"

丽梅说:"这事就交给你了。"

苏芸说:"放心吧,姐,我这就去找他。"

丽梅最后说:"晌午前把钱给我送来。"

苏芸舔了舔嘴唇,吞吞吐吐道:"我尽量啊……姐……"

"姐"字还没等叫出来,丽梅转身就走了,只剩苏芸一人孤鸹般站在那儿。

看来问题还在郭金弟。郭金弟找过她几次,都是为了丽梅。郭金弟是什么样的人苏芸不是不清楚。这种人,用父亲的话说,就是生来不辨黑白不知礼义廉耻。以前苏芸曾给他介绍过两个姑娘,他也算满意。这次他看上丽梅,让苏芸颇为为难。她了解丽梅。丽梅是大专生,心气比别的姊妹高,在超市当收银员怕也只是权宜之计,将来肯定是要去企业当会计的。可熊瞎子舔马蜂窝——怕挨蜇别想吃甜头,想想父亲的眼疾,苏芸底气好歹足些。

父亲是她世上唯一揪心的人。有时她想,世上怎么有这么倒霉的人。1958年,当乡村教师的他因为同情右派乱说反动言论,被劳教过三年。1976年"文革"刚结束,县里新来位姓宋的

288

书记。那时但凡县里有屁大点的事,都要将曾经的五类分子集中起来训话。他们让父亲说两句。父亲是怎么说的呢?这个戴着八百度眼镜、趿拉着破棉鞋、眼白多眼仁少的人清清喉咙,随后用浓重的周庄方言说,"四人帮"是极左,可新来的宋书记也是一丘之貉哇。他在"文革"中是个"运动红",如今呢,也不过是座过路桥,着不几日,自会有后来者踏他过河,过了河再拆他这座纸桥……一席话石破天惊,他很快获刑三年……出来后他靠在搪瓷碗盆上烧字为生,再后来他走街串巷卖耗子药,日复一日……直到有天,他在桥下捡到个嗷嗷待哺的弃婴……上次回家,父亲什么都看不清了。她必须带他去医院检查。没准要动手术,这会是笔不菲的费用。

第一次找丽梅是晌午,两个人抽空到"陕西凉皮店"吃腊汁肉夹馍。结账时旁边蹿出个小伙子,说,我来替美女们埋单吧。苏芸当然知道小伙子是郭金弟。她假意推辞两句,却眼睁睁看他掏钱。她当时特意留意了一下丽梅。丽梅的脸上什么表情都没有,她只是和苏芸一样看着郭金弟结了账,看着郭金弟出了店门,看着郭金弟上了一辆跑车。等跑车开走了,丽梅这才开口问,他……开的什么车?苏芸说,好车呗。丽梅问,开好车的人多了。苏芸说,他的车是县城里最好的,知道多少钱吗?丽梅摇摇头。苏芸伸出一根手指在她眼前骄傲地晃了晃,仿佛那辆车是她的。丽梅憋了半天说,一百万吗?苏芸失望地摇摇头,戳了戳她的脑门说,哎,女人家啊,就是头发长见识短,胸脯大奶水少,一百万?哼,再乘以十还差不多。

苏芸忘不了当时丽梅的眼神。她之所以觉得这事儿可能会有点眉目,就是因为丽梅当时的眼神:除了惊讶,更多的是羡慕。这样的眼神苏芸见得太多了。可丽梅毕竟是丽梅,她很快恢复了那种淡然的神情,撇了撇嘴对苏芸说,有钱人都这么糟蹋钱吗?

第二次,苏芸约丽梅吃火锅。如她预料的一样,两人再次碰到郭金弟,郭金弟抛了他那边的弟兄凑过来跟她们一起吃。吃着吃着他大大咧咧地说,一会儿我请你们去看电影。苏芸去看丽梅。丽梅说,不行,我晚上还要帮我弟辅导功课。郭金弟说,这算什么屌事?难得我空闲,我开车拉你们去北京看电影!丽梅笑了,说,北京?开玩笑吧?六百多里地呢!让苏芸陪你去吧。当时郭金弟脸色有些难看,苏芸忙说,着什么急啊郭哥,好饭不怕晚嘛,丽梅姐是真有事,哪个美女不想亲自坐一坐你那辆兰博基尼?郭金弟笑着说,也好,也好,现在去北京,估计也只能看午夜场了。

以为就没戏了。苏芸想,丽梅还真是能沉住气的主儿,这样的机会也不要,怕是要得这些小把戏全白瞎了。那个时候她已收了郭金弟五百块钱。虽有点遗憾,可这样的事总要你情我愿才好。步行街的女孩们之所以值钱,就是因为她们还有点矜持,有点不合时宜。这是她早想明白的事。让她不明白的事,是昨天丽梅忽然找到她,问郭金弟有没有空。苏芸支支吾吾地说,那要看郭金弟是不是在谈生意。说这话时她一直盯着丽梅的眼。丽梅的眼和平时没有什么区别,瞳孔在阳光照射下浮动着一抹浅浅的杏黄。然后她开始给郭金弟打电话。打完电话后她又去看丽梅。丽梅在椅子上安静地坐着,她看到丽梅的嘴唇翕动了几下,却什么都没说。她径直走过去,抚弄着丽梅黑亮的长发,半晌才低下头扒着她的耳根说:两千块钱,别忘了跟他要。要是遇到了什么事呢,就找我。丽梅嗯了声。她没再去看丽梅。她当时倒有点伤心,她想,难道世上真就没有不喜欢钱的女人了吗?

现在麻烦来了。郭金弟的电话一直关机。苏芸不知道是这样等下去呢,还是托孙三帮忙通通气。不管怎么样,丽梅那边总要给个交代。想到丽梅那张浮雕般冷漠的小脸,苏芸的手心就沁出汗来。

四

孙三还是够哥们。他说,他找到郭金弟了。不过郭金弟好像心情不太好,他也就没敢问别的。这不是好消息,也不是坏消息。苏芸要郭金弟的另外那个号码,孙三说,我可以给你,但是你现在先别打。苏芸问为啥啊？孙三嘿嘿地笑着说，他可能昨晚累着了，脸蜡黄蜡黄的。

苏芸叹了口气，心里总算有了点底。这时老板来店里转悠了。每天上午的这个时段，老板都要来这儿喝上壶铁观音，抽上支烟，才慢慢悠悠走开。老板在店里闲走了两圈，路过苏芸身边时站住了。苏芸去瞅他，发现老板也正瞅自己。老板足足盯了她有二三十秒，然后轻叹一声出了店门。虽只是一声叹息，却让苏芸心惊肉跳。难道他发觉了什么？或听到了闲言碎语？苏芸知道丽梅和老板是同乡，貌似很熟的样子……苏芸坐不住了。她再也不能等下去了，她不喜欢像条腥臊的草鱼被人搁放案板上，单待别人手起刀落。她解恨似的按下那串数字。不管郭金弟在电话里说什么，这个电话是一定要打的。

郭金弟倒是利落地接了，懒洋洋地问谁啊。苏芸的脸立马堆满了笑容，仿佛郭金弟就站在她眼前。她嗲声嗲气地说，郭哥你好啊，太阳都晒屁股了，还在滚床单啊？郭金弟喊了声说，是你啊，我滚没滚床单，你不心知肚明吗？苏芸嘻嘻笑着说，郭哥日理万机，千万得保重身体。郭金弟说，一只鸡就够了，要是一万只，我还真料理不过来。苏芸哦了声，细声细气地说，哥呀，追你的女孩子噼里啪啦，你呢，简直就是黑白无常，她们的魂儿都被你勾走啦。不过呢，人都知道你心眼好，出手大方，跟了你，谁不闹个三千四千？可话说回来，就是你不给钱，她们也乐意，不都图你人好吗？

郭金弟干笑两声，问道，真的吗？

苏芸说，话是这么讲，不过，女孩嘛，都喜欢穿点金戴点银，你要施舍俩子儿，她们背后说说你的好话，那想跟你的漂亮姑娘就更多了。况且你应过我，事后给丽梅两千块钱的……

郭金弟忽然就把手机挂掉了。

苏芸呆呆地望着窗外的行人，眼睛一黑一黑的。

看来肯定是丽梅和郭金弟发生了什么不愉快的事，这和丽梅是不是处女倒一点关系没有。郭金弟这样的烂人，什么样的女人没上过？问题肯定出在丽梅身上，如果丽梅不说实话，如果丽梅还拿出高人一等的姿态，这事儿就没法解决。她只有再次联系丽梅。丽梅呢，也很快接了电话，第一句话就是："钱到手了吗？"

电话里嗡嗡嚷嚷，可苏芸还能听到丽梅急促的呼吸声。苏芸想，丽梅肯定是疯了，"还没有呢。你有空吗？来我店里趟吧。"苏芸的语气有些硬，估计丽梅也能听出来。丽梅问道："你的意思是，钱没戏了，是不是？"苏芸不晓得是回"是"，还是回"不是"，不管回"是"还是"不是"，苏芸都没底气，她唯有保持沉默。

"我知道你是个有办法的人，全步行街最有办法的人，就是你苏芸，"丽梅的语气似乎软下来，"如果钱拿不回来，"丽梅一字一顿着说，"那是你根本就不想拿回来。"

"要是有空，你就来我这里坐一会儿，"苏芸说，"我刚买了两块年糕，上面还粘着金丝小枣呢。你不是最喜欢吃年糕吗？"

丽梅吁了口气，说："我现在忙得连上厕所的空都没有。"

苏芸说："那你中午过来趟。"

丽梅嗯了声说："也好。"

苏芸转身去拿水杯，咕咚咕咚连喝一大杯。后来她坐凳子上，望着窗外一撮一撮的人。

父亲就是这时打来电话的。他在电话里慢慢腾腾地说，他不打算来县城看眼了，为啥啊？他觉得这两天好多了，早晨倒泔水时还看见草鸡飞上了麦秸垛。还看到了啥？看到隔壁家的男孩，脸上新出了两颗青春痘……"不行！"苏芸嚷嚷道，"你坐十点半的车！必须来！再不来你就彻底瞎了！"苏芸也不晓得干吗动这么大肝火，"瞎了我就不管你了！"

年前，父亲佝偻着腰，蹭到集市上给人写春联，五块钱一副。"悠悠乾坤共老，昭昭日月争光"，当他老眼贴着红纸将对联写好递给孩子，孩子撇撇嘴说，春联不买了。父亲问缘由，孩子指着对联说，你看，"月"字里面的两横，你只写了一横……他那时大抵什么都看不清，却硬要装作明眼人，看起来是不服老，实则是怕苏芸担心。苏芸只恨自己脑子不灵光，高中都没考上，女孩子家，又不是种地养牛的料，只得出来混，害父亲一人烧着冷灶

294

吃着冷饭。他不来看病无非是怕劳烦自己。这算什么劳烦？他一个老光棍，把自己拉扯大才是劳烦。如若他晓得女儿如今干什么营生，他肯定后悔当初把自己从桥下抱进旱烟味的羊皮袄……

"事儿咋样了？"还没到中午，丽梅的电话又打来了。苏芸硬着头皮去接，先就听到这句话。

"没什么眉目，"苏芸只得实话实说，"不过你放心，我不会二愣子拉胡琴——自顾自(吱咕吱)的。我苏芸什么样的人，你丽梅还不知道？"

丽梅哼了声说，"我当然知道你是什么样的人。你不就是步行街最牛的老鸨吗？"

苏芸的脸就红了："你什么意思？"

丽梅说："我能有什么意思？我敢有什么意思？可话说回来，你手虽大，可也不能把天都遮住。"

苏芸说："姐你这样说话就忒没意思了。"

丽梅说："要想听好话有的是，一箩筐一箩筐的。把钱给我要来，你想听多少就有多少。"

苏芸哑了。

她转身去看店里其他的姐妹，她们正在不远处冷冷地瞅她。她们在等着看她的热闹。她不禁打个哆嗦。她只好朝一位刚进门的顾客走过去，扯着嗓子喊："降价了！降价了！出血掉肉价！

295

新款阿迪大酬宾,全场打八折!"

五

中午刚吃完盒饭,父亲来电话了。他吞吞吐吐地解释说,没赶上来县城的车,只好等明天再来看苏芸了。苏芸哦了声,再没朝他发脾气。她现在最愁的是,如果丽梅催命鬼般登门该如何是好?她在店里踱来踱去,便看到"小酸梨"从门外闪进来。

"小酸梨"手腕上又比前几日多了对玉手镯。她将苏芸拉到一旁,神神秘秘地问:"你这几天有空吗?"

苏芸不耐烦地说:"咋啦?"

"小酸梨"喊了声,道:"什么态度啊?步行街除了我,谁真心对你好呢?"

苏芸皮笑肉不笑地说:"这倒是实话。"

"小酸梨"抖着肩说:"那个谁,要带我去青山关。你去不去?"

她口中的"那个谁",无疑是"康捷纯净水公司"的王老板。王老板专喜欢"小酸梨"这样的贱骨。"我说的是真的哦,""小酸梨"咬着指甲说,"我说单独跟他去没意思,要带个姐妹。他一口就应了。"她朝苏芸吐了吐舌头,"哼,谁让他老婆来骚扰我呢。让他破破财。"

苏芸倒是听说,王老板的老婆到店里找"小酸梨"麻烦,反倒被"小酸梨"骂跑。

　　"去还是不去啊?""小酸梨"拧了拧苏芸的脸颊,"过了这村就没这店了。"

　　还没等苏芸开口,丽梅的电话打过来了。苏芸想了想挂掉。不一会儿丽梅又打过来,苏芸又挂掉……"小酸梨"张大嘴巴盯着苏芸。苏芸在一分钟里,总共挂了十三次电话。挂完最后一个电话时,苏芸急赤白脸地问"小酸梨":"你们什么时候出发?"

　　"小酸梨"扭着身子娇滴滴地说:"一会儿就走,说要赶着看落日。听他说,青山关的落日,比八达岭的落日还要漂亮呢。"

　　坐上王老板的车时,丽梅还在不停地打她的手机。苏芸恨恨地想,这个既立牌坊又当婊子的女人,自己疯了,还要把别人逼疯才甘心。

　　苏芸在青山关总共住了三天。三天里一直关机。她想,如果丽梅不这么火烧火燎地逼她,即便栽多大面子,肯定帮她把钱讨回来。问题的关键就在这里:她帮丽梅,是讲姊妹情分;不帮丽梅,是情理之中。自己拉屎没把屁股擦干净,干吗要别人来帮忙?

　　说实话,苏芸也没心思在青山关游玩,白天待在木屋里看电视,晚上待在木屋里听"小酸梨"跟男人鏖战。说白了,大部分时间,其实还是琢磨丽梅的事。最后,她想通了,如果真不管丽梅的事,大不了丽梅告诉旁的姐妹,说她不仁不义,自己生意多少受点损,可依丽梅脾性,怎可能把这事告知旁人? 她是要脸面、有文化的人。这样的丑事,怕只能一辈子烂肚子里。想通了,情绪也高些,不禁打开窗子,看苍茫的群山、长城和放羊的农民。

然而到了夜晚,一个人在床上辗转,还是会想起丽梅,一想起丽梅,又不禁隐隐后悔,悔不该陪"小酸梨"来青山关。来这里也罢,竟头脑一热关了手机。回去后该如何面对丽梅? 在大街上碰到她,是说话呢,还是不说话? 要是说话,说什么话? 盯着窗外的镰月,是如何都睡不着了。

终于盼到回县城那一天。回是回了,仍难免担惊受怕。不过上了四五天班,倒一次也没遇到丽梅。不光没遇到她,连她的电话也没接到。她这是玩的什么把戏? 一点脉都摸不准。当然,更不用提郭金弟那头。郭金弟这样的人,只记得女人的下半身。苏芸就漫不经心地向别的姑娘问询,丽梅这些日子到底忙什么呢? 咋老不见动静? 她们就说,丽梅姐还能忙什么,超市里站柜台呗。

苏芸心里慌慌着要去超市找她,可这腿刚迈出店门,就冷不防缩回。如是反复几次,彻底打消了去探望丽梅的念头。

说也奇怪,又过几日,仍没丽梅消息。难道事情有了变化? 丽梅自己把钱要到手了? 如若真是钱到了手,总要跟自己念诵一声吧,不然怎对得起自己的那番苦心?又隐约恨起丽梅来。有一次她甚至在梦里梦到了丽梅。这是她第一梦到丽梅。丽梅来找她,邀请她一块去吃最喜欢的麻辣烫。丽梅跟她说,她把钱要了回来。以后要是还有人喜欢她,直接告诉她无妨。丽梅诡异地笑着说:她是看透了,世界上最美好的,就是金子。

苏芸就有些失望,一个激灵醒来,满屋子摸灯绳。摸也没摸到,只得坐在炕上默然发愣。天是愈发凉了,她披了毛衣扯开窗帘向外张望。除了一水的黑,没有一点亮光。就闷闷地想,怕是鸡还没叫头遍呢。

六

翌日,她给父亲打电话,让他来看眼疾。这次父亲没有拒绝。十点四十分,父亲给苏芸来电话,说刚上了车,估计个把时辰后到县城。苏芸叮嘱他说,到了汽车站别乱动,她会找辆车接他。父亲说,接什么接,我又不是没长腿,还是自个儿走过去好。苏芸嘟囔着说,你啥都看不清,县城不像咱村里清静,车辆多,又没长眼睛,撞了你咋办?父亲没再反驳,说,你呀你呀,小嘴总是不饶人。

如果没记错,那天,丽梅是十一点来店里的。

丽梅进店,跟平时没何不同。她先朝店里其他几个女孩点点头,算打了招呼。女孩们也都朝她笑笑。见到苏芸时,丽梅显然一愣。苏芸当时想,她有什么可愣的?没一点道理。她肯定知道自己早从青山关回来了。不过心仍突突跳,嘴唇翕合几次,却一个字都没吐出。那几个女孩就问,丽梅姐啊,啥事啊?你可是无事不登三宝殿。丽梅说,能有啥事,刚换了班,想起来挺长时间没瞅见你们,怪想你们,就来散光散光。说到"你们"时,眼角朝苏芸这厢瞥了几瞥。苏芸嘴角咧了咧,硬着头皮说,闲下来了,你?丽梅说,是啊,闲下来了,我。苏芸看了下四围,轻声道,我们出去……谈谈?说这话时,苏芸感觉心脏已跳至胸腹外,一股一股凉飕飕的风咬着它,让她担心自己随时都会昏厥过去。

丽梅就是此时犹犹豫豫抓了她一只手,缓缓拢到自己胸前。后来,她将苏芸的手指一根根掰开,摊开掌心,一道一道划着迷宫般的掌纹。苏芸倏地眼眶湿了,刚想说话,丽梅顿时捂住她的嘴,朝她使个眼色。两个人一前一后走出店,到了大街上。起风了,街上人不多,竟有些慌里慌张的冷。

苏芸缩着脖颈说:"丽梅姐,我对不起你……"

丽梅喃喃着说:"我知道。"

苏芸的眼泪就要流出来了。她哽咽着说:"丽梅姐啊,我也没想到会变成这样……"

丽梅喃喃着说:"我知道。"

苏芸说:"你不知道,我这心里天天小猫爪挠着,难受啊。我躲你几天,也是想让你冷静冷静。"

丽梅喃喃着说:"我知道。"

苏芸乜斜着丽梅问:"你那钱……到底要回来没有?"

丽梅喃喃着说:"你说呢?"

苏芸长咬着牙说:"这样吧,我再去找他! 我就不信偌大个桃源县城,就没有个能降伏他的人!"

丽梅久久凝视着她,半晌才说:"算了,算了,"抬手摸摸她耳垂,"别为了钱伤了我们姐妹的和气。钱是什么东西呢?"

苏芸的眼泪掉下来:"我们这样才是好姐妹啊。"

丽梅没吭声,盯着她手指看,后来说:"你的指甲,真的很好看。"

苏芸的心敞亮起来,不再揪揪着,讨好着说:"我那里还有一款没拆的,孔雀蓝,下午我拿给你?"

丽梅点点头说:"好吧,不过——你现在有空没? 我从网上买了几本自学考试的书,就在圆通快递,跟我一块拿吧?"

苏芸抱了抱丽梅。她觉得丽梅的身体很软,很暖。丽梅轻轻揉开她说,我们上车吧。苏芸问车在哪儿? 不会是郭金弟开着兰博基尼接你来了吧? 话一秃噜出嘴才明白有多蠢。不过丽梅没听到一般,指着旁边一辆松花江面包说,喏,远在天边,近在眼前。

苏芸张望两眼,见里面坐着个小伙子,嘴里叼着烟朝她笑。

就问,这是哪路神仙啊姐? 丽梅笑了笑,说,他呀,是我老乡,刚才去超市买东西,被我逮个正着,刚好拉我们一程。苏芸拉着她的手上了车,说,多巧啊,我正要去接我爸,待会儿你拿完书,我们顺路把老爷子捎上。丽梅说,那还不好说? 怎么,你爸来看你了? 苏芸说,是啊,他两眼一抹黑,再不动手术,真成瞎子了。

面包车呼呼地开着,风是愈来愈烈,要将车门子撕扯开似的。

苏芸抓了丽梅的手问:"你冷吗,姐?"

丽梅说:"不冷。"

苏芸说:"你老哆嗦呢。我把羊毛衫脱给你穿吧,我里面还有件保暖内衣。"

丽梅说:"哪儿来那么多事儿? 老实坐着吧,我又不是纸糊的。"

苏芸说:"圆通快递不是在文化路吗?"

丽梅说:"他们新搬的家。"伸着脖子朝那小伙子喊,"王老狠,你快点开啊。跟蜗牛似的。"

原来那个小伙叫"王老狠"。这名字倒有趣。苏芸忍不住咻笑两声,说:"王老狠啊王老狠,你干吗起这么个古怪的名儿?"

王老狠扭头瞥她一眼说:"我以前杀过猪。"他留着抹茂密的小胡子,黑黑亮亮,嘴河蚌般一张,胡子就往上机敏地拱一拱。

苏芸说:"那你现在发哪行的财啊?"

王老狠说:"我呀,现在做文身。"

苏芸说:"这倒好得很,以前给猪剥皮,现在给人剥皮。生意火吗?"

王老狠说:"还行吧。上午还有个小姐,让我在她大腿根文了朵玫瑰。"

苏芸撇撇嘴说:"文身倒成了她们那一行的招牌了。"

王老狠说:"可不是嘛。文了朵玫瑰还不过瘾,又让我在玫瑰旁边文了把左轮手枪。"

苏芸说:"有机会你也给我文一个吧。文什么好呢?"去看丽梅,说:"姐啊,你说文什么好呢?"丽梅笑了笑。苏芸就继续说:"王老狠啊,你可要给我打折扣的。我跟丽梅啊,好得跟一个娘胎里出来似的。"

王老狠说:"没问题! 你这么漂亮,我给你打五折。好了,到了,下车吧。"

苏芸和丽梅下了车。一路上光顾着说话,却没发觉到了城乡接合部。也许比城乡接合部还远。苏芸从来没来过这么远的地方,不禁嘟囔道:"什么破快递公司,找这么个兔子不拉屎的地方。"王老狠没吭声,丽梅也没吭声。三个人就来到一座破平房跟前。破平房也没上锁,王老狠径直推门进去。丽梅拉着苏芸的手随后。

屋里黑乎乎的。苏芸扯着嗓子喊："有没有人啊？有没有人啊？"

无人应答。苏芸去看丽梅。丽梅顺手把灯拉着。苏芸这才发现丽梅铁青着一张脸，就安慰她说："姐啊，你别着急。兴许是去拉货了。不耽误你自学考试吧？"

丽梅说："我做事向来有板有眼，你看我耽搁过什么事吗？"

苏芸说："也是。有个成语叫什么来着？你总是未雨……未雨……"

丽梅慢条斯理地说："未雨绸缪。"

苏芸说："哎，你真是有文化。我呀，除了喜欢看《非诚勿扰》，其余都不感冒。"

丽梅说："所以你才这么笨。跟猪一样笨。"

苏芸说："是啊，比猪还笨，何止比猪笨，简直比我爸都笨……哎呀，我爸……"

忽然双臂就被一双大手硬生生反剪过去，臂膀和手腕生疼，一双脚也瞬间离地。苏芸感觉自己飘起来了。她听到麻绳打结的声响，扭头去看，正看到丽梅笑盈盈地盯着自己。"不带这么闹着玩的，姐……"话尚未落音，嘴巴又被一双臭袜子塞住。这样，她动也动不了，话也说不了。等她渐渐反应过来是如何一回事，已被两人吭哧吭哧着抬上一张单人床。单人床只铺了一席草垫，硌得她胡乱蹬腿。丽梅朝王老狠努了努嘴，王老狠就顺手从地上捡起条麻绳，又将她双腿从脚踝处绑紧。灭顶的恐惧就是这时如豺狗般一点一点逼上来。苏芸想，他们要杀了自己吗？念头一涌，泪水就一股一股喷出，顺着腮帮淌到散发着霉味的草席上。

"别害怕，乖。"丽梅搬了把椅子，坐在她的身旁。"不会很疼的，"丽梅慢慢地将她的头发帘撩一旁，指甲肚轻柔地蹭着她的额头，左一下，右一下，上一下，下一下。丽梅那么耐心，就像一名专业的美容护理师。她的手指也有种护手液的味儿，是那种小麦收割后的清香。苏芸的眼珠子都要暴出来了，她现在恨不得用眼神一刀一刀将丽梅剐成碎片。

"别那样看我，"丽梅笑着说，"是你先对不起我。王老狠，快点。"

苏芸看到王老狠将一个黑箱子抱在怀里，晃晃悠悠挪到她旁边，在她头顶处置了把椅子，稳稳坐了。然后苏芸听到箱子被打开的声响。她听到王老狠说："瞧，这是个多美的箱子啊，想要什么，里面就有什么。喏，这个是文身机专用电源，这个是勾线……这个是文身色料，还是进口的呢……这个是文身针，这个呢，是不锈钢针嘴，这个是防疤膏……"

她只是盯着丽梅。

她只是盯着丽梅。

丽梅说："不疼的，妹子，忍一忍就好了。什么事忍一忍，就都过去了……"说到这儿,苏芸看到丽梅的眼睛突然眯缝起来,气息也变得急促不堪,"可我这次实在是忍不了!"丽梅腾地站起,绕着苏芸缓缓走了一圈,走了一圈的丽梅似乎火气就小了些,苏芸听到她喃喃着说:"我只想要两千块钱……我真的想要这两千块钱……我只想给我弟弟买一个 iPhone4 手机。我爸死了,我妈死了,我就剩他了。"

苏芸惊讶地瞪着丽梅。丽梅叹息一声道:"为了买这个破手机,他竟然想去卖肾。为了一个手机卖肾!你听说过吗?这样的事别人可以去做,但是他不能去做。"她的声音温柔得要滴出蜜来,"因为,他是我崔丽梅的弟弟啊。"

苏芸的手机响了。一定是父亲到了车站,到了车站的父亲一定是找不到自己才打电话。一想起父亲,苏芸的心脏就缩成一枚果核。人人都有自己的软肋……丽梅的弟弟是她的软肋,父亲是自己的软肋,郭金弟有软肋吗,肯定有,只不过她不知道而已……他们想杀了自己吗?有那么片刻苏芸迷蒙起来。她怔怔地想,其实死也没那么可怕,自己好老了啊,有几千岁那么老,比妖精还老,死了也值了……父亲呢,父亲比她更老,他像块陨石,无论宇宙怎么个转法,他总是最窝囊、最硬的那块陨石……

"去死吧!"丽梅将苏芸的手机摔到地上,随即咯咯地笑了两声,"你不是老问郭金弟跟我发生了什么事吗?我现在不妨告诉你,"丽梅的嗓音瞬息冷起来,仿佛她顷刻间就掉进了冰窖,

"他睡了我。他不光睡了我,早晨的时候,还叫了他两个兄弟来,想一起睡我……"她的声音愈发恍惚起来,有那么一阵子,屋子里坟场般安静,只听得到三个人或急促或匀称的呼吸。这给苏芸造成一种错觉,仿佛自己不是被捆绑在床上,而是冬天时,闺蜜们慵懒地围着火炉闲坐,谁也不吭声,只听见炉膛里偶尔传来一两声豆萁燃烧时的轻爆声……她扭动着脖子瞥了眼丽梅,丽梅的眼里噙着泪,犹如几粒珍珠在昏黄的房间里闪着。"他把我当成什么人了呢? 嗯?"丽梅的手指轻柔地蹭着苏芸的下颌,"他把我当成什么人了呢? 要不是我疯了似的跑出来……"她的指甲已经嵌进苏芸皮肉,苏芸不禁闷哼一声,"你答应过我,要是我遇到了什么事,你会帮我摆平的,是不是?"

苏芸听到丽梅似乎重新站起来。她睁开眼,丽梅的脸就悬在半空。"你跟他们一路货色! 都是狗屎! 都是垃圾!"丽梅的双手突然死死掐住苏芸的太阳穴,跺着脚大声咆哮起来,"你骗了我! 你个不要脸的婊子骗了我! 你知道这些天我是怎么熬过来的吗?!"她顺手扇了苏芸一记耳光,"我每天晚上都睡不着! 睁着眼盯着房梁到天亮! 天天等着你的信儿! 你他妈却跑到山里躲起来!"

苏芸"嗯嗯"着摇头。"别动! 别动! 我警告你,别动! 要是乱动,针头就刺瞎你的狗眼!"苏芸只觉得头顶一阵紧似一阵的凉风,那一定是器械在疯狂地转动。是的,它在离她瞳孔三四厘米的地方铿锵着破风旋转……"王老狠！手脚利索点！你不是杀过猪吗?!"

……

<h1 style="text-align:center">七</h1>

他们把她扭上那辆破松花江面包时,苏芸才真正清醒过来。他们并没如何为难她,他们只是在她的额头上动了些手脚。并不如何疼,可却莫名地睡了一觉又一觉。她的嘴还塞着臭袜子,双臂仍然被反剪着捆绑,不过脚踝处的麻绳扔了。等颠簸了十多分钟,面包车停了。丽梅将她嘴里的袜子抠出,手脚麻利地将她胳膊上的麻绳解开,然后拉开松花江车门,一把将她推搡下去。

眼前一下亮了。苏芸发觉她就站在自家门外。那扇锈迹斑斑的铁门矗在眼前,竟让她心里颤出一小撮一小撮看不见摸不着的……暖。兴许是捆绑的时间太长,走起路来跟跄跄跄,手腕也酸疼。她推开铁门,径直跌跌撞撞往屋子里走。走过狗窝时她听到有人问,你咋啦？ 不舒服吗? 是女邻居。她没去板面店卖面条? 她瘦小干枯,苏芸竟没看到她其实就蹲蹴在狗窝里。"你到底要不要一只?"女邻居弱弱地问,"有公的,有母的,你要啥样的？ 我看,还是公狗好。公狗能看家。"

苏芸进了房间,直接扑在墙上的那面壁镜上。屋内光线颓黯,她一点一点撩起自己的发帘……当女邻居抱着鹿犬螫进时,苏芸的尖叫声让她不禁心慌意乱。女邻居忙问,咋了?咋了?咋了你?苏芸自顾自趴床上啊啊地叫。她叫得那么狠,嗓门都劈裂了。女邻居悄悄将她扳过来,她也没反抗。然后,女邻居也嗷嗷叫了两嗓子。

苏芸的额头,从眉心至发际,文了一只母鸡。那简直是一只迷你活鸡,黑眼珠,黄利爪,红黄相间的羽翅扇动着,似乎就要从她的额头上飞下来。

"疼吗?作孽啊。好好的文这个干吗?"女邻居伸手触了触,立马又缩回,"我去摘些薄荷叶,你等着啊……"苏芸从床上跳下,再次照着壁镜观瞧起来,一边观瞧一边流泪,一边流泪一边咒骂,这苦逼的日子……这苦逼的日子……然后她想起了父亲。父亲还在汽车站吗?他会不会出什么意外?当女邻居进屋时,苏芸一手捂着额头,一手从女邻居兜里窸窸窣窣掏出手机。

"是苏芸吗?"父亲问,"是……苏芸吗?"

"嗯。"

"我就知道是你,"父亲得意地说,"手机又坏了?"

"嗯。"

"没找着你,我就回来了。等下次你家来,把我的手机拿去吧。我要它有啥用?一辈子也打不了一个电话。"

"好。"

"你是不是有啥事瞒着爸？你咋哭了吗？"

"没……"

"你不要以为爸的眼快瞎了，我其实啥都看得见。"

"哦……"

"你好好吃，好好睡，累了就回家住几天。爸给你炖红烧肉。"

"嗯……"

"乖头，挂了吧。"

苏芸挂了电话，将手机默默递给女邻居。女邻居胡乱塞兜里，随后晃着手里的一棵野薄荷说："这东西，止疼。你先别动，嫂子给你抹点。"

苏芸闭了眼，任女邻居将薄荷叶嚼碎，一点点涂按在额头。似乎就不那么疼了。女邻居一边朝她额头吹气，一边喃喃道："你还是要只鹿犬吧。世界上到哪里找那么好的狗呢？"说完又嚼了几片薄荷叶，小心着贴到她眉心。她就粗着嗓门号哭起来，嘴里不停嘟囔着什么。女邻居犹豫着拍了拍她肩膀，她就一把抱住了女邻居的腰身。女邻居吓了一跳，却也没避，只任她死死抱着，耐心地听着她愈来愈微弱的哭声，"没事的，没事的，"女邻居说，"会好的，会好的哦……"十九岁的苏芸哭声猛地就大了起来，鼻涕泪水又沾了女邻居一身。